눈썹을 펴지 못하고
떠난 당신에게

눈썹을

펴지 못하고

떠난 당신에게

아내를 잃고 띄우는
조선 선비들의 편지

박 동 욱   지 음

궁리
KungRee

일러두기

─────

이 저서는 2017년 정부(교육부)의 재원으로
한국연구재단의 지원을 받아 수행된 연구입니다.(NRF-2017S1A6A4A01020872)

들어가며

:

언젠가 책을 쓰면서 '부부란 한방을 쓰는 가장 좋은 친구'라고 한 적이 있다. 나는 아직도 부부에 대해서 이보다 더 좋은 말을 찾지 못했다. 부부는 한방에서 행복과 불행의 파고를 함께 이겨나가야 한다. 행복은 간혹 오는 선물처럼 오고, 불행은 불청객처럼 부르지 않았는데 찾아온다. 행복과 불행 모두 외면하거나 선택할 수 없는 삶의 일부다. 행복할 때는 함께하면서 불행할 때 등을 진다면 온전한 부부가 아니라 절반의 부부인 셈이다.

이혼율이 급증하면서 부부가 백년해로(百年偕老)하는 것도 어려운 현실이 되었다. 설령 이혼을 하지 않더라도 관성처럼 부부 관계를 유지할 뿐 진작에 관계가 파탄에 이른 경우도 얼마든지 찾아볼 수 있다. 부부는 이미 과거 완료된 사랑을 끊임없이 현재 진행형으로 바꾸어야 한다. 서로 느꼈던 일치감을 얼마 되지 않은 밑천으로 삼아 평생 아껴 사용하며 살아야 한다.

사랑에서 설렘과 익숙함은 늘 어려운 문제다. 모든 사랑은 상대에게 더 이상 설레지 않고 익숙하게 되기 마련이다. 설렘에 몸을 기대는 순간 늘 설레는 대상을 찾아 떠돌아야 한다. 나는 익숙함이 설렘 위에 있다고 생각한다. 지금의 설렘은 언젠가 익숙함에 자리를 양보해야 하기 때문이다.

그 옛날 조선시대의 부부는 어떻게 살았을까? 서로 연애도 하지 않고 부모의 뜻에 따라 배우자를 만났으니 알콩달콩하지도 않았을 것 같다. 신랑과 신부가 첫날밤에 처음 얼굴을 보았다는 믿기 힘든 이야기도 익숙하게 들린다. 그러나 옛글을 읽어보면 부부 간의 사랑이 지금 못지않다. 그들은 오래도록 서로 사랑했으며 안쓰러워했다. 그 연민의 시각이 결국 사랑의 다른 이름은 아닐까? 서로를 측은하게 여기는 마음이야말로 상대의 삶을 껴안지 못하면 가지지 못하는 것이기 때문이다.

이 책에는 조선시대 13명의 사대부와 그 부인의 이야기가 담겨 있다. 고생만 하다 떠난 조강지처의 이야기, 아내를 잃고 불면의 밤을 지새우거나 끊임없이 아내의 꿈을 꾸는 일, 죽은 지 수십 년이 흘러도 아내를 잊지 못해 슬퍼하는 일 등이 나온다. 남편이 가장 많은 아쉬움을 토로한 것은 아내가 떠난 후에 자신이 출세한 경우였다. 다만 남편이 기록한 아내만 있을 뿐 아내가 기록한 남편은 거의 없는 것이 아쉽다면 아쉬운 점이다.

지난 2017년, 나는 조선의 아버지를 다룬 책 『그렇게 아버지가 된다』에서 가족을 죽음으로 기억했는데, 이 책 역시 마찬가지다. 가족이란 결국 죽음으로 기억되는 존재다. 가족은 무엇도 할 수 있고 언제든 할 수 있기 때문에 아무것도 하지 않는다. 이 책을 통해 독자들이 부부에 대해서 다시 한 번 생각할 시간이 되기를 희망한다.

아내와 2001년에 만나 2003년에 결혼한 후로 20년 가까운 세월이 흘렀다. 부부가 된 우리 둘 사이에서 유안이가 태어났다. 아내는 예쁘고 착하며 총명하고 지혜로운 사람이다. 게다가 살림도 흠잡을 데 없고 음식 솜씨도 뛰어나다. 여러모로 나 같은 사람에게는 분에 넘치는 사람이다. 지금까지 학문에 집중할수 있었던 것은 모두 아내 덕분이다.

열심히 공부했지만 시원찮은 성적표를 받아 든 학생처럼, 나는 아내에게 보잘것없는 삶의 성적표를 매번 보여준 사람이었다. 지금까지 다음 시험에는 합당한 성적을 받겠다며 쓸데없는 희망 고문을 하지는 않았나 자책해본다. 그러나 남은 삶 동안 아내가 그간 내게 베풀어주었던 사랑을 천천히 조금씩 갚겠다는 약속을 전한다. 이 책을 사랑하는 나의 아내 박혜경에게 바친다.

2022년 3월

박동욱

차례

4장. 수수께끼 시로 전한 마음 | 이학규 |

5장. 당신과 함께한 60년 세월 꿈같았네 | 정약용 |

6장. 그대 없는 빈집에서 눈물만 | 채팽윤 |

7장. 스승이자 친구였던 당신 | 이광사 |

12장. 바다 건너 유배지를 찾아온 아내 |김진규|

13장. 당신의 빈자리 |정범조|

1장

꿈속에서 살아온 내 아내

채제공

고생만 함께했던 그대

사랑도 가벼운 세상이 되었다. 나이 어린 남녀는 썸을 타고, 나이 든 부부는 졸혼(卒婚)을 한다. 썸이란 좋은 호감을 나누지만 상대와 사귀고 싶다는 마음을 아직 인정하지 않는 단계이다. 사귀면서 생기는 복잡한 사람 간의 관계와 감정에서 자유롭기 위해서다. 영악한 세상에서 사랑조차 계산적으로 한 발을 빼고 하는 셈이다. 졸혼은 결혼이라는 제도적 틀을 유지한 채 각자의 삶을 독립적으로 살아가는 것이다. 부부 관계는 진작 파탄이 났으나 복잡한 절차에 따라 가족 관계까지 청산하고 싶지는 않은 심리에서 나온 것이다. 이 시대의 우리는 사랑의 시작과 끝을 유예하거나 인정하지 않으면서 불명확한 경계선을 넘나들며 살고 있는 셈이다.

조강지처는 가장 미숙한 나이에 만나 가장 원대한 희망을 함께 키워가는 사람이다. 희망은 더디게 현실이 된다. 다소 더

디더라도 현실로 돌아온다면 다행이지만 때로는 모든 희망이 흔적도 없이 모조리 사라지기도 한다. 오랜 세월을 대가로 이룬 남편의 성취가 겨우 현실이 되었을 때, 아내의 부재만큼 쓰라린 일도 없을 것이다. 지금 자신이 누리는 호사가 생전의 아내 몫이 될 수 없었다는 자책이 가슴을 아프게 짓누른다. 여기 첫 아내를 잃은 아픔을 오래 잊지 못한 사람이 있었으니, 바로 번암 채제공(蔡濟恭, 1720~1799)이다.

채제공은 남인(南人)의 거두였다. 정조를 보좌하기 위해 이가환, 정약용 등을 등용하여 든든한 지원을 아끼지 않았다. 가정생활에 있어서도 그는 누구보다 따뜻한 사람이었지만 아내와 해로(偕老)할 복은 타고나지 못했다. 채제공은 동복 오씨(同福吳氏) 오필운(吳弼運)의 딸을 첫 번째 아내로 맞았지만 일찍 세상을 떴고, 그다음으로 안동 권씨(安東權氏) 권상원(權尙元)의 딸을 두 번째 아내로 삼았지만 역시 세상을 떴다. 채제공은 첫 아내를 잃은 아픔에 대해 여러 편의 시와 글을 남겼다. 그는 아내와 어떤 사랑을 했을까?

· 채제공 초상화, 수원화성박물관 ·

눈썹을 펴지 못하고 떠난 당신에게

아내의 비보를 듣다

縱去那相見　떠나기는 한다지만 어찌 만나랴

吾行已後時　내가 가도 이미 다 늦은 일이네.

驚心藥峯札　약봉 서찰 받고서 마음 놀라고

遺恨鹿門期　녹문 기약 어긴 일 한이 남았네.

故國迷春望　도성에서 봄 기다림 아득하였고

虛堂怨夜遲　빈집에서 밤 더딘 것 원망했겠지.

凄涼臨別語　처량하게 이별할 때 건네던 말은

不忍更提思　차마 다시 떠올리지 못하겠구나.

— 「신미년(1751) 정월, 아내의 부고를 듣고 병산 관아에서 서
　울 집으로 가려 하는데 눈물을 훔치면서 심정을 쓰다(辛未
　正月聞室人喪報 自屛衙 將還京第 抆淚述懷)」

채제공은 오광운의 제자였던 인연으로 1737년 18세의 나이

로 오광운의 형인 오필운의 딸과 혼인하게 되었다. 1751년 정월 채제공이 부친을 만나기 위해 병산(屛山)에 가 있는 사이에 부인은 약봉에 있는 친정에서 조용히 눈을 감았다.

지금 간다고 한들 살아 있는 모습을 다시는 볼 수 없다. 뜻밖에 친정이 있는 약봉(藥峯)에서 온 비보(悲報)를 접했으니 이제 방덕공(龐德公)처럼 벼슬을 버리고 부부가 함께 은거하자는 계획도 다 틀어져버렸다. 여기저기 벼슬길에 기웃대느라 아내에게 소홀했던 시간들이 온통 후회가 되어 밀려온다. 봄이 되면 남편이 올까, 남편이 없는 빈집에서 더딘 밤을 지새웠을 아내를 생각하니 마음이 무너져내린다.

마지막 7~8구는 일화가 있는 구절이다. 채제공의 고유문(告由文)을 보면 당시의 정황을 살펴볼 수 있다. "옛날 경오년(1750)에 내가 남쪽 고을로 아버지를 뵈러 갈 때, 당신은 그때 임신을 한 지 예닐곱 달이 되었었지. 이별할 때 옷소매 부여잡고 부탁하던 그 말, '훗날 합장해주는 일을 삼가 잊지 마세요.' 나는 실로 당혹스러워, '허튼 소리 하지 마시게. 나는 당연히 빨리 돌아올 텐데 어찌 슬퍼하고 서운해 하시오?'라고 했다.[1]

아내는 자신의 운명을 이미 알고서 세상을 떠나면 합장을 해달라는 말을 했던 것일까? 남편과 헤어지는 순간에 어찌 보면 잔망스럽기 짝이 없는 말을 한 것이다. 그때는 허투루 들었지만 결과적으로 아내는 그렇게 되고 말았다. 그때 아내에게 조금 더 신경을 쓰지 못한 자신이 원망스럽기만 했다. 사실, 두

눈썹을 펴지 못하고 떠난 당신에게

사람에게는 배 속의 아이를 잃은 또 하나의 아픔이 있었지만 그는 그것에 대해서는 언급하지 않았다. 간절히 기다리던 아이는 두 번째 부인을 맞고서도 얻을 수 없었다. 결국 두 명의 첩이 아이를 낳았고, 양자를 들여서 대를 이어야만 했다.

아내를 찾아가는 길

그는 아내의 부고를 듣자마자 바로 아내에게 달려간다. 때마침 내린 눈은 세상을 온통 뒤덮었고, 둘이 함께했던 기억들도 그 눈 속에 조금씩 파묻혀가는 듯했다. 낮에는 눈 속에 발목이 빠져 들어갔고, 밤에는 꿈속에 나타난 아내를 만나 옛 기억에 빠져들었다. 더 이상 아내가 기다리지 않는 그 집으로 아내를 만나러 간다. 거리가 멀어서 힘든 것보다, 간다 한들 살아 있는 아내를 볼 수 없다는 사실에 더욱 힘이 들었다. 한마디로 희망이 없는 귀갓길이었다. 채제공은 집으로 돌아가는 그 길에서 여러 편의 시를 남겼다.

(전략)

絶頂高近天　산 정상이 하늘에 가까워

可以望京洛　한양까지 바라볼 수 있을 것 같네.

눈썹을 펴지 못하고 떠난 당신에게

京洛有吾家	한양에는 내 집이 있겠지만
人亡簾戶闃	사람 없어 발 내린 문 고요하리라.
絶憐腹中兒	가여운 배 속의 갓난아이는
落地俄不育	태어나서 바로 세상 떴으니
哀傷遂作祟	슬픔이 마침내는 빌미가 되어,
冤淚死盈睫	원통하여 죽을 때도 눈물 흘렸겠지.
夫子覲未還	남편이 근친(覲親) 못 돌아온 것은,
舅姑在南邑	시부모님 영남 땅에 있어서였네.
一棺廓獨處	널 하나만 덩그러니 놓여 있는데
守者數婢僕	몇 명의 비복들만 지키는구나.
嗚呼奈何天	아! 하늘의 뜻 어이하랴만
里閭猶悲惻	마을 사람 오히려 비통해 하네.
我行其虛徐	나의 행차 그리도 꾸물댔건만
精靈望我切	영혼은 날 간절히 기다렸겠지.
悲吟鳥嶺歌	구슬프게 조령에서 시를 읊는데
薇店已新月	미점에는 새 달이 벌써 떠 있네.

— 「조령(鳥嶺)」

생략한 앞부분에는 폭설로 인한 고단한 여정이 그려져 있다. 길을 떠난 지 얼마 안 되어 한양에서 온 심부름꾼을 만났다. 심부름꾼은 말 머리에서 몇 통의 편지를 내밀었다. 뜻밖에도 아내의 편지였다. 마치 죽은 사람을 다시 만난 듯 반갑기만 했

· 『상덕총록』, 수원화성박물관 ·

다. 급한 마음에 편지 봉투를 뜯어보니 익숙한 아내의 필치로 도리어 남편에게 시부모님 안부를 묻는 내용이 담겨 있었다.

여기에서 인용한 부분에는 채제공의 절통(切痛)한 심사가 잘 드러나 있다. 부고를 듣고 처음 지은 시에서는 언급이 없었던 배 속 아이에 대한 이야기가 처음으로 등장했다. 아이는 태어나자마자 세상을 떠났다. 아이의 죽음이 아내에게 깊은 충격을 주었고, 그것이 아내를 죽음에 이르게 함에 적지 않은 영향을 끼쳤다. 노복만이 지키고 있을 쓸쓸한 빈소의 모습을 생각하니 아내가 더욱더 가여워졌다. 그래서 한시라도 바삐 걸음을 재촉해 아내가 있는 곳으로 가고팠다. 그날 조령의 주막집에서도 여지없이 아내의 꿈을 꾸었다. 잠에서 깬 채제공은 "외로운 혼천 길이나 되는 재를 마다않고, 낭군의 여정 쫓아 이곳까지 이르렀네."[2]라고 읊었다. 숭선리(崇善里)[3] 주막에서는 아내가 꿈에 나타나 "살아 돌아왔어요."라고 하였는데, 꿈에서 깨어나 눈물

눈썹을 펴지 못하고 떠난 당신에게

을 훔쳤다.⁴ 꿈이 꿈이 아니었으면 했지만 역시 꿈은 꿈이었다. 아내는 꿈에서만 살아올 수 있는 그런 사람이 되고 말았다.

暝入山村雪擁籬	어둠 내린 산골 마을 하얀 눈이 울타리 감싸고
主人襁裏有啼兒	주모의 포대기엔 보채는 어린아이
繩樞甕牖何妨窄	누추한 집 좁은 것이 무슨 상관 있겠는가
妻産夫樵樂在斯	아이 낳고 나무하면 즐거움 예 있으니

— 「용인 주막에서(龍仁店)」⁵

악전고투 끝에 용인까지 왔다. 주모는 아이를 포대기에 업고 있었다. 이 별것 아닌 풍경이 또 한 번 가슴을 무너지게 했다. 아내와 아이가 있는 저 남편은 얼마나 행복할까. 집은 좁고 초라하기 짝이 없지만 그래도 저이에게는 가족이 있다. 고대광실 좋은 집, 높은 지위에 있더라도 가족이 없으면 그게 다 무슨 소용인가. 가족만 있다고 행복하진 않지만 가족을 잃으면 모든 것이 불행해진다. 행복은 그렇게 가까운 곳에 있었지만 채제공에게는 멀어지다 못해 사라지고 말았다.

다 짓지 못한 모시옷

空堂返照曖遊塵　빈방에 석양빛이 뽀얀 먼지 비추는데
彤几緗函跡已陳　붉은 궤와 검은 상자 옛일이 되었도다.
細飭女奚勤護視　여종에게 잘 간직해두라고 일러두고
他時傳與祭君人　훗날에 제사 모실 사람에게 전해주리.

— 「아내가 쓰던 상자와 궤를 팔라고 권하는 사람이 있기에 시
　　로 답하다(人有勸賣舊用箱几者 詩以答之)」

드디어 집에 도착했다. 믿기지 않는 현실은 그렇게 믿어야
만 하는 현실이 되어버렸다. 장례를 치르자 벌써 아내가 평소
에 쓰던 물건을 팔아 없애라는 사람들이 있었다. 아내의 물건
을 보면 그 기억에 사로잡혀 더 버거워질 것을 염려한 말이겠
지만, 배려와 위로의 말이 외면과 무관심보다 날카로울 때가
있는 법이다. 채제공은 아내가 평소 쓰던 상자와 궤짝을 차마

버리지 못했다. 뒷날 아내의 제사를 치러줄 며느리가 생기면
그에게 전해주려는 마음에서였다.

皎皎白紵白如雪	너무나도 하얀 모시 흰 눈처럼 깨끗하니
云是家人在時物	집사람이 죽기 전에 짓던 옷이라네
家人辛勤爲郎屧	집사람 고생스레 남편 위해 마련해서
要襯未了人先歿	옷을 짓다 못 끝내고 사람 먼저 세상 떴네.
舊篋重開老姆泣	늙은 침모 묵은 상자 열어보고 울먹이며
誰其代斲婢手拙	솜씨 없어 아씨 대신 지을 수 없다 하네
全幅已經刀尺裁	온폭을 이미 잘라 마름질은 끝마쳤고
數行尙留針線跡	두어 줄 시친 자국 아직도 남아 있네
朝來試拂空房裏	아침에 시험 삼아 빈방에서 펼쳐보니
怳疑更見君顏色	어렴풋이 당신 얼굴 다시금 본 것 같네.
憶昔君在窓前縫	지난날 창가에서 바느질을 하던 때에
安知不見今朝着	오늘 옷 입은 모습 못 본 줄 알았겠소.
物微猶爲吾所惜	물건은 하찮아도 나에게는 소중하니
此後那從君手得	당신 손길 닿은 옷을 다시 입기 어려우리
誰能傳語黃泉下	황천의 당신에게 누가 내 말 전해줄까
爲說穩稱郎身無罅隙	모시옷이 낭군 몸에 아주 잘 맞는
	다고.

— 「모시옷(白紵行)」

아내는 정월에 세상을 떴다. 죽기 전에 아픈 몸을 이끌고 남편의 여름철 더위를 식혀줄 모시옷을 짓고 있었다. 아내는 그런 사람이었다. 늙은 침모는 미완성으로 남겨진 모시옷을 상자 속에서 꺼내 보여주며 "제 솜씨가 부족해 마저 만들지 못했습니다."라고 울먹이며 차마 말을 잇지 못하였다. 완성하지 못한 모시옷은 아내와 자신의 미완으로 남은 사랑과도 같이 느껴졌다. 함께했던 것보다 함께 하고픈 것이 많았던 둘의 사랑은 아쉬운 기억만 남긴 채 멈추었다. 모시옷을 펼쳐놓고 보니 아내의 얼굴을 다시 마주한 것만 같다. 아내가 모시옷을 지을 때는 이 옷을 입은 남편의 모습을 수없이 상상했을 테지만, 끝내 그 모습을 현실로 마주할 시간조차 그이의 것이 아니었다. 누가 저승에 있는 아내에게 전해줄 사람이 있다면 이렇게 말하고 싶다. "내 몸에 딱 맞춘 것 같구려." 하고.

끝내 잃어버린 아내의 자취

슬프다! 『여사서(女四書)』 1책은 정경부인에 증직된 동복 오씨가 손수 옮겨 쓴 것이다. 부인은 15살에 나한테 시집와 29살에 한양 도동(桃洞) 집에서 세상을 떴다. 그때 나는 비안(比安) 임지에서 선친을 모시던 중이었다. 미처 집에 돌아오기도 전에 부인이 병들어 세상을 떴다는 전갈을 받았다. 눈물을 훔치며 길을 떠나 옛집에 돌아와 보니, 마당에는 눈이 소복하게 쌓여 있고 방 안에는 먼지가 가득했다. 여종 몇이서 관을 지키고 있었다.

부인은 소생이 없으니 닮은 모습을 누구한테서 찾으랴? 울부짖고 발 구르며 방황하다가, 문득 한글로 쓴 책 한 권이 책상 위에 뒤집혀 놓인 것을 보았다. 다름 아닌 부인이 손수 쓰다가 마치지 못한 『여사서』였다. 글자 획이 곱디 고와 마치 그 사람을 보는 듯했다. 이에 거두어서 부인이 쓰던 작고 검은 책상에 넣어두고, 책상을 내 침실 곁으로 옮겨놓았다. 잃어버릴까 걱정되어서였다.

적이 살펴보건대 요즘 부녀자들이 앞다투어 능사로 삼는 일이란 오로지 패설(稗說)을 숭상하는 것이다. 패설은 나날이 늘어나고 다달이 쌓여서 그 종류가 백 가지 천 가지에 이른다. 세책점에서는 패설을 깨끗하게 베껴서 책을 빌려보려는 이가 나타나면 삯을 걷어 이익을 얻는다. 식견 없는 부녀자들이 비녀를 팔고 빚을 내어서 앞다퉈 빌려다 긴긴 낮을 보낸다. 술과 음식 만드는 일이나 길쌈할 책임도 나 몰라라 하며 너나없이 다들 그렇게 지낸다.

부인만은 홀로 세상 풍습에 휩쓸리지 않고, 길쌈하는 틈틈이 소리 내 읽는 것이라곤 오직 규중에서 모범으로 삼을 만한 『여계서(女誡書)』뿐이었다. 뒤이어 여기에 정신을 쏟아서 종이와 먹을 모아 틈틈이 베껴서 마치 숙제가 있는 듯이 여겼다. 성현의 좋은 말씀을 이처럼 음미했으니 어질지 않고서야 그렇게 할 수 있을까? 내가 그리하라고 말을 꺼낸 탓이 아니라 사실 부인의 성품에서 우러나온 행동이었다. 내 자손들에게 전해주어 부인이 어질고 법도가 있었음을 미루어 알도록 하지 않을 수 있으랴?

부인의 책을 거둔 지 수십 년이 흐른 뒤 내가 개성 유수로 부임했다. 그 사이에 도둑놈이 한양 집에 들어와 평소에 쓰던 일용품을 걷어서 달아났는데, 작은 책상도 그 속에 들어 있었다. 아! 부인을 닮은 필적조차 이제는 다시 볼 수 없게 되었다. 생각이 떠오를 때마다 슬픔을 견디지 못하겠다. 그 사연을 기록하여 그리울 때마다 보려 한다.[6]

아내와 함께한 시간은 14년이었다. 채제공이 아버지한테 근친(覲親)하러 가느라 집을 비웠던 그때에 아내는 세상을 떴다. 아내의 부음을 듣고서 집으로 돌아오는 황망한 심정은 여러 편의 시에 남아 있다. 막상 집으로 돌아와 보니 마당은 쓸지 않아 눈이 쌓여 있고 방 안은 청소를 하지 않아 먼지가 쌓여 있었다. 아내의 부재는 그렇게 강렬한 현실로 다가왔다. 게다가 아내와의 사이에 아이도 없었다. 아내가 그리울 때마다 들여다볼 아내를 쏙 빼닮은 아이라도 있었다면 얼마나 좋았을까. 모든 것이 그저 아쉬움으로 남았다.

그렇게 마음이 무너져내리는 순간에 눈에 띈 것은 아내가 필사를 마치지 못한 『여사서』였다. 익숙한 아내의 필체를 확인하자 죽은 아내를 다시 만난 것처럼 반갑기만 했다. 아내가 쓰던 책상에 책을 넣고는 자신의 침실로 옮겨놓았다. 그렇게라도 아내와 함께 있고 싶었다.

보통의 아녀자들은 소설을 베껴 쓰며 시간을 죽였겠지만, 아내는 그들과 달랐다. 『여사서』는 사대부 여성들에게 교훈이 될 만한 내용을 담고 있다. 이렇게 반듯한 아내를 닮은 아이 하나 없는 것이 더욱 아쉽기만 했다. 아마도 아내 생각이 떠오르면 그 책을 꺼내 한참을 바라보곤 했을 것이다. 그로부터 수십 년이 지난 어느 날, 집에 도둑이 들어 세간을 몽땅 도둑질해 갔다. 아내의 책을 넣어둔 책장까지 도난당했다. 아내의 자취는 완벽히 이 세상에서 사라지고, 영영 아내와는 이별을 맞게 된 셈이다. 채제공은 아내가 남긴 『여사서』에 얽힌 일화를 통해 아내에 대한 그리움을 절절하게 풀어냈다.

눈썹을 펴지 못하고 떠난 당신에게

끝내 잊히지 않는 아내의 기억들

그대가 막 시집왔을 때는 내가 가난했소. 청파동 집은 성곽을 등지고 있는 데다 아주 좁았었지요. 시집온 지 사흘 지나 부엌에 들어갔을 때, 물 긷고 방아 찧는 집안일은 적막하기만 했을 게요. 새벽에 일어나 얼음물로 세수하니 섬섬옥수가 다 텄었소.

가난하고 미천할 때의 조강지처로 온갖 고난을 다 겪었지만, 꿈에도 기도한 것은 남편의 현달이었소. 고생하여 꿀을 만들었건만, 애통하다! 벌은 굶주렸으니. 찬란한 영예를 알려도 아득한 저승에서 어찌 알겠소? 재주 없는데 하늘을 속여 성은이 치우쳐 의장의 창 세우고 깃발 날리며 이에 경기도 땅을 밟으니, 창고의 쌀에는 윤기가 흐르고 높이 쌓인 장작은 언덕을 이루었는데, 다른 이가 집에 들어와 금슬 좋게 살면, 적막한 황천에서 원통해 울지 않을 수 있겠소? 옛

일을 따져볼 때마다 내 마음은 슬픔에 잠긴다오.⁷

아내는 29세 꽃다운 나이에 세상을 떴다. 그 뒤 10년의 세월
이 훌쩍 흘렀다. 당시 31세였던 채제공은 중년의 나이에 접어
들었고, 경기 관찰사로 있었다. 사회적으로 자리를 잡아갈수록
죽은 아내에 대한 아쉬움과 미안함은 더욱 커져만 갔다. 이런
호사 한번 누리지 못한 아내가 불쌍하고 애처로웠다. 온갖 고
생을 다해 꿀을 모았지만 정작 자신은 꿀을 맛볼 수 없는 꿀벌
에 아내를 빗댔다.

1785년 채제공은 아내의 무덤을 이장했다. 아내가 세상을
떴을 때 경황이 없어 급히 땅을 정해 무덤을 썼기 때문이다. 아
내는 죽기 전에 합장을 해달라는 청을 했었고, 아내가 죽은 지
35년 만에 선영이 있는 죽산(竹山)으로 묘를 옮겼으니, 결국 아
내와의 약속을 지킨 셈이다. 이때 파묘를 하면서 고유문을, 이
장을 하면서 제문을 각각 남겼다. 다음은 그 제문 중 한 편이다.

그렇지만 나는 늙었으니, 사람에게 꼭 닥칠 일이 그리 멀지
않았을 것이오. 훗날 서로 만날 그 만남의 기약은 끝이 없
을 것이오. 그렇지만 오늘 꺼이꺼이 울면서 갑자기 잃어버
린 것처럼 하는 것이, 마주 보며 한바탕 웃게 될 거리가 되
지 않을지 어찌 알겠소? 나는 이것으로 마음을 위로하니,
그대도 내 마음처럼 생각하여 편안히 돌아가시오.⁸

눈썹을 펴지 못하고 떠난 당신에게

이제 해줄 수 있는 것이라고는 합장한 무덤을 마련하고 제수(祭羞)를 차리는 일 뿐이다. 그러고는 저승에서 재회할 것을 꿈꾼다. 다시 만나게 될 날에는 아내가 "그때 당신 그렇게 울었잖아." 하며 자신을 놀릴 좋은 추억이 될지도 모른다. 그리 생각하니 아쉬운 마음이 조금 위로가 되는 듯했다. 채제공은 아내가 죽고 42년 뒤인 1793년 제문 한 편을 더 남겼다.[9]

아내는 끝내 지워지지 않는 이름이었다. 자신은 늙고 점점 세속의 지위는 높아져 살림이 풍족해졌지만 아내는 젊은 시절 고생했던 모습으로 생생히 남아, 문신(文身)처럼 그렇게 지워지지 않았다.

2장

함께 살지 못한 집

심노숭

아내를 끊임없이 그리워하다

심노숭은 16세에 동갑내기인 전주 이씨(全州李氏, 1762~1792)
와 혼인하였다. 두 사람은 슬하에 1남 3녀의 자식이 있었으나
그중 둘째 딸을 제외하고 셋을 잃었다. 마지막에 잃은 아이는
청원(淸媛)¹이었는데 1792년 5월 초하루에, 아내는 같은 해 5월
27일에 각각 세상을 떴다.² 심노숭은 같은 해 같은 달에 아내와
자식을 한꺼번에 잃는 아픔을 당하게 된다. 아내가 세상을 떠
나고 2년 뒤인 1794년 재혼을 하여, 1811년 50살의 나이로 새
로운 부인 사이에서 원신(遠愼)을 낳았다. 늘그막에 자식을 얻
은 기쁨과 함께 상실의 슬픔도 찾아왔다. 이 해에 아우 심노암
(沈魯巖)과 어머니가 세상을 떠난 것이다.

심노숭은 유독 정이 많은 사람이었다. 아내가 세상을 떠나
자 2년간 아내에 대하여 무려 26편의 시와 23편의 글을 남겼
다.³ 그리고 이 글들을 모아 『침상집(枕上集)』과 『미안기(眉眼

· 심노숭 문집 『효전산고』 ·

記)』라는 소집(小集)을 만들었다. 그에게 아내는 어떤 사람이었기에 이렇게 절절하게 상실의 아픔을 썼던 것일까? 그가 쓴 「언행기(言行記)」에는 아내의 모습이 아주 상세하게 그려져 있는데 내용을 정리하면 다음과 같다.

아내는 귀천에 따라 사람을 대하지 않았다. 종들에게도 마찬가지여서 은혜로 대하고 농담을 곁들여 응대했다. 기억력이 출중했고 셈도 정확했다. 읽은 지 여러 날 지난 소설 몇 권을 척척 외웠고, 장부 정리를 하지 않고도 계산이 들어맞았다. 여인들이 좋아할 만한 물건에 대한 욕심도 많지 않았는데, 그건 혼인하기 전 어려서부터도 그러했다. 남에게 이유 없이 물건을 받는 것을 극도로 꺼려 했다. 자매나 동서 사이에도 예외는 없었으니 아주 깔끔한 성격이었던 것을 알 수 있다. 죽을 무렵 친정어머니가 더러워진 요를 새 요로 바꿔주려고 할 때도 그것마저 거부하였다. 어머니가 급체로 위중하게 되었는데 마침 양식이 뚝 끊겨서 친척에게 부탁을 하려고 했다. 그러나 그 친척은 옳지 않은 방법으로 일처리를 하는 사람이라 그에게 도움을 받지 말라고 남편을 만류하였다.

아내는 아무리 어려운 처지라도 의롭지 못한 방법은 멀리 하는 사람이었다. 심노숭이 자신의 성질을 주체하지 못할 때는 모른 척하다 기분이 좀 풀리면 조분조분 일의 사리를 따져서 남편의 과실을 스스로 알게 해주었다. 남편이 성질이 나 있을 때는 아무리 옳은 소리를 해주어도 듣지 못하고 서로의 감정만 상한다는 사실을 잘 알고 있었다. 이렇게 아내는 현명한 조언자였다. 남편이 외간 여자에게 눈을 돌려도 감정을 드러내지 않고 모른 척했다. 아내는 어지간한 일은 다 알고도 모른 척하는 그런 사람이었다. 아는 것을 모조리 드러냄으로써 오는 불화(不和)보다는 차라리 모른 척함으로써 오는 평화를 택했다. 나이 어린 시동생 심노암 하고도 잘 지냈다. 평소 심노숭에게는 동생과 아내가 가장 큰 조언자였다. 아내는 한글 서체가 아주 훌륭했다. 또 물건을 자물쇠를 채워 간수하지 않았으니, 매사에 인색하지 않고 여지를 남겨두었다.

아내는 사람과의 관계는 잘 맺었고 일처리는 딱 부러졌으며 마음은 따스하고 판단은 현명했다. 아내는 남편에게 가장 좋은 친구이며 조언자였다. 다시는 만날 수 없는 사람이어서 다시는 얻기도 잊기도 힘든 그런 사람이었다. 남편은 이런 아내를 잊을 수 있었을까?

아내의 영전에 올리는 글

1792년 5월 27일, 아내가 친정 부모를 뵈러 삼청동(三淸洞)에 갔다가 불행히도 세상을 떠나자, 심노숭은 6월 15일에 첫 번째 제문을 쓴다. 아내가 세상을 떠난 지 한 달도 안된 시간이라 여러 편의 제문 가운데 아내에 대한 핍진한 정이 가장 깊게 배어 있다.

눈 내리는 겨울, 밤에 굶주림에 아이는 울어대나 아내는 나올 젖도 없었다. 아이를 강보에 감싸 따뜻하게 해주고 밝게 웃으며 말했다.

"훗날 이런 일도 추억으로 함께 얘기할 수 있겠지요?"

과거의 어려운 기억이 좋은 추억이 되려면 현재는 그 과거보다 훨씬 좋은 상태여야 한다. 과거나 현재나 달라진 것이 없다면 그 어려운 기억은 그저 큰 상처로 기억될 뿐이다. 이 부부의 어려운 기억은 추억이 되지 못하고 상처만 되고 말았다. 그

눈썹을 펴지 못하고 떠난 당신에게

러나 적빈(赤貧)에도 아내는 웃음을 잃지 않고 말했지만 남편은 그 웃음을 울음 속에 기억한다.

또 다른 기억도 있다. 아내의 병이 위중해지자 심노숭은 아내를 보려 하다가도 멈칫멈칫 물러나곤 했다. 아마도 아내를 보면 자신의 마음이 무너져내리는 것을 보이게 될까 봐서였으리라. 아내도 이런 남편의 의중을 알았던 듯 남편이 보고 싶다는 말을 자주 꺼내지 않았다. 아내는 죽음을 앞두고 다음과 같이 말을 했다.

"공연히 남편의 잠을 깨우지 마세요."

영별의 순간에도 아내는 남편의 잠을 설치게 하고 싶지 않았다. 26일 저물녘에 말하기가 힘에 부치고 혀가 이미 굳어져 가는데 다음과 같이 말했다.

"아버지께 인사를 못 드리니 죽어가면서도 마음이 아파요."

아내는 부모님을 뵙지 못하고 죽는 것만은 매우 애석해 했다. 아내가 죽기 얼마 전에 보내온 서신에 다음과 같이 쓰여 있다.

"아청이를 가슴에 묻고 손수 염하고 싶어요."

남편은 허락했지만 예에 없는 일이라 여러 사람들이 막아섰다. 자신의 아이가 죽는 순간에 마지막으로 깨끗이 목욕이라도 시키고 싶은 어미의 간절한 바람이었다. 다른 사람들은 이해할 수 없을지라도 그 마음을 남편만은 이해할 수 있었다. 이뿐 아니라 여러 소소한 기억들이 하나둘 쉴 새 없이 떠올라 심노숭을 괴롭게 했다. 사랑하는 이를 잃었을 때 잘해준 기억이 아니라 잘해주지 못한 기억이 오래 머문다. 그래서 죽은 이에 대한 죄스러움, 아쉬움, 자책 등이 휘몰아치기 마련이다. 제문의 마지막 부분을 소개한다.

(전략) 새벽 베개엔 온갖 상념들이 찾아들고, 등불도 없는 가운데 들리는 낙숫물 소리. 지나온 삶을 참회하니 문득 깨달음을 얻은 승려인 듯. 죽음이 진실로 슬퍼할 만하나 살아 있은들 또한 무슨 즐거움 있으리오? 유유한 시간 속에 한바탕 꿈일러라. 그대 먼저 그 먼 곳을 구경하오.
작년 이날을 추억하니 남산 아래 집에서 쟁반에는 떡이 담기고, 마루 위엔 웃음소리 넘쳐났지. 아이는 찹쌀떡을 이어 놓고, 당신은 나를 위해 술을 따라주었네. 나는 취해 시를 읊조리다 보니 밤이 다 되었지. 지금은 혼자 댕그라니 남아 집에 있어도 나그네인 듯. 그대 혼령 아직 어두워지지 않았다면, 이런 나를 보고 깊이 근심할 것이외다. 남은 꽃들 집을 에워싸고 나무에선 매미 울어대는데, 하늘엔 구름 유유히 지나가고 땅에는 강물 흘러가네. 그대여 부디 와서 임하소서. 상향[1]

때로 어떤 삶은 죽음보다 못한 경우도 있다. 사랑하는 사람을 잊은 사람의 삶이 그러하다. 죽음은 본질적으로 죽은 사람의 문제가 아니라 남겨진 사람의 문제다. 심노숭에게 남은 시간들은 기쁨과 즐거움이 모두 소거(消去)된, 죽음보다 더 아픈 삶의 시간이었다. 불과 작년만 해도 죽은 아내와 아이가 있었다. 그런 아무렇지도 않고 아무 때나 있을 것 같은 일상은 다시는 재현될 수 없는 슬픈 시간이 되고 말았다. 심노숭이 슬퍼하는 대상은 아내인가? 아니면 아내를 잃어 슬픈 자신인가?

내가 잠들지 못하는 이유

심노숭은 본래 잠을 잘 자서 누우면 곧바로 잠들곤 했다. 그러나 아내를 잃은 뒤로는 상황이 완전히 바뀌었다. 아무리 잠을 청하려 해도 잠들 수 없었다. 잠을 청하기 위해 책을 보려 했지만 눈에 들어오지 않았고, 다른 사람과 이야기를 나눠보려 했지만 남만 괴롭히는 꼴이었다. 바둑은 함께 둘 사람이 없었고 거문고 연주를 듣자니 상중(喪中)이라 예법에 벗어난 일이다. 벽을 마주해 중얼거리기도 하고, 한가로이 걸어보고자 했지만 남들 눈에는 미친 사람처럼 보일까 봐 그도 마음껏 할 수 없었다. 이럴 때 구세주처럼 찾을 수 있는 것은 역시 술이었다. 그렇지만 술을 먹고 잠들었다가 중간에 깨기라도 하면 차라리 술을 먹지 않은 것보다 잠을 이루기가 더 어려웠다.

심노숭은 '잠이 번민을 이긴다(睡勝心煩)'라는 말을 믿었다. 잠을 자고 나면 어지간한 고민거리는 해결되기 때문이다. 그러나 그것은 작은 번민일 경우에만 통하는 이야기였음을, 큰 번민을 겪고 난 후에 깨닫게 되었다. 도무지 잠을 잘 수도 없으니 애초에 번민을 이길 수도 없는 셈이다. 아내가 없는 파주의 빈집에서 매미

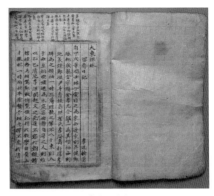

·『대동패림』·

가 미친 듯이 울었다. 그곳에서 하루 종일 하는 일이라고는 하늘을 바라보는 일뿐이었다. 그렇게 미치기 직전에 찾은 방법은 시문(詩文)을 짓는 일이다. 그래서 그는 베갯머리에서 시문을 짓기 시작했다.

이를 모은 것이 『침상집』이다. 앞서 인용한 내용은 「침상집서(枕上集序)」에 나온 것을 정리한 것이다. 심노숭은 이때 무슨 큰 번민이 있었기에 잠도 이루지 못했을까? 1792년 5월에 4살 된 셋째 딸을 잃게 되고, 그 뒤 한 달이 못 되어 아내마저 잃게 된다. 도저히 아프다는 말로는 표현할 수도 없는 아픔 앞에서 그는 자려는 의지도 살아가려는 의지도 함께 잃어버렸다. 그럴 때 쓰지 않으면 견딜 수 없었다. 쓰는 것만이 곧 잠을 잘 수 있으며 다시 살 수 있는 삶의 의지를 회복하는 일이었다.

미지(微之)의 시에, '두 눈 뜬 채 긴 밤 지새, 평생 고생한 당

신에 보답하려오.(惟將終夜長開眼, 報答平生未展眉)'라 하였으니 이것이 『미안기』를 짓게 된 까닭이다.

이미 아내가 눈썹을 펴는 데 아무것도 해주지 못하고는 지금 내가 밤새 두 눈 뜨고 있은들 펴지 못한 눈썹에 무슨 도움이 되리오? 눈썹을 펴지 못한 채 죽어서 장차 내 온몸으로 속죄하려 함에 또 어찌 눈만 오래 뜨고 있는 것으로 한단 말인가? 이 정도로 보답이라 여긴다면 나는 그 부족함을 알 뿐이다.

눈썹을 펴지 못한 것은 수심이 한때에 그친 것이고, 밤새 눈 뜨고 있음은 수심이 종신토록 이는 것이니, 이것으로 저것에 보답으로 여긴다면 나는 또한 그 족하고도 남음을 알겠다. 비록 그러하나 수심으로 수심을 보답함에 어찌 그 남고 모자람을 논하리오!

옛사람이 말하기를, "슬픔이 지극할 때는 글이 나올 수 없다"고 하였으니 이 말이 참으로 그러하도다. 내가 금년에 딸을 잃고 또 아내를 잃게 되어 슬픔이 지극하였다. 상장기(喪葬記)와 고제문(告祭文) 외엔 문을 짓지 않았으니 하물며 시에 있어서랴! 얼마 뒤 슬픔을 보내기 위해 힘써 시문을 지으니 문에 서(序), 기(記), 편지, 발(跋), 명(銘), 묘지명, 잡문(雜文) 등이 있게 되었고, 시에 근체(近體), 고체(古體), 가행(歌行)이 있게 되어 모아 하나로 엮었다. 아, 이것이 어찌 문인가? 시인가? 슬프면 바로 지은 것일 뿐이니 모두 밤

을 지새우면서 얻은 것들이다. 합하여 『미안기』라 이름한
다. 태등은 쓴다.[2]

위의 글은 『미안기』의 서문이다. 눈썹을 펴지 못했다는 것
은 기쁜 일이 없었다는 의미다. 남편은 살아생전에 아내를 진
정 기쁘게 해주지 못하다가 아내가 세상을 떠나게 되자 아내를
잃은 아픔에 진정으로 기쁠 일이 사라지고 말았다. 눈썹을 펴
지 못한 것은 한때의 수심이고 밤새 잠을 자지 못하고 눈을 뜬
채 있는 것은 평생의 수심이라 하면서, 자신의 수심이 생전 아
내의 수심보다 훨씬 더 혹독했음을 토로했다. 슬픔이 지극하면
글도 쓸 수 없는 법이지만 결국 슬픔을 달래기 위해서는 글을
쓸 수밖에 없었다. 잠과 맞바꾼 글들은 이렇게 모이게 됐다.

함께 은거하자는 다짐

심노숭의 딸아이가 제 어머니 유품을 정리하다가 아버지가 쓴
「해은가(偕隱歌)」를 찾아냈다. 거기에는 1791년 7월 27일이라
고 적혀 있었으니, 아내가 죽기 1년 전에 쓴 것이다. 원래는 세
폭 병풍으로 만들어서 해은가를 1폭으로 만들고 그림을 2폭으
로 만들어 병중에 있는 아내를 위로하려고 했던 것이다. 그러
나 끝내 그림을 마련하지 못하고 해은가만 남아 있었다. 아내
는 끝내 병풍을 보지 못하고 세상을 떠나게 된다. 심노숭이 「해
은가」을 짓고 아내에게 들려주자 아내는 아주 기뻐하며 말을
했다.

    "고인 가운데 누가 이런 것을 한 적이 있답디까? 당신의 뜻
    이 너무 고맙답니다. 다만 함께 은거하는 데도 법도가 있으
    니 달관귀인(達官貴人)이 되어 부부가 함께 안빈낙도하던

일을 잊는다면 달관귀인을 지속하기 어렵고, 부부가 안빈낙도하면서 달관귀인 되기를 사모한다면 안빈낙도조차 할 수 없을 것입니다."

심노숭은 아내의 말을 듣고 자신도 모르게 감탄하여 말했다.

"당신이 이를 어찌 알았소?"

아내는 웃으며 말했다.

"제가 어찌 알겠습니까? 다만 세상 사람들을 보건대 귀함에 처하여 천함을 미워하는데, 끝내 천하고자 해도 그리될 수가 없고, 궁함을 싫어하고 영화를 사모하나 영화를 얻지 못하고 궁함만 더욱 심해지니 이로써 알게 된 것입니다."

나는 말했다.

"당신은 왕안석의 아내보다 뛰어나건만 내게는 왕안석만 한 뜻이 없으니 그게 걱정이구려."

그러고는 서로 웃었다.[3]

아내는 현달과 은거, 귀천과 궁달의 상관관계까지 꿰뚫고 있었다. 이렇게 지혜로운 사람이었지만 과묵하고 무능한 것처럼 처신하였다. 알고 보면 이치에도 밝고 말주변도 있던 사람이었다. 아내가 평소 이런 생각을 가지고 있어서 그런지 남편의 낙척불우(落拓不遇)에도 개의치 않고 다른 이들의 영달을 보고도 시기하거나 부러워하며 바가지를 긁지도 않았다. 심노숭은 이 글의 말미에서 아내와 함께 안빈낙도 하지 못함을 아쉬

위하며 이렇게 말한다. "아내의 운명이 박복한 것이 아니요, 나의 운명이 박복한 것이다." 그렇다. 죽음은 죽은 이의 문제가 아니라 남은 이의 문제다. 먼저 죽은 사람이 박복한 게 아니라, 남겨진 사람이 박복한 것이다. 이루지 못한 안빈낙도에 대한 아쉬움 탓일까? 심노숭은 화공을 시켜 그림을 완성하고 거기다 또 진작에 쓴 「해은가」를 붙이고, 지금 쓴 「해은병발」까지 덧붙여 4폭으로 만들어 자신의 옆에 놓아두려고 했다. 그것을 보며 늘 아내를 떠올리기 위함이었다. 그새 3폭으로 계획된 병풍에서 4폭의 병풍으로 늘어났으니, 그 사이 아내에 대한 사랑과 그리움이 더욱 커졌음을 보여주는 셈이다.

끝내 함께 살지 못한 집

(전략) 돌아보면 나는 심기가 약해 홀홀히 자부하지 못했다. 남은 생애를 생각해보니 수삼십 년에 불과하나, 한 번 죽고 난 뒤에는 천백 년 무궁할 것이다. 이에 내가 택할 바를 알겠으니 남원집이 파주 집에 대한 것일 뿐이 아니다. 살아서는 파주의 집을 얻지 못했지만 죽어서는 영원히 서로 파주의 산을 얻을 것이니 즐거움이 그지없다. 이것이 내가 신산(新山)에 나무를 심고, 집에다 심어본 것의 품등을 헤아려 하나같이 산에다 옮기는 까닭이니, 나의 뜻을 갚고 나의 슬픔을 부치는 것이요, 또 나의 자손과 후인들로 하여금 내 마음을 알게 하려는 것이니 훼손하고 손상치 말지어다.

어떤 이가 말하였다.

"그대는 장차 살 것은 도모하지 않고 죽은 뒤의 계책만 세우고 있는가? 죽으면 아무것도 알 수 없으니 무슨 계획을 한단 말인가!"

나는 말한다.

"죽으면 아무것도 알지 못한다는 말은 내가 참을 수 없는 말이다."

계축년(1793) 4월 3일 태등은 분암에서 쓴다.[4]

「신산종수기(新山種樹記)」는 파주의 선산에 떠난 아내를 묻은 뒤에 무덤 주변에 나무를 심게 된 내력을 쓴 글이다. 파주행은 심노숭에게 현실적인 포부를 포기한 낙향을, 아내에게는 새로운 공간에서의 새 출발을 의미했다. 각자 다른 속내였지만 두 사람에게 모두 새로운 시작을 의미한다는 점에서는 똑같았다.

심노숭은 원래 남원(南園, 지금의 남산)에서 아내와 함께 살았다. 그 집에는 꽃과 나무가 참 예쁘게 피어 있었다. 언제부터인지 집은 낡아갔고 꽃과 나무도 따라서 황폐해져갔다. 심노숭은 낡은 집을 두고서 꽃과 나무만 관리하는 것이 내키지 않았다. 아내는 낡은 집은 그대로 두더라도 꽃과 나무를 관리하라고 타박하곤 했다. 심노숭은 내심 새집으로 옮겨가면 아내가 좋아하는 꽃과 나무로 꾸며주리라 작정하고 있었다.

1792년에 파주에다 새집을 지었다. 새집을 짓는다는 것은 단순히 공간을 만드는 것만 의미하는 것이 아니라, 꿈을 함께 만들어간다는 것을 의미한다. 집의 구조는 아내와 하나하나 상의했다. 정원과 담장은 어디에 만들 것인지, 창문과 기둥은 어디에 둘 것인지 의논하는 사이 새집은 마음속에 벌써 다 지어졌다. 꿈을 현실로 만드는 그 과정이 가장 행복한 법이다. 대개 꿈은 더디게 현실이 되거나 아예 현실이 되지 않는다. 그래서 부부는 꿈처럼 행복했다. 이제 집도 거의 다 완성이 되고 꽃과 나무를 심으려는 차에 아내는 병이 들고 말았다. 아내의 병이 조금이라도 차도가 있으면 파주로 내려가 서둘러 일을 마치려고 했다. 하루라도 빨리 아내와 새집에서 살고픈 마음에서였다.

일이 다 마무리되려는 순간에 아내는 병이 위독해져 죽을 지경이 되었다. 아내는 심노숭에게 말했다. "파주 집 옆에다 저를 묻어주세요." 부부는 마주보고 눈물을 흘렸다. 아내는 끝내 새집에서 살아보지 못하고 세상을 떠났다. 죽은 것이 꿈이었으면 좋겠지만 함께 사는 것이 꿈이 되어버렸다.

파주로 이사 오는 날, 아내는 관에 실린 채 왔다. 아내와 함께 살 집은 영영 아내가 없는 집이 되어버렸다. 집 가까이에 아내의 무덤을 썼다. 집에서 백 보도 안 되는 가까운 거리였다. 죽어서라도 가까운 데에 무덤을 두어 함께 살지는 못하지만, 함께 살 수 없는 아쉬움을 달래려 했다.

아내의 무덤에는 이미 나무들이 적지 않아 더 심을 필요는 없어 보였다. 그러나 필요 없는 나무를 솎아내고 나니 오히려 휑한 느낌도 없지 않았다. 심노숭은 이듬해 한식날 삼나무 30 그루를 심고 이도 부족했는지 자신이 죽을 때까지 매해 봄, 가을로 나무 심기를 계획한다. 생전 아내의 소망을 지켜주지 못한 아쉬움이 컸던 탓이다. 이제 부부가 함께 있을 수 있는 공간은 새집이 아니라 새 무덤이 되어버렸다. 아내의 부재로 새집은 더 이상 살아 있는 공간이 아니지만, 새 무덤은 언제인가 자신의 생명이 끝난 뒤에 함께 영면(永眠)할 수 있는 공간이 된다. 이런 의미에서 보면 무덤에 나무를 심는 일은 아내에 대한 멈출 수 없는 사랑의 표현이 되는 셈이다.

이런 뜻도 모르는 사람들은 살 일은 내팽개치고 산소에 나무 심는 일에 열중하는 것을 핀잔하며 죽으면 아무것도 모른다고 입찬소리를 했다. 심노숭이 차마 견딜 수 없는 일은 "죽으면 아무것도 모른다(死無知)"는 말을 듣는 일이었다. 그런 사실을 너무도 잘 알면서도 차마 인정할 수 없는 말이기도 했다. 그 말을 인정하는 순간 자신이 죽는다 해도 아내와 재회할 기회마저 불가능해지기 때문이다.

종교를 떠나서 죽음은 그저 셧아웃(shut out)이다. 이승의 기억과 관계가 저승으로 온전히 이어진다는 것은 인류가 만들어낸 가장 큰 거짓말일지도 모른다. 그렇지만 그것이 거짓이라 할지라도 그 거짓말을 믿는 것이 사실을 믿는 것보다 더 나을 수도 있다. 이것이 종교가 필요한 이유다. 아내와의 삶에서 얽힌 무수한 기억과 추억이 단절될지도 모른다는 공포가 결국 죽음에 대한 공포와 다른 이름이 아니기 때문이다.

다시 아내의 무덤에서

(전략) 내게 상사(喪事)가 생겨 초빈(草殯)으로부터 계속 묘를 지킴에 어떤 때는 한 번 곡하고도 눈물이 나다가 어떤 때는 천백 번 곡해도 눈물 한 방울 나지 않을 때도 있다. 그 자리에서 곡함에 어찌 슬프지 않아 눈물이 안 나오는 것이겠으며, 자리에 있지 않아 곡하지 않음에도 문득 눈물이 줄줄 흘러내리니 신과 인간 사이의 이치는 진실로 아득하나 느꺼움도 없는데 응함이 있거나, 느꺼움이 있는데 응함이 없는 그런 일은 없다. 여기의 느꺼움으로 저기의 응함을 알 수 있은즉 다만 잠자리에 들고 음식을 먹을 때에만 서로 통하는 게 아니다. 천 리를 떨어지고, 여러 해를 지나 즐거운 마음으로 거문고와 피리가 가득한 자리에 있을 때, 일 처리를 하느라 문건이 책상 위에 수북할 때, 술을 마셔 내 몸을 잊을 때, 바둑과 장기로 뜻을 부칠 때 이 모든 경우는 다 눈

물과 관계없지만 무언가에 저촉됨이 있으면 느꺼움이 있게 된다. 느꺼움은 눈물과 도모하는 건 아니지만 눈물은 느꺼움에 따라 나오니 신이 응하게 되는 것은 향을 사르고 처연해지는 제사 때에만 그러는 게 아니라 어떠한 상화에서든 있는 것이다. 그러니 그 자리와 자리 아님, 곡함과 곡하지 않음을 또한 논해 무엇하리오! 내가 이런 까닭에 제사에 임해 곡하여 눈물을 흘리면 제를 지냈다고 여겼고 그렇지 않으면 제사를 지내지 않은 것과 같다고 여겼으며, 때때로 느꺼움이 있어 눈물이 나면 신이 내 곁에 왔구나라 여기고, 그렇지 않으면 황천길이 멀구나라고 생각했다. 이에 「누원」을 짓는다.[5]

눈물은 눈에 있는 것인가? 마음에 있는 것인가? 글의 서두에서는 눈물의 의미에 대해 심노숭의 생각을 밝혔다. 결론은 마음의 감응에 의해 눈을 통해 나오는 것이 눈물이라고 말하고 있다. 조선시대 눈물이라는 소재에 대해서 가장 꼼꼼히 정리한 글이 아닐까 싶다.

위의 글에서는 자신의 체험을 통해 눈물의 의미를 좀 더 자세하게 정리하고 있다. 묘를 지키고 있을 때에 어떤 때는 한 번 곡하고도 눈물이 쏟아져 나오다가, 어떤 때는 천백 번 곡을 해도 눈물 한 방울 나오지 않았다. 눈물이란 자신의 느낌(感)과 죽은 아내의 응함(應)이 합쳐질 때에 나오는 것이다.

특정하게 추모하는 자리의 유무와, 제사와 곡함의 유무가 눈물이 나오는 데 크게 중요한 것이 아니라, 자신과 죽은 이의 감응 속에서 눈물이 흘러나오게 된다는 것이다. 그러니 자신이 눈물을 흘릴 때는 자신의 느낌과 아내의 응함이 합쳐진 상태이니, 아내가 자신의 곁에 있음을 몸소 체험하는 귀중한 시간이 된다. 그는 수시로 나오는 눈물을 때로는 흘리고 때로는 참으며 아내가 없는 시간들을 버티고 있었다.

나 스스로를 슬퍼하며 통탄하니 녹(祿)이 있어도 봉양할 수 없음에랴! 녹을 얻고 못 얻음에 다 부끄러워 이마에 땀이 난다오. 아직 무슨 생각이 남았으리오만, 간혹 조강지처 떠오르곤 하니 인정에 차마 빨리 잊히진 않는가 보외다.
봉전영제(俸錢營祭)는 고인의 시에도 있기에 그대 죽은 뒤로 내 깊이 슬퍼하던 바이오. 이제 노년에 현감이 되니 그 작기가 콩알만 하나 다른 이에게는 박할지라도 내겐 두텁기 그지없다오. 그러하나 이제와서 부귀영화를 누린들 무슨 즐거움이 있겠소! 부리는 종들로부터 벗에 이르기까지 나를 따라온 자는 모두 예전의 사람들이 아니라오.
우리의 딸아이가 아들을 낳아 총각머리할 정도가 되었다오. 그 어미가 우리 집안의 옛일을 애기해주고, 손주는 곁에서 들으며 웃고 즐거워하니 슬픈 중에도 기쁠 만하고, 살아 있다는 게 문득 죽은 것보다 낫기도 하다오. 이제 임지

로 떠나면 오래도록 당신 무덤 비워두겠기에 회포를 금치 못하겠구려. 간단히 고하는 바이니 살펴주시오.[6]

1816년 55세의 나이로 논산 현감으로 나가게 된다. 늘그막에 처음으로 고을 원님이 되었다. 그의 아내가 죽은 뒤 벌써 24년의 세월이 지났을 때다. 현감 자리가 대단한 자리는 아니지만 그나마 이 일로 인해 살림이 조금 나아질 수 있었다. 생활의 변화가 찾아오면 제일 먼저 죽은 아내를 떠올렸다. 함께 있었다면 함께 누렸을 것들이 손톱의 가시처럼 괴롭게 만들었다. 그간 딸아이는 훌쩍 자라 아들을 낳았고, 외손주는 제법 사내아이 태가 난다. 세월의 변화는 자신을 통해서가 아니라 주위 사람들을 통해서 더욱 절감케 한다. 아내를 잃은 상실의 슬픔보다는 아내가 없는 시기에 있었던 변화된 일상을 담담하게 적어 내려갔다. 어쩌면 24년은 누군가를 잊기에 충분한 시간일 수 있지만, 그에게 아내는 절대로 잊히지 않는 이름이었다. 이 글이 아내에게 남긴 마지막 글은 아니었다. 이 글을 짓고 6년이 지난 뒤에 「죽은 아내의 회갑날 무덤에서(亡室周甲日寢參告文)」를 남겼다.

3장

길기만 한 하루의 시간들을 어이할까

심익운

먼저 떠난 사람을 그리워하다

세상에 부부의 정만큼 애틋한 것이 또 있을까. 기적과 같은 확률로 만나서 결혼을 하고, 서로를 닮은 아이를 낳으며, 부모님의 죽음을 함께 치르고, 둘 중 하나는 상대방의 죽음을 보게 된다. 해로를 하지 못하고 한 사람이 먼저 세상을 뜬다면, 남은 사람은 온전히 남겨진 시간을 홀로 마주해야 한다. 삶과 죽음의 모든 과정을 함께하는 관계이니 인연이 아니고서는 참으로 설명하기 힘들다.

옛글을 읽다 보면 예나 지금이나 부부의 정이 다를 바 없음을 알게 된다. 때로는 지금보다 더 살가운 애정 표현에 놀라기도 하는데, 세상이 바뀌어도 사람 사는 정리(情理)는 별반 차이가 없나 보다. 이러한 부부의 정은 특히 도망시(悼亡詩)에서 두드러진다. 도망시는 남편이 제 아내의 죽음을 기록한 시다. 죽음을 통해서만 그러한 깊은 정이 세상에 드러나게 되니 아이러니하다 할 수 있다.

추사 김정희(金正喜)는 「배소만처상(配所輓妻喪)」에서 "나는 죽고 그대만이 천리 밖에 살아남아 그대에게 이 슬픔을 알게 하리라(我死君生千里外, 使君知有此心悲)"라고 하여 다시 태어나면 자신이 먼저 죽어서 이러한 아픔을 부인에게 느끼게 하고 싶을 정도로 그 격통이 심했음을 말하고 있다. 성현(成俔)은 "말갈기 같은 무덤의 흙 처음 쌓고 나서, 돌아와 눈물 흔적 씻어버렸네(馬鬣初封罷, 歸來拭淚痕)"라고 하여 처음 아내를 묻고 온 날의 감회를 적기도 하였다.

간혹 드물기는 하지만 아내가 남편에게 쓴 글도 남아 있다. 이응태의 부인인 원이 엄마는 먼저 죽은 남편을 그리워하여 자신의 머리카락으로 미투리를 삼고 편지를 써서 남겼다.

(전략) 함께 누우면 언제나 나는 당신에게 말하곤 했지요. 여보 다른 사람들도 우리처럼 서로 어여삐 여기고 사랑할까요. 남들도 정말 우리 같을까요. 어찌 그런 일들 생각하지도 않고 나를 버리고 먼저 가시나요. 당신을 여의고는 아무리 해도 나는 살 수 없어요. 빨리 당신에게 가고 싶어요. 나를 데려가주세요. (후략)

둘이 누워 베갯머리에서 아내가 "남들도 우리처럼 사랑했을까요?" 했던 다정한 모습이 눈에 선하다. 애절한 부부애가 참

눈썹을 펴지 못하고 떠난 당신에게

으로 눈물겹다. 차라리 죽고 싶다는 속내도 내비쳤다. 어쩌면 죽은 사람보다도 못한 산 사람의 시간들이 한없이 애처롭다. 그들은 살아갔을까, 아니면 살아냈을까?

아내, 세상을 떠나다

심익운(沈翼雲, 1734~?)은 본관이 청송(青松)이며, 자는 붕여(鵬汝), 호는 지산(芝山) 또는 합경당(盍耕堂)이다. 『병세재언록(幷世才彦錄)』에서는 "이들 형제(심상운, 심익운)는 글을 잘 지었고 시와 편지글도 잘했다. 심익운의 시는 생동하고 기운이 넉넉하여 요즘의 뒤틀리고 어긋난 말들과는 같지 않았다."라고 그에 대해 높게 평가한 바 있다. 나 역시 심익운에 대해 몇 편의 글을 쓴 적이 있다.

심익운은 부인 남산 김씨(南山金氏, 1733~1766)를 잃고 도망시를 썼다. 이 시는 수많은 도망시 중에서도 매우 인상적인 작품이다. 24시간에 걸쳐 상처(喪妻)한 남편의 심경을 담담히 그려내고 있다. 자시(子時: 23시~1시)에서 해시(亥時: 21시~23시)까지 만 하루 동안 각 작품마다 시간을 부기한 총 12편의 연작시로 상처한 남편의 심경을 그려낸 기록이자 작품이다. 시간

의 경과에 따른 도망시로는 강희맹(姜希孟)의 오경가(五更歌) 5
수가 있기는 해도, 이 시처럼 하루 24시간 동안을 12수로 남긴
경우는 거의 찾아볼 수가 없다. 이 시는 그의 문집인 『백일신집
(百一辛集)』[2]에 실려 있다.

심익운이 33세 때인 병술년(1766)에 그의 부인은 34세로 유
명을 달리한다. 슬하에 1남 2녀가 있었다. 그는 가난한 가장으
로서의 미안함을 '집사람이 양식이 떨어졌다 알려주는데 나로
하여금 생계를 마련해 보라는 뜻이 있어서 시를 지어 보여준다
(家人告糧絶, 意欲使余營生, 作此以示)'라는 제목의 시를 지은 적
도 있었다. 이렇게 아내는 고생 속에 죽어갔고, 남편은 아픔이
문신처럼 남았다. 심익운은 아내에 대해 두 편의 시를 더 남기
고 있다.

曉夢看君病裡顔	새벽꿈에 당신의 병중 얼굴 보았더니
覺來朝日照窓間	깨고 나자 아침 해가 창 사이에 비추네.
此生苟得長如此	이 삶이 오래 이와 같을 수 있다면
不恨無眠夜似矜	병 앓는 것처럼 잠 없는 밤도 한하지 않
	으리.

심익운의 아내는 6월 7일 죽었다. 이 시의 제목으로 '6월 12
일 새벽, 꿈에 죽은 아내를 보고 아침에 일어나 울면서 이 글을
쓴다(六月十二日, 曉夢見亡室, 朝起感涕, 書此)'라고 되어 있다. 아내

가 죽은 지 5일 만에 아내 꿈을 꾸고는 깨어나 울면서 쓴 시다.

새벽꿈에 본 아내는 병을 앓았던 수척한 모습 그대로다. 이내 잠을 깨고 나니 햇살이 창틈으로 들어오고 울컥 혼자 남겨진 자신의 처지를 깨닫는다. 더 괴로운 건 이런 날이 계속 반복된다는 사실이었다. 차라리 잠이라도 없으면 아내 꿈도 꾸지 않을 것이고, 이렇게 혼자 남겨진 방에서 깨는 일도 없을 것이다.

홀아비의 슬픔과 괴로움

천하의 불쌍한 백성이 넷인데 홀아비와 과부, 고아, 자식 없는 노인이다. 그러나 고아라고 해서 반드시 어머니가 없는 것도 아니고, 자식 없는 노인이라 해서 꼭 아내가 없는 것도 아니다. 또 음식과 옷을 만드는 것은 여자의 일이니, 생활을 꾸려가는 어려움은 홀아비가 과부보다 더 크다. 이것이 홀아비가 사민(四民) 가운데 가장 불쌍한 이유이리라.

내가 홀아비가 된 지 6년의 세월이 흘렀다. 이러한 고달픔을 갖고 있는 것을 옛날에 앞선 사람들의 말로만 들었다가, 지금은 몸소 알게 되었다. 처음에는 슬퍼하고 한스러워하며 죽은 사람만을 슬퍼했더니, 마침내는 힘겹게 살아가는 사람만을 안타깝게 여기게 되었다. 일찍이 이르기를 "증자(曾子)가 다시 장가들지 않은 것은 새 사람을 흉

악한 사람 중에서 고르게 될까 봐서가 아니고, 장자(莊子)는 아내를 잃고 길게 노래해서 통달한 선비(曠士)란 이름에 숨어버린 것이다.”라고 했다. 저 성인(聖人)과 달사(達士)도 오히려 이와 같이 하였는데 하물며 그만 못한 사람이 어떻게 하겠는가.

어린아이를 가엾게 여겨서 마음이 조마조마하니, 어쩌면 세월은 그리도 더디고 더딘가? 마치 나무를 심고서 울창해지기를 기다리는 것 같구나. 어머니의 도를 아버지의 가르침에 맡기되 또한 어머니의 자애로움을 먼저 하고 아버지의 엄함을 뒤로 하는 것이다. 비록 다시 거문고와 책에서 펄쩍펄쩍 뛰어대고 창과 걸상을 더럽히며, 불러도 오지를 않고 가라고 뿌리쳐도 가지 않더라도, 처음에는 차마 꾸짖지 못하였으니 더욱이 어떻게 회초리를 때릴 것인가. 밤낮으로 장성하기를 바라니, 어떻게 그 밖의 것을 알겠는가.

봄날 아침에 막 해가 떠서 온갖 새가 화창하게 울 적에는 새를 보고서 가슴이 복받치니 감정이란 곧 사물과 함께 일어났다. 떠난 기러기는 다시 돌아와서 하늘에서 꽥꽥 울고, 옛 제비는 둥지를 찾아서 지붕에서 지저귄다. 저들이 모두 짝을 찾아 즐겁거늘 사람이 되어 새만 못할 수가 있겠는가?

이내 계절이 여름철로 바뀌면 적제가 계절을 주관하여

심한 더위가 답답하게 쩌대니 하루 해가 1년처럼 길다. 마음은 걱정되어 근심을 더하게 되고 몸은 나른해서 더욱 질력이 난다. 홀로 빈 마루에 누워서 얼굴에 책을 덮고서 만일 북녘 창에서 꾸는 꿈에 희황을 만날 수 있다면 나는 혼인의 예가 어찌하여 이러한 화가 싹트게 되었는지를 묻고자 한다. 비록 슬퍼하고 애도하는 정이 갈수록 더욱 깊어서 때와 장소도 없는 것이 전부터 지금껏 계속됐더라도, 가을에서 겨울로 넘어갈 때에는 더욱 마음을 가누기가 어렵다. 하늘과 땅이 휑하고 눈보라가 쓸쓸하게 울려댄다. 헌솜은 보충할 수가 없고, 베 이불은 썰렁해지기가 쉽다. 그래서 깊은 걱정이 있는 것 같아서 잠을 못자고 마음속에서 늘 생각하고 있으니 이는 참으로 홀아비라는 것이다.

그러므로 대저 백 년 동안과 사계절 사이에 상황마다 눈길 가는 곳마다 슬픈 것은 많고 기쁜 것은 적으니 이것은 홀아비의 괴로움이고, 형제가 어울려서 즐거움을 나누지만 한 사람이라도 소외되면 집에 함께 살아도 나그네와 같으니 이것은 홀아비의 슬픔이요, 비록 알아주는 이가 있더라도 진심이 아니고 이리 새끼 같은 사나운 마음은 마침내 길들지 않으니 이것은 홀아비의 정이다. 그러므로 홀아비의 고통을 아는 사람은 있으나 홀아비가 슬퍼하는 것은 모르고, 홀아비의 슬픔을 아는 사람은 있으나 홀아비의 정은 모른다. 홀아비가 되어서 그 정을 알게 되기에 이르면 곧 이것이 능히 진짜 홀아비가 될 수 있는 것이다.[3]

이 글 「홀아비에 대해서(鰥夫賦)」는 심익운이 상처(喪妻)한 지 6년이 될 때 쓴 것이다. 환과고독(鰥寡孤獨)에 속한 네 부류 중에 홀아비가 가장 슬픈 이유를 제시했다. 고아도 어머니가 있을 수 있고, 늙어 자식이 없다 하더라도 아내가 있을 수는 있다. 과부라 해도 살림을 직접 할 수 있으니, 역시 가장 불쌍한 부류는 홀아비라는 것이다. 또 죽은 아내만을 슬퍼하고 있으니, 죽는 것보다 못한 자신의 처지를 안타깝게 여겼다는 구절이 매우 절절하다. 증자(曾子)는 부모님을 잘 봉양하기 위해서 부모님 봉양에 소홀한 아내를 내치고는 아내를 새로 얻지 않았고, 장자(莊子)는 부인이 죽자 동이를 두드리며 노래를 했다는 고사가 있다. 하지만 증자는 재취를 포기한 것 뿐이지 속내는 새 아내가 필요했을 것이고, 장자는 아내를 잃은 것이 슬펐지만 겉으로 슬픈 척하지 않았을 뿐이다. 이런 사람들도 이러했는데 그들보다 평범하기 그지없는 자신은 어떻게 할 것인가.

아직도 어린 자식은 너무도 더디게 자라고 있다. 온갖 버르장머리 없는 행동을 하지만 어미도 없는 가여운 자식에게 회초리를 들 수도 없다. 그저 빨리 무사히 잘 자라주기만을 바란다. 아내도 없이 혼자 자식을 훈도(訓導)하기에 어머니의 자애로움을 먼저하고 아버지의 엄격함을 뒤로 한다는 표현이 매우 핍진하다.

아내가 없는 부재의 공간에서의 따분한 일상도 나열하고 있다. 여름에는 더위에 지쳐서 하루를 지내기가 1년과 같지만 더 견디기 힘든 것은 겨울이라고 했다. 겨울에는 옷에 헌솜을 보충할 수도 없고, 이불도 썰렁해지기 때문이다. 온기가 절실히 필요한 겨울에 찬 이불에 혼자 들어가 있어야 할 자신의 처지가 더더욱 한심했을 것이다.

홀아비의 괴로움이란 사시사철 보는 것마다 슬프게만 보이는 것이고, 홀아비의 슬픔이란 형제와 함께 있어도 마치 외톨이처럼 슬픔에 푹 젖어 있는 것이며, 홀아비의 정이란 자식이 못마땅한 구석이 있어도 야멸치게 훈도를 하지 못하는 것이다. 그러니 이 중에 하나를 이해할 수 있을지언정 세 가지 다를 이해할 수는 없으니, 홀아비가 되어서 겪어보기 전에는 홀아비를 이해할 수 없다고 말했다.

홀아비를 표제로 삼아 쓴 시문은 기껏해야 몇 편에 불과해 찾아보기 힘들다. 이 글처럼 부(賦)의 형태로 지은 작품은 거의 유일하다 할 수 있다. 왜 이런 작품들이 많지 않을까? 아마도 여기에는 아내 잃은 슬픔을 여과 없이 드러내는 것이 경박스럽다는 자기 검열이 있지 않았을까 싶다. 그럼에도 불구하고 이 글은 아내를 잃은 남편의 심정이 어떤 작품보다 절절하다. 아내를 떠나보낸 지 6년이 지나도 슬픔은 그대로였던 모양이다.

하루의 시간들을 어이할까

심익운의 도망시의 제목은 '일시내하허곡(日時奈何許曲)'이니 곧 '하루의 시간들을 어이할까?'라는 뜻이 되겠다. 또 제목 옆에는 '방월령절양류가(倣月節折 楊柳歌)'라고 부기되어 있는데, 이글이 월령체(月令體)로 된 '절양류가(折楊柳歌)'를 본 딴 작품이라는 뜻이다. '절양류가'는 옛날 황취곡(橫吹曲)의 이름이기도 하고, 또 사패(詞牌)의 이름으로 양류지(楊柳枝)를 가리킨다. 그러나 이 시와는 크게 관련이 없어 보인다. 서두에서 말했듯이 이 글은 12편의 연작시 형태로 되어 있다. 전문은 다음과 같다.

何如生與死　어찌하여 삶과 죽음은
去日去不息　어제가 가도 쉬지를 않고
來日來無已　내일이 와도 그치지 않나.
奈何許　어찌하겠는가?

夢見得依俙　　꿈속에 아스라이 보이다가

覺念失處所　　잠 깨서 생각하니 맘 둘 곳 없네.

寂寂無他聲　　고요하여 다른 소리 안 들리는데,

宮鼓打五更　　궁고(宮鼓)만이 오경(五更)을 알리누나.

鄰鷄動三鳴　　이웃집 닭 움직여 세 번 우네.

奈何許　　　　어찌하겠는가?

有聽又有思　　듣는 것 있으면 생각도 따라 있게 되니

悲來不可禦　　슬픔이 온다 해도 막을 수 없네.

漸見東方開　　점점 동쪽 밝아져오는 것 보니

室中生白色　　방 안이 환하게 되어서는

似從吉祥來　　길상(吉祥)이 따라 오는 것만 같구나.

奈何許　　　　어찌하겠는가?

不知黃泉下　　황천 아래에도

亦有天明處　　또한 하늘이 밝아오는 곳 있는 줄 모르겠네.

心愁臥不起　　마음속 근심으로 누워 못 일어나고

輾轉復輾轉　　이리 뒤척 다시 저리 뒤척

百回在被裏　　백 번 뒤척이며 이불 속에 있네.

奈何許　　　　어찌하겠는가?

已聞街導聲　　이미 '물렀거라' 소리를 들으니

是誰赴衙去　이것은 누군가 관아로 가는 것이리.

勉強起來坐　억지로 일어나 앉으니

衣被失寒溫　의복은 시원함과 따스함도 잃었네.

無人調適我　나를 챙겨줄 사람도 없구나.

奈何許　　　어찌하겠는가?

愁與粥飯煮　수심과 죽을 같이 삶아서

同吞腹中貯　함께 삼키니 배 안에 쌓이누나.

稍見人客來　점차 손님들 오는 것 보고서

强作歡笑語　억지로 즐겁게 웃음 띠고 말하니

誰知我心哀　누가 내 마음이 슬픈지 알겠는가.

奈何許　　　어찌하겠는가?

男兒可憐生　사나이 가련한 삶은

拘繫有兒女　여자에게 얽매어 있구나.

接響打宮鼓　궁고(宮鼓) 치는 소리 연이어 들려

坐看窓影直　창 그림자 곧은 것 앉아서 보니

心知日當午　마음속으로 하루가 정오(正午) 됨을 알겠네.

奈何許　　　어찌하겠는가?

今日已過半　오늘도 이미 절반이 지나긴 했지만

底半難過去　어찌하여 나머지 반절은 지나기 어렵나.

合衣支枕睡	옷도 안 벗은 채 베개 베고 자다가
夢中或見之	꿈속에서 간혹 당신을 보았지만
欲道心內事	마음속 일을 말하려 하여도
奈何許	어찌하겠는가?
松風驚醒我	솔바람 놀래주어 나를 깨우니
相見不相語	서로 보긴 했어도 말할 수 없었네.

院吏聲喚長	아전이 소리 질러 길게 부르니
知是初放牌	이것이 처음 방패(放牌) 소리가
因風度宮墻	바람 타고 궁궐 담장 넘는 것을 알겠네.
奈何許	어찌하겠는가?
三停過二停	세 부분에서 두 부분이 지나가니
今日且將去	오늘도 또한 장차 가려하누나.

誰家罷衙歸	뉘 집 사람이 관아 마치고 돌아가는지,
嘶馬門前過	말이 울며 문 앞을 지나가누나.
鳴聲嬌且肥	우는 소리 들으니 아리땁고도 살졌겠구나.
奈何許	어찌하겠는가?
山頭日欲沒	산 정상에는 해가 지려고 하니
餘光着對處	남은 빛 맞은편을 비추는구나.
黃昏人定沒	황혼이 인정(人定)에 사라지니
送客出戶去	손님이 문을 나서 떠나는 것 보내고

掩門自下牡	문을 닫고 스스로 열쇠를 거니
奈何許	어찌하겠는가?
孤燈照獨影	외론 등불 홀몸의 그림자만 비추니
始知無伴侶	비로소 짝이 없음을 알겠노라.

惻惻難爲情	슬프고 슬퍼서 정을 가눌 수 없어
臥來不着眠	누워서도 잠들 수 없구나.
暗數宮鼓聲	묵묵히 궁고(宮鼓) 소리 헤아려보니
奈何許	어찌하겠는가?
今夜猶未半	지금 밤이 오히려 반도 안 남았는데
底半難過去	어찌하여 나머지 반절은 지나기 어렵나.

어둠은 존재와의 거리를 더 가깝게 좁혀주어, 내면의 고통이 속살을 드러낸다. 그런 의미에서 저녁은 아픔에 무장해제되는 시간이다. 낮에 멀쩡하던 기침이 저녁이 되면 심해지듯, 내면의 아픔도 이와 다를 바 없다.

이 시는 자시(子時, 23~1시)에 시작된다. 아내의 모습을 꿈에서 보았다가 깨는 순간이 이 시의 시발점(始發點)이다. 삶과 죽음은 영원히 쉬지도 않고 그치지도 않을 것 같다. 여기에서 식(息)과 이(已)는 매우 상징적인 단어다. 자신이 쉬거나 그치게 되면 사랑하던 아내와 다시 만날 수 있겠지만, 이 단어들은 모두 부정된다. 결국 삶과 죽음이 이렇게 평행선을 그을지도 모른다는 불안감의 표현에 다름 아니다.

축시(丑時, 1~3시)가 되자 들리는 소리라고는 북소리와 닭 소리밖에 없다. 들을 수 있다는 것은 의식이 있다는 뜻이다. 차라리 아무 소리도 들을 수 없다면 아무 생각도 없을 것이나, 깜깜한 새벽에 소리는 더 크게 다가오니 슬픔에 어찌해볼 도리가 없다. 인시(寅詩, 3~5시)에도 여전히 잠을 이루지 못하고 있다. 이제는 소리가 아니라 빛이 문제다. 여명의 햇살이 방 안을 찾아오니, 마치 상서로운 징조가 있을 것만 같다. 그런데 아내가 있는 곳에도 이런 햇살이 찾아올지 궁금하다. 심익운은 소리와 빛을 통해서만 시간의 경과를 감지하고 있는데 소리와 빛은 자신의 의지와 상관없으니, 매우 수동적으로 시간을 받아들이고 있음을 확인할 수 있다.

묘시(卯時, 5~7시), 아직도 이불 속에서 뒤척이고 있다. 잠을 자는 것도 그렇다고 깨어 있는 것도 아니다. 갈도(喝道) 소리를 내며 누군가는 관아로 출근을 하는데, 자신은 꼼짝도 하기가 싫다. 진시(辰時, 7~9시)가 되자 그제야 일어나 앉는다. 보통 선비의 기상 시간이 인시(寅時)였으니 매우 늦은 시간에 기상한 셈이다. 아내가 없으니 철 지난 옷만이 나를 반겨줄 따름이다. 수심과 죽(粥)을 함께 삶아서 먹는다는 표현이 절절하다.

사시(巳時, 9~11시)가 되자 손님들이 하나 둘 찾아왔다. 웃으면서 그들을 맞는다. 고통은 어차피 혼자 겪어내야 할 몫이다. 추체험(追體驗)이란 애당초 가당치도 않은 말이다. 시치미를 뚝 떼고 그들과 담소를 나누지만, 위로받을 곳이 없다. 온통 머릿속이 죽은 아내 생각뿐이다. 북소리와 그림자로 오시(午時, 11~13시)가 되었음을 알아챈다. 하루의 절반이 지나간 것이 아쉬운 것이 아니라, 아직도 하루의 절반이 남아 있다는 사실이 무겁게 짓누른다.

미시(未時, 13~15시)에 낮잠을 잔다. 꿈을 꾸면 아내와 만날 수 있으니 잠을 청해본다. 꿈에서 만났지만 말 한마디 나누지 못하고 솔바람에 잠을 깬다. 신시(申時, 15~17시)에 아전의 소리를 들으니, 이제야 하루 중 삼분의 이가 지났다. 유시(酉時, 17~19시), 밖에선 벌써 관아의 일을 마치고 집으로 돌아가는 말소리가 들린다. 하루 종일 그 어떤 생산적인 일을 하지 못하고 하루가 빨리 가기만을 기다리는 자신과는 매우 대조적인 풍경이다. 한 일 하나 없이 지는 햇살을 맞는다.

술시(戌時, 19~21시)에 남은 손님도 보내고 문을 닫고 열쇠를 건다. 문단속을 한다는 의미도 있겠거니와, 자신의 마음을 닫아버리겠다는 뜻도 담고 있다. 이제야 온전히 다시 혼자가 되었다. 밤이 되어 등불을 켜보아도 그림자는 하나뿐이다. 해시(亥時, 21~23시)가 되어도 누워서 잠을 청할 수가 없다. 북소리만이 시간이 늦었음을 알려준다. 밤의 절반을 보내고 나머지 절반은 지나가기 어렵다는 탄식으로 마무리한다.

이 시는 우리 한시사(漢詩史)에서는 찾아보기 힘든 독특한 작품이다. 숱한 도망시가 있지만 하루 동안 시간대별로 12편의 작품을 남긴 것은 이것이 유일하다 할 수 있다. 전체적인 분위기가 매우 무거운 가운데 아내를 잃은 무기력한 남편의 모습이 잘 그려져 있다. 살아가는 것이 아니라 살아내고 있다. 그러기에 시간은 소리와 빛으로만 인지할 뿐, 어떠한 의미도 없다. 이 시 전체에서 누군가와 소통을 꾀하고 나눈 흔적은 찾아볼 수 없고 타인은 즉물(即物)적 대상으로만 다뤄진다. 사랑하는 아내가 세상에 없으니 그 어떤 것도 의미가 없었을 것이다. 아내를 잃은 그는 그 이후로 어떻게 살았을까? 숱한 밤들을 그리움으로 켜켜이 채워나갔을까? 사랑하는 이를 잃고서 혼자 남은 사람의 슬픔이 죽음보다 더 무겁다.

4장

수수께끼 시로 전한 마음

이학규

오랫동안 유배된 자의 슬픔

부부의 이별에는 어떤 것이 있을까? 대표적인 것으로는 이혼과 사별이 있다. 이혼은 배우자와 더 이상 정서적으로 맞지 않아 혼인관계를 정리하는 것이고, 사별은 배우자의 죽음 때문에 어쩔 수 없이 혼자 남게 되는 것이다. 이런 사유 말고도 어떤 정치적이거나 경제적인 원인 때문에 부부가 떨어져 살기도 했다. 옛 부부들이 떨어져 살게 되는 가장 큰 이유로는 '유배'를 들 수 있다.

유배가 자성의 시간이 되어 스스로를 재탐색할 기회가 되기도 하고, 교학과 집필에 집중할 시간이 되어 학문적으로 도약하는 계기가 되기도 했다. 그러나 유배는 한 개인을 사회와 가족으로부터 격리시켜서 스스로 무너지게 만드는 무서운 형벌이었다. 그중에서 가장 고통스러운 것은 유배객이 가족과 말그대로 생이별을 하는 일이다.

· 이학규 문집 ·

유배는 어린 자식들의 성장을 보지 못하고, 부모님께 봉양을 하지 못하며, 아내에게 생계의 무거운 무게를 맡겨야 한다. 가장으로서의 의무는 하지 못한 채 안타깝게 가족들의 현재와 미래에 대한 걱정밖에 할 수 없다. 아무것도 할 수 없는 가장은 아무것이나 해줄 수 있는 가장보다 더 서글프다.

조선시대 최장기 유배객은 조정철이다. 총 29년 동안 유배지를 떠돌았는데, 제주도에서만 무려 27년의 세월을 보냈다. 그 유명한 다산 정약용도 18년 동안 강진에 유배되었다가 인생의 황금기를 고스란히 저당 잡히고 해배(解配)의 기쁨을 맞았다. 지금 소개할 이학규(李學逵, 1770~1835)도 유배 기간이 무려 24년이나 되었으니, 유배 기간으로 본다면 수위(首位)에 위치한다.

이학규의 본관은 평창(平昌), 자는 성수(醒叟 혹은 惺叟), 호는 낙하생(洛下生) 또는 낙하(洛下)이다. 외할아버지는 이용휴이고 외삼촌은 이가환이다. 그는 신유사옥에 연루되어 김해에서 24년간 유배 생활을 하게 된다. 사촌 형 백진(伯津)에게 보낸 시인 「세밑에 속내를 말해 백진께 부쳐드리다(歲暮言懷, 寄뮬

伯津)」에서 어머니, 맏아들, 아내에 대한 일들을 하나하나 적고 있다. 특히 아내에 대해서 "아내는 근심과 수고로움 빌미가 되어 3년 동안 누워서 토하고 설사를 하건만 오히려 나에게 걱정을 끼칠까 봐 편지에선 한 마디도 하지 않네(有妻崇憂勤, 三載臥 嘔泄, 尙謂我詒慼, 書至一不說)"라 하였다. 그는 유배지에서 가족들을 차례로 잃었다. 아내와는 15년 동안 생이별 속에 지나다가, 영원한 이별을 맞게 되었다. 그는 아내를 어떻게 기억하고 어떻게 사랑했을까?

수수께끼 시로 마음을 전하다

懷哉此邱樊　그리워라, 집 뒤의 밭이여

入門見婦子　문으로 들어가서 처자식 보니

顧我色甚冤　나를 보는 얼굴에 원망만 가득

相離十餘年　떨어져 살아온 지 10년이 넘었으니

相見無一言　서로 봐도 할 말이 하나도 없네.

— 「꿈에서 돌아가다(夢歸)」

　현실이 고단할 때 꿈과 술처럼 위안이 되는 것도 없다. 그중 꿈은 현실에서 이룰 수 없는 것들을 잠시나마 가능케 만들어준다. 그에게 가족은 꿈에서나 만날 수 있는 사람들이 되어버렸다. 그러나 웬일인지 꿈속에서도 가족들은 자신을 원망하며 쳐다보고 있었고, 아무 말도 나누지 않았다. 가장의 역할을 하지 못하는 죄스러움은 이런 모습으로 꿈속에서 표출됐다. 미안한 마음으로 따지자면 역시나 아내가 가장 많이 떠올랐다.

染盡黃絲坐未治	누렇게 실 싹 물들여도 괜스레 정리하질 못할 텐데
藁砧長是隔天涯	고침(藁砧)은 오랫동안 하늘 끝 멀리 떨어져 있네
破衫會有重縫日	찢어진 적삼은 다시 기울 날 있으리니
小草終思未出時	애기풀은 끝내 산을 떠나기 전 그리워하네
石闕口啣書正到	석궐(石闕)이 입에 물렸는데 편지 마침 이르렀건만
河魚腹疾夢然疑	물고기 배가 상해서 꿈인 듯 생시인 듯
居人也說刀環望	집안 사람들 또한 칼 고리 바란다 말을 하고
錦字空傳幼婦辭	비단 글자 부질없이 어린 부인 말 전하네.

— 「아내에게, 미어체로 짓다(寄內 謎語)」

아내에게 보내는 시를 미어(謎語, 수수께끼)로 지었다. 구절마다 고사가 배치되어 있어 정확한 의미를 파악하기 쉽지 않다. 송나라의 문인 포조(鮑照)가 지은 「행로난을 본떠서(擬行路難)」 9수의 "황벽나무 베어 황사를 물들이는데, 황사가 어지러이 풀려서 정리할 수가 없네(剉蘗染黃絲, 黃絲歷亂不可治)[1]"라는 구절을 인용한 것이다. 2구에서 '고침(藁砧)'은 짚자리와 작두 받침대를 가리킨다. 고대 중국에서 죄수를 사형할 때 죄수를 침판(砧板)에 엎드리게 하고 작두(鈇)로 참형을 집행했다. 부(鈇)와 부(夫)는 발음이 같으므로 후대에 남편을 가리키는 은어로 사용했다.[2]

3구는 송나라 시인 소식(蘇軾)이 지은 「연회 자리에서 다른 사람을 대신하여 떠나는 사람에게 주다(席上代人贈別)」 3수의 한 구절을 그대로 가져온 것이다. 이는 찢어진 적삼을 꿰매야(縫) 하는 것처럼 헤어진 사람끼리 만나야 한다는 의미를 담은 것이다.[3] 4구의 '소초(小草)'는 원지(遠志)라고도 불리는 약초다. 이는 진나라 학륭(郝隆)이 산중에서 세속으로 나온 사안(謝安)을 조롱하며 "산에 있을 때에는 원지(遠志)나 세속으로 나오면 소초(小草)가 된다."라고 말한 데서 유래한 것이다.[4]

5구의 '석궐구함(石闕口唧)'은 고악부(古樂府)의 "석궐이 입 안에 생기니, 빗돌을(슬픔을) 머금어 말을 할 수 없네.(石闕生口中, 銜碑不得語)"라는 구절을 인용한 것이다. 여기에서 '비(碑)'는 같은 음의 '비(悲)'를 가리킨다. 따라서 석궐을 입에 물었다는 것은 너무 슬퍼 말을 할 수 없다는 뜻을 나타내는 것이다. 6구의 '하어복질(河魚腹疾)'은 물고기는 배 속부터 부패한다는 뜻으로 배앓이를 가리킨다.[5]

7구의 '도환(刀環)'은 칼자루 끝의 고리를 말하는데, '환(環)'과 '환(還)'의 음이 같은 데서 기인하여, 고향으로 돌아감을 가

눈썹을 펴지 못하고 떠난 당신에게

리키는 은어가 되었다.[6] 8구의 '금자(錦字)'는 아내가 남편에게 보내는 편지를 이르고[7], '유부사(幼婦辭)'는 묘한 말을 의미한다.[8] 자신의 기발한 시재(詩才)를 뽐내면서도 그 속에 아내에 대한 깊은 사랑을 숨겨놓았다. 그저 쉽게 읽혀서 알 수 있는 시에 담기보다는, 지금의 언박싱(Unboxing)처럼 선물 꾸러미를 하나하나 풀어가며 느낄 수 있는 기쁨을 선사한 것은 아닐까? 이를 통해 이 작품은 기발한 시작(詩作)의 기지를 보여주면서도 아내에 대한 그리움과 미안함, 자신의 곤궁한 처지와 안타까운 마음을 잘 담아내고 있다. 이 수수께끼 같은 시를 아내에게 보냈다. 알기 쉽게 풀이하면 다음과 같은 내용이 된다.

> 뒤엉킨 마음을 괜스레 정리하질 못할 텐데
> 남편은 오랫동안 하늘 끝 멀리 떨어져 있구려.
> 헤어진 우리가 반드시 재회할 날 있으니
> 먼 곳에서 끝내 떠나오기 전을 그리워한다오.
> 슬픔에 겨워 말문마저 막혔는데 편지가 때마침 이르렀건만
> 배앓이를 하느라 꿈인 듯 생시인 듯
> 집안사람들 또한 고향에 돌아오길 바란다고
> 당신의 편지는 부질없이 묘한 말을 전하는구려.

쑥스러운 마음 때문에 직접적으로 표현하지 못한 것일까? 평소 가슴에 담아놓은 말들을 이렇게 한시 속에 숨겨두었다.

자신은 멀고 먼 곳에서 아내와의 재회만을 꿈꾸었다. 이때는 불과 유배된 다음 해인 1802년이었는데 그때도 역시 집에서 보낸 편지만을 기다리는 게 일이었다. 집에서 온 아내의 편지는 집안사람들이 자신의 귀환을 바라고 있다는 내용을 담고 있었다. 부질없다(空)는 말에서 알 수 있듯 해배의 소망이 요원한 일인 줄 자신도 잘 알고 있다. 그의 불길한 예상은 들어맞았고 그는 아내를 끝내 만나지 못했다. 아내는 이 시의 의미를 금세 풀어냈을까? 아니면 누구의 도움을 받아 내용을 알게 되었을까? 어쨌든 남편이 자신을 생각하는 절절한 마음은 시간이 더디게 걸리더라도 알 수 있게 되었으리라.

아내의 제문을 쓰다

「부인 정씨의 죽음을 애도하며(擬祭丁孺人文)」는 이학규가 아내 정씨(丁氏)가 세상을 떠난 지 6년째 되는 해 추석에 쓴 것이다. 제문의 앞부분에서는 자신의 처지에 대한 심정을 먼저 토로하였다. 이학규의 아버지 이응훈(李應薰)은 이학규가 태어나기 5개월 전, 22살 젊은 나이에 세상을 떠났다. 유복자로 태어난 이학규는 15살 되던 때에 동갑내기 아내와 혼인하게 되었다. 아내는 아버지와 어머니를 여읜 지 10여 년이나 되었고 형제자매도 한 명 없는 혈혈단신이었으니 불쌍하고 가여운 사람이었다. 서로 비슷한 처지에 있던 두 사람은 서로를 애틋하게 여겼다.

평소 아내는 남편이 벼슬길에 나아가 떳떳한 모습으로 보란 듯이 장인과 장모 무덤에 절을 하고 벌초해줄 것을 바랐다. 그러나 아내의 바람과는 너무도 다르게 남편은 출사(出仕)는커녕

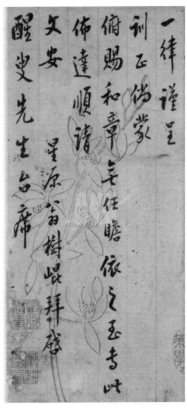

· 기이학규시(寄李學逵詩) 옹수곤(翁樹崑) ·
청나라 옹방강(翁方綱)의 아들 옹수곤이 이학규
에게 보낸 시다. 단국대학교 석주선기념박물관.

유배되는 신세가 되고 말았
다. 유배지에서 아내와 떨어
져 있은 지 20년의 세월이 흘
렀고, 편지를 못 받아본 지도
6년의 세월이 흘러버렸다. 생
이별한 것이 15년이었고 사
별한 것이 6년이 되었다. 이
학규는 다시 부부가 해후하
는 날 자신의 고단한 유배 생
활과 아내의 신산한 살림살
이를 서로 이야기하며 이해
받을 날을 고대했으나, 끝내
그러한 바람은 이루어지지
않았다.

아아! 어찌 차마 말로 다
할 수 있으리오? 부인은

나에게 큰 은혜를 베풀었건만 나는 그것을 갚지 못하였고,
지극한 슬픔을 지녔건만 나는 위로하지도 못하였다오. 그
러기에 나는 때때로 한밤중에 일어나 앉아서는 멍청하니
바보처럼 생각에 빠지고 가슴 속이 타들어가도 스스로 그
만둘 수 없었다오. 내가 남쪽으로 오게 되자, 십수 칸 되는

눈썹을 퍼지 못하고 떠난 당신에게

허술한 집은 지붕을 잇지 못한 채 몇 년이 지나갔고, 척박한 밭뙈기는 영서지방에 있었지만 팔아먹은 것이 이미 절반이 넘었다오. 어머님께서 한평생 병으로 앓고 계시니, 부인은 빗질도 못하고 세수도 못한 채 날마다 삯바느질을 하느라 밤을 새워가며 맛난 음식과 약 달이는 일을 조금도 거르지 않고 15년을 한결같이 하였소. 매번 집에서 편지가 이를 때마다 어머님께서는 부인의 효성에 대해 빠짐없이 말씀하셨는데, 부인께서는 괴로운 정황을 한마디도 언급하지 않았소. 이것이 큰 은혜로서 다 갚을 수 없는 것이오. 부인은 평소 몸이 몹시 아프더라도 원망하거나 근심 어린 말을 하지 않았고, 큰 병으로 죽을 지경이 아니면 아프다는 말도 하지 않았소. 내가 남쪽으로 와 있을 때, 떨어져 있는 괴로움과 헤어져 살게 된 어려움을 말하지 않았다오. 10년이 지난 후 수백 줄 되는 편지를 받아보았는데, 거기에 이렇게 적혀 있었다오.

"흰 머리카락은 뽑을 수도 없게 되었고, 연약한 피부는 쪼그라들어버렸네요. 이러하니 당신을 다시 보게 된다면 더욱 부끄럽지 않겠나요?"

죽음의 그림자가 가까이 이르러 감정이 복받치고 마음이 다급하지 않았다면 필시 이러한 말을 하지 않았을 것이오. 이것이 지극한 슬픔을 위로하지 못한 것이라오.

아아! 차마 말로 다할 수 있으리오? 기억하건대, 내가 서울

집에 있을 때 여름이 끝나고 가을이 될 무렵 땔나무와 끼니도 잇지 못하였소. 부인은 한번은 쓴 맛이 나는 박고지를 삶고 냄새나는 된장으로 나물죽을 끓였는데, 나보고 먹어보라고 권하였으나 나는 도리어 부인에게 한번 맛보도록 권하면서 서로 바라보며 웃었던 적이 있었다오. 그 뒤로 가세가 더욱 영락해져 아이들이 병들어 눕고, 쓴 박고지와 냄새나는 나물죽마저 맛보도록 권할 수 없게 되었고, 급기야는 거듭된 굶주림에 아이가 병을 얻어 죽게 되었다오. 내가 부인과 이별을 하게 되었을 때, 부인께서는 한마디도 말을 하지 않고 다만 머리를 숙이고 내 옷자락을 어루만졌는데, 부인의 눈가를 보니 눈물이 어린 것 같았다오. 그 뒤로 병이 깊이 들어 숨을 헐떡이고 오열할 때에는 나에게 한마디도 말을 할 수 없었다오.[9]

아내는 말수가 많은 편이 아니었다. 그저 숙명이라고 생각하면서 이 모든 것을 감내하고 있었다. 아내는 시어머니를 지극 정성으로 봉양했다. 아무리 그 옛날이라도 남편이 없는 15년간 시어머니를 모신다는 것은 쉽지 않은 일이었다. 남편이 옆에 있으면서 위로해주어도 쉽지 않았을 그런 일을 남편의 부재 속에서 그녀는 묵묵히 해나갔다. 편지로나마 남편에게 투정이나 푸념을 늘어놓을 법도 한데 아내는 아무런 말도 하지 않았다. 그러나 남편은 말하지 않은 것에서 말한 것이나 다름없는 괴로움과 어려움을 읽어내고 있었다.

아내는 그렇게 고단한 속내를 드러내지 않았다가 10년이 훌쩍 지나 남편에게 보낸 장문의 편지에서 이렇게 말한다. "흰 머리카락은 뽑을 수도 없게 늘었고, 부드럽던 피부는 쪼그라들어 버렸네요. 이러하니 부끄러워 당신을 다시 어찌 볼 것인지요?" 동갑나기 아내도 중년의 나이에 접어들면서 자신의 달라진 용모만은 아쉬워했다. 아직도 남편에게는 예쁜 여자이고 싶은 마음만은 숨기지 않았다.

남편은 아내와 있었던 기억의 한 조각을 끄집어낸다. 그때는 땔나무도 없고 끼니도 잇지 못할 극빈의 상황이었다. 아내는 박고지를 삶고 된장으로 나물죽을 끓여서 남편에게 내밀었다. 아내가 준비할 수 있는 최고의 성찬(盛饌)이었다. 그 보잘것 없는 음식을 놓고도 서로 권하며 웃었더랬다. 그렇지만 그 사소한 행복조차 허락되지 않았다. 아이들은 병들어 죽게 되었고, 보잘것없는 음식조차 먹을 수 없게 되었다. 아내는 살아 이별을 할 때도 죽어 이별을 할 때도 말을 건네지 못했다. 아무 말도 하지 않은 그 말에 모든 것을 담아 전했다. 부부는 이렇게 말하지 않은 부분에서 서로의 하고픈 말을 읽어내야 하는 사이다. 섭섭한 것을 모두 퍼부어도 상대의 마음에 단 한마디 말도 전해지지 않을 수 있지만, 한마디 말도 하지 않아도 모든 마음을 다 전달받을 수 있어야 한다.

이 제문에는 "아! 차마 말로 다할 수 있으랴(嗚呼, 忍言哉)"라는 말이 반복적으로 나온다. 아내에 대해 차마 할 수 없는 말들 속에 차마 할 수밖에 없고 차마 하지 않을 수 없는 말들을 담아 냈다.

아픔은 익숙해지지 않는다

아아! 남쪽으로 유배를 와서 지낸 지 20년이 되는 동안 혹독한 형벌이 남보다 심해 사람 노릇을 할 수 없었습니다. 집을 떠나온 지 4년 정도 되었을 무렵 어린 자식의 죽음을 전해 듣고 홀로 목이 메었습니다. 15년이 되었을 때에는 아내가 세상을 떠나니, 거처하는 곳에다가 신위를 임시로 만들어놓고 한 번 통곡하고 상복을 입을 뿐이었습니다. 마지막으로 19년이 되던 해에는 늙으신 어머니마저 세상을 등지셨으니, 하늘입니까? 사람입니까? 누가 이러한 악독한 짓을 한단 말입니까?

아아! 세상에서 옆으로 갈라진 눈이 있고 발로 걸어 다니는 사람 중에서 어느 누가 자식이 아니겠습니까? 저처럼 자기 부모에게 재앙을 입히는 사람이 있겠습니까? 저처럼 부모를 거듭 고생스럽게 하는 자가 있겠습니까? 저처럼 자기 부모를 병들게 하고 굶주림과 추위에 떨게 하는 자가 있겠습니까? 그런데도 염을 할 때 반함(飯含)을 하지 못하였고, 발인할 때에 상여줄을 잡지 못했고, 제사 지낼 때 술 한잔 올리지 못하였으며, 하관할 때 영결을 하지도 못하였습니다. 그러면서도 여전히 구차하게 목숨이나 보존하면서 그럭저럭 세월을 보내고 있으니, 어찌 저처럼 모진 사람이 있겠습니까?

게다가 가까운 집안 사람은 열 중 여덟아홉이 죽고, 친척은 백 중 두셋도 남지 않았습니다. 오래 알고 지내던 아전들과 선대부터 부리던 노비들도, 종형의 편지를 받아보면, 누구는 죽고 누구는 다른 곳으로 갔다는 소식이 해마다 빠진 적이 없었습니다. 설사 오늘 당장 은혜를 입어 내일 고향에 돌아간다고 하여도, 어느 누가 달려나와 두 손을 잡고 눈물을 흘리면서 속마음을 털어놓겠습니까? 이것이 지금 세상에서 살아갈 정황이 없는 첫째 까닭입니다.[10]

이 편지는 1820년에 다산에게 보낸 것이다. 다산은 해배되어 고향에 있었지만 이학규는 아직도 유배지에 있었다. 이학규는 이때 유배 온 지 스무 해가 흘러 다산의 유배 기간을 뛰어넘었다. 이로부터 4년이 지나서야 이학규는 해배되었다. 다산은 18년 동안, 이학규는 24년 동안 유배 생활을 했으니, 두 사람 모두 결코 적지 않은 시간을 유배지에서 보냈다.

유배는 사람의 의지를 꺾는 무서운 형벌이다. 세상에 대한 원망은 결국 자책의 시간들로 이어지다가, 끝내는 희망마저 갉아먹어서 더 이상 희망을 희망하지 않게 된다. 이학규는 누구도 이해할 수 없는 이 고통의 시간들을 다산에게 여과 없이 토해내듯 써 내려갔다. 같은 아픔을 겪은 이만이 이해할 수 있고 이해해줄 수 있으리라 생각해서였을 것이다.

유배 온 지 4년 만에 어린 자식이 죽었고, 15년 만에 아내가 세상을 떴으며 19년 만에 어머니는 유명을 달리하셨다. 운명은 가혹하게도 가장 소중한 것들을 차례대로 앗아갔다. 이별은 그래도 재회를 꿈꾸며 견딜 수 있다지만 가족의 연이은 비보는 아무리 단단히 마음을 부여잡아도 무너져내릴 수밖에 없었다. 무엇보다 최근에 있었던 어머니의 죽음은 더욱 견딜 수 없는 시련이었다. 어머니가 살아 계실 때도 임종을 하실 때에도 장례를 치를 때도 자신은 자식으로서 아무것도 할 수가 없었다. 할 수 있는 일이라곤 비보를 듣고 하염없이 슬퍼하는 일 뿐이었다.

슬픈 소식은 가족에만 국한되지 않았다. 자신이 평소 알고 지내던 사람들도 하나둘 세상을 떠나기 시작했다. 20여 년의 세월 속에 바뀌지 않은 것은 아무것도 없었다. 그렇다면 귀향을 하더라도 또다른 격절(隔絶)의 시간이 기다릴 뿐이다. 그러니 결국 그렇게 고단하던 귀향도 기대할 만한 일이 아닌 셈이 된다. 과거와 현재는 고통으로 시렸고 미래도 또 다른 고통이 예기되어 있었다. 현재가 불행하면 미래를 꿈꾸고 과거를 추억하면 된다지만, 이 모든 것이 불행할 때 어디에 몸을 기댈 수 있었겠는가. 그의 대표작으로 알려진 「비해(譬解)」라는 글을 보면 집안에 화를 입은 사람, 순장당하는 사람, 사형수 등 극한의 상황에 놓여 있는 사람들을 떠올리고 있다. 그러한 사람들의 처지를 적어 내려감으로써 자신의 아픔을 위로받으려고 했다. 커다란 고통과 시련에 놓인 사람들을 보면 작은 고통과 시련은 종종 위로를 받는다. 하지만 이것도 부질없는 시도였다. 비교를 통한 위로와 위안은 자신보다 나은 처지의 사람이 등장하면 곧바로 사라지기 때문이다.

집에서 올 편지를 기다리다

요즈음 밤낮으로 바라는 일이라곤 오직 집에서 보내온 편지를 한번 받아보는 것이랍니다. 그러나 막상 편지를 받으면, 마치 국문을 받는 중형의 죄수가 관원의 판결문을 듣기 바로 직전에 가슴이 먼저 쿵쾅쿵쾅 두근거려 거의 진정할 수 없는 것과 같답니다. 곁에 있는 사람들은 제 얼굴빛이 붉어졌다 창백해졌다 자주 변한다고 합니다. 겨우 편지를 다 읽고 나서야, 늙으신 어머님이 예전과 마찬가지이고, 처자식도 근근이 살아가고 있음을 알게 되지요. 그러면 내일도 이러한 편지를 보기를 다시 기대하게 된답니다. 이것은 마치 소갈증에 걸린 사람이 냉수 한 사발을 마시자마자 또 다시 냉수 한 사발을 마시고 싶은 것 같아, 마시면 마실수록 더욱 갈증이 나서 도무지 목마르지 않은 때가 없는 것과 같습니다. 이것이 첫 번째 괴로움입니다.[11]

유배지에서의 낙이라곤 집에서 올 편지를 기다리는 시간뿐이었다. 그러나 편지를 받아서 봉투를 뜯기 전까지의 긴장감은 이루 말할 수 없었다. 혹시 나쁜 소식이라도 있지 않을까 염려되는 마음에서였다. 아무런 나쁜 소식이 없을 때 간신히 마음을 놓고, 또 다시 다음 편지를 기다리는 일이 반복되었다. 기다림은 참 고통스럽기 짝이 없는 시간들이다. 그러면서도 상대에 대한 진정한 마음을 확인하고 깊이를 더해가는 시간이 되기도 한다. 그래서 기다림은 상대를 향한 더 깊은 구멍을 파고 들어가는 일이다. 상대를 만나지 못하고 확인하지 못하는 그 시간들이 상대방에 대한 깊은 사랑으로 바뀌어 고스란히 쌓이게 된다. 요즘 우리는 기다림을 잃어버린 세대가 되었다.

다시금 더욱 생각납니다. 제가 집에 있을 때, 둘째 아이가 천연두를 앓아 죽으려 할 때에 아비를 부르고 어미를 찾으며 품속에서 구르는 것을 보았습니다. 이때에는 다만 마음이 급하고 손발을 바삐 휘둘렀습니다. 잠시나마 높이 날아가고 멀리 달아나 눈앞의 참혹한 광경에서 벗어나고 싶었습니다. 객이 되어 겨울에 인수옥에 앉아 있는데 집안에서 보낸 편지를 보니, 셋째 아이가 오래 병으로 죽었다고 하니 저도 모르게 눈물이 흘러 얼굴을 덮었습니다. 셋째 아이가 빨리 죽은 게 슬퍼서가 아니라 오직 죽는 날에 얼굴 한 번 다시 보지 못한 것이 슬플 뿐입니다. 이것은 마치 학질에 걸린 사람이 추울 때에는 천하의 사물들이 모두 화산처럼 뜨겁기를 바라다가, 열이 날 때에는 천하의 사물이 차가운 물과 같지 않은 것을 걱정하는 것과 같습니다. 아아! 생사는 불변하지 않으며 인정 또한 이에 따라 불변하지 않습니다. 세상은 허환한 현상과 물거품 같으니, 모였다가 흩어지고 즐겁다가 슬퍼하는 것이 능히 얼마나 되겠습니까?[12]

이학규는 가족들과 이미 함께 있을 때 둘째 아이를 천연두로 잃었다. 그때를 묘사하며 "높이 날아가고 멀리 달아나서(高飛遠走) 참혹한 광경에서 벗어나고 싶었다"고 하였다. 너무도 믿겨지지 않은 일이 현실로 다가와서 차라리 외면하고 싶은 심정이었다. 그래도 이 아이는 아비 품에서 세상을 떠났으니 그나마 다행이라면 다행이었다. 나쁜 소식을 접하게 될까 봐 편지를 뜯을 때마다 긴장하곤 했는데, 결국 이런 불길한 예감이 들어맞았다. 서신을 통해서 죽음의 소식을 들어 셋째 아이는 손이나 얼굴도 한번 어루만져주지 못하고 떠나보내야 했다. 믿겨지지 않는 비보에 한달음에 고향으로 달려가고 싶지만 그도 있을 수 없는 일이었다. 세상을 '양염(陽燄, 먼지가 햇빛에 비추어 나타나는 일종의 멀리 보면 물과 같기도 하고 안개 같기도 한 자연 현상)'과 '물거품'으로 환치함으로써, 슬픔과 격통의 마음에서 벗어나려고 했다.

희망은 더디게 오거나 오지 않는다

瓠蔓花在夕	박꽃은 저녁에 피는데
牽牛花在朝	나팔꽃은 아침에 피네
相期一日中	같은 하루 속에서 기약하지만
不得同榮凋	피고 지기를 함께하지 못하니
譬如竝世人	마치 한 세상 사람들이
生死異所遭	생사를 달리함과 같구나
菁華一零落	화려한 꽃도 한번 시들면
千載逝寥寥	일천 년을 쓸쓸히 지나가나니
靈春與朝菌	명령(冥靈)이나 대춘(大椿)도 조균(朝菌)과 함께
時來同飄蕭	때 되면 시들어 떨어지긴 마찬가지네[13]

―「유감(有感)」

눈썹을 펴지 못하고 떠난 당신에게

이학규는 신유사옥 때 주변의 많은 사람을 잃고 유배 길에 올랐다. 유배지에서 1805년 아이를 잃었고, 1815년 부인이 세상을 떴으며, 1819년 어머니까지 돌아가셨다. 1817년 유배지에서 얻은 후실인 진양 강씨(晉陽姜氏)가 그나마 유배지에서 큰 위로가 되었다. 어머니를 잃은 아픔을 그녀는 잘 위로하고 달래주었다. 그러나 5년간 함께 살았던 그녀도 1821년 딸아이를 출산한 뒤 9일 후에 세상을 떠나고 말았다. 이학규는 그녀의 죽음을 진심으로 슬퍼하며 「윤이 엄마를 곡하며(哭允母文)」을 썼다. 유배는 그에게 가장 소중한 것들을 차례차례 빼앗아갔다. 가까운 사람들은 죽었고, 세상을 경영하겠다는 커다란 뜻도 사라졌으며, 끝내는 삶의 의지마저 앗아가고 말았다. 1~6구는 담담한 듯 말하지만 이러한 상실의 아픔을 담고 있다.

마지막 두 구에서는 『장자』의 내용을 인용하고 있다. 명령(冥靈)은 500년을 각각 봄과 가을로 삼고, 대춘(大椿)은 8000년을 각각 봄과 가을로 삼는다. 반면 조균(朝菌)은 거름 더미 위에서 아침나절에 잠깐 났다가 사라지는 버섯의 일종이다. 조균은 명령이나 대춘과 따질 수 없는 존재다. 그러나 이학규는 조균과 명령과 대춘 모두를 소멸이라는 관점에서 병치시킨다. 시비(是非)와 장단(長短)을 무력화시킴으로써 삶의 애상성은 강화되지만 삶의 분별성은 사라져버린다. 그가 정작 말하고 싶었던 것은 무엇일까? 어찌 살든 삶이란 일회성의 행사이니 현실의 비참함도 그저 슬픈 일은 아니라는 항변을 하고 싶었는지도 모른다. 이 시는 포기에서 나오는 체념일까? 아니면 초탈에서 나오는 관조일까?

서른 초반에 유배를 당해 쉰이 훌쩍 넘어 유배에서 풀려났다. 모든 것을 잃고 나서야 그의 바람은 이루어졌다. 그렇게 가족들을 그리워했지만 가족들과 함께할 수 있는 시간은 주어지지 않았다. 이런 해배가 진정한 해배였을까? 그는 유배에서 풀려났어도 여전히 유배지와 다를 바 없었다. 어느 외딴 곳에 갇힌 것처럼 이제는 아내를 만날 수 있다는 희망도 품을 수 없게 되어버렸다.

5장

당신과 함께한 60년 세월 꿈같았네

정약용

우리는 함께 아팠네

寒蕭蕭	오한에 으슬으슬
洒肌肉	살갗이 싸늘하다가
熱熇熇	신열이 펄펄 끓어
煎肺腸	폐와 내장까지 조리는 듯.
鬼耶胡能來有信	귀신아, 어이 약속한 듯 찾아오느냐.
星耶何不徧一城	복성아, 어이 성안을 두루 비추지 않느냐.
逝將一條孩兒蔘	한 뿌리 동삼을 가지고 가거라.
長驅出門得安平	문밖으로 몰아내어 평안을 얻으련다.

— 「학질 끊는 노래. 이 의원에게 보이다(이때 아내가 임신 중 학질에 걸려 3월부터 7월까지 100여 일이나 앓았다)

截瘧詞. 示李醫(時家人患子瘧百餘日, 自三月至七月)」[1]

이 시는 1781년 다산 정약용(丁若鏞, 1762~1836)이 학질을 앓는 아내가 빨리 회복하길 바라며 썼다. 이때 그의 나이 20세였는데 성균관 과시에 응시했으나 낙방하였다. 또 학질이 임신 중인 아내를 4개월 동안이나 끈질기게 괴롭혔다. 시험에는 떨어졌고 아내는 아팠다. 게다가 아픈 아내는 출산을 앞두고 있었다. 이 시는 병록(病錄)의 성격도 있으니 이헌길에게 보내서 아내의 상태를 정확히 알리고 처방을 받길 원했다. 명의였던 이헌길(李獻吉)은 정약용과 친분이 있었다. 정약용은 이헌길이 처방한 약을 먹고 병이 낫기도 했고[2], 그의 전기인『몽수전(蒙首傳)』을 쓰기도 했다. 오한과 신열에 시달리는 아내를 위해 할 수 있는 것이라곤 시를 쓰는 일밖에 없었다. 당시에는 이처럼 질병을 쫓아내게 해달라는 바람을 담아 시를 짓곤 했다.

黔山何其險   검산은 어이 그리 험준하며
洌水何其長   열수는 어이 그리 길고 긴가.
溪邊見垂柳   시냇가에 수양버들 보이게 되자
我馬一彷徨   내 말이 한참을 서성거렸고,
入門對蔓香   문에 들어가 만향초 마주하여
欣然引壺觴   기쁘게 술잔을 손에 잡았네.

—「한양으로 들어가다(이때 회현방에서 지내던 아내의 병세가 위급하였다. 내가 당도하자 딸을 조산하였는데, 그 아이가 나흘 만에 죽었다)
入漢陽.(時家人病急, 在會賢坊. 余旣至, 徑產生女, 四日而夭)」

눈썹을 펴지 못하고 떠난 당신에게

학질에 걸린 채 출산하게 된
아내는 회현방에 있는 친정에 있
었다. 정약용은 아내의 병세가
심상치 않다는 소식을 듣고 한달
음에 처가에 달려간다. 시 전반
부에는 더딘 여정에 초조한 마음
이 드러난다. 만향초를 보게 되

· 정약용 초상화 ·

자 그제야 집에 도착한 안도감을 느끼고 술잔을 기울였다.

「죽란화목기(竹欄花木記)」를 참고하면 정약용의 집에는 "벽
오동(碧梧桐)은 2년생이 1본 있고, 만향이 1본이 있었다(碧梧桐
生二歲者一本, 蔓香一本)"고 하는데, 처가에도 만향이 있었던 것
으로 보인다. 아내는 목숨을 구했지만 배 속 아이는 조산하여
나흘 만에 세상을 떴다. 이 아이에 대한 기록은 「농아광지(農兒
壙志)」에 "신축년 7월에 아내가 학질로 인해 딸아이 하나를 여
덟 달 만에 출산했는데 4일 만에 죽었으므로 미처 이름을 짓지
못한 채 와서(瓦署)의 언덕에 묻었다(辛丑七月, 妻因子瘧, 徑產一
女, 八朔而生, 四日而夭, 未有名, 埋之瓦署之阪)"라 나온다. 정약용
은 아이를 잃은 슬픔에 대해서 가타부타 시에서는 언급하지 않
았다. 이 시는 고시인데 6구만이 남아 있다. 차마 채워지지 않
은 2구에는 아이를 잃은 아픔을 적지는 않았을까?

우리 농(農)이가 죽었다니, 슬프고 슬프구나. 그의 인생이

가련하다. 나의 노쇠함이 더욱 심한데, 이러한 비통을 만나니, 진실로 조금도 마음을 위로할 수가 없구나. 너희들 아래로 사내아이 넷과 딸아이 하나를 잃었는데 그중 하나는 겨우 열흘이 좀 지나서 죽었기 때문에 그 얼굴조차 기억하지 못하는 형편이고, 나머지 세 아이는 모두 3살 때여서 한창 품에서 재롱을 피우다가 죽었었다. 그러나 모두 나와 너희 어머니 손에서 죽었으니, 그 죽음은 운명이라고 여겨 이번처럼 가슴을 저미듯이 아프지는 않았었다. 내가 이 천애일각(天涯一角)에 있어 작별한 지가 무척 오래인데 죽었으니, 다른 아이의 죽음보다 한층 더 슬프구나. 나는 생사고락(生死苦樂)의 이치를 대략 알고 있는 터에도 이처럼 비통한데, 하물며 너의 어머니는 직접 품속에서 낳아 흙 속에다가 묻었으니, 그 애가 살았을 때의 기특하고 사랑스러웠던 한마디 말과 한 가지 몸짓이 모두 귀에 쟁쟁하고 눈에 삼삼할 것이다. 더군다나 감정적이고 이성적이지 못한 부인들에 있어서랴.

나는 여기에 있고, 너희들은 이미 장대해서 하는 짓이 밉기만 했을 것이니, 너희 어머니가 목숨을 의탁하고 있던 한 가닥 희망은 오직 그 아이뿐이었는데, 더구나 큰 병을 앓아서 점점 수척해진 뒤에 이러한 일을 당하였으니 하루 이틀 사이에 따라 죽지 않는 것만도 크게 괴이한 일이다. 이 때문에 나는 너희들 어머니 처지를 생각하여 내가 그 아이의 아비란 것은 홀연히 잊은 채 다만 너희 어머니만을 위하여 슬퍼하는 것이니, 너희들은 아무쪼록 마음을 다하여 효성으로 봉양해서 너희들 어머니 목숨을 보전하도록 하여라.

차후로 너희들은 모름지기 성심으로 인도하여 두 며느리로 하여금 아침저녁으로 부엌에 들어가서 맛있는 음식을 장만하고 어머니의 거처가 따뜻한가 추운가를 살펴서 시시각각으로 시어머니 곁을 떠나지 않으면서 곱고 부드러운 모습을 가지고 모든 방법으로 기쁘게 해드리도록 해야 할 것이며, 시어머니가 혹시 쓸쓸해 하면서 즐겨 받으려 하지 않거든 마땅히 성심껏 힘을 다해서 기필코 환심을 사도록 힘쓰게 해야 할 것이다. 시어머니와 며느리 사이가 매우 화락해서 털끝만큼도 마음속에 간격이 없게 되면 오랜 뒤에는 자연히 서로 믿게 될 것이다. 그리하여 규문에 하나의 화기가 빚어지게 되면 천지의 화기가 응해서 닭이나 개, 채소나 과일 따위도 또한 제각기 무럭무럭 잘 자라서 일찍 죽는 일이 없고, 막히는 일이 없을 것이며, 나 또한 하늘의 은혜를 입어서 자연히 풀려서 돌아갈 수 있게 될 것이다.

—「두 아들에게 답함, 임술년 12월(答兩兒, 壬戌十二月)」[3]

정약용은 가족을 잃은 불행한 사람이었다. 당시 아이 하나 둘 잃은 것이야 매우 빈번한 일이었지만, 그의 경우는 특별한 경우에 해당한다. 6남 3녀 중에 무려 4남 2녀를 잃었다. 아들

둘에 딸 하나만이 살아남았을 뿐이다. 출생 후 짧게는 4일에서 길게는 4년까지 살다가 세상을 떴다. 그중에 네 아이의 죽음에 대해서 글을 남겼다.[4]

다른 아이의 죽음도 슬펐지만 4살배기 농아의 죽음은 더 슬펐다. 「농아광지」에는 이때의 아픔이 자세히 기록되어 있다. 살았던 세월과 아픔이 꼭 비례하지는 않겠지만, 살았던 세월은 기억을 남기고 기억은 더 깊은 상처로 남는다. 죽은 아이 중에 가장 나이가 들어 세상을 떠난 아이는 게다가 유배지에서 떨어져 있었다. 그 아이에게 아무것도 해준 것도 없었고, 아무것도 해줄 수도 없었다.

아이를 잃은 아픔 속에서도 아내를 걱정하며 남은 아들들에게 편지를 썼다. 편지의 앞머리에는 유배지에서 아이를 잃은 격통을 솔직하게 써 내려갔다. 나머지 부분에서는 아이를 잃고 상심해서 건강을 해치게 될지도 모를 아내에 대한 걱정으로 채웠다. 아들과 며느리들이 성심으로 어머니의 건강과 마음을 챙겨드릴 것도 당부했다.

부부란 삶을 같은 기억으로 채워가는 사람이라 할 수 있다. 그런 기억 속에는 기쁜 일도 있을 테지만 슬픈 일도 있다. 그중에 슬픈 기억은 가족을 해체하기도 결속시키기도 한다. 가족이 해체된다면 슬픈 기억을 함께 공유했던 일도 사라지고, 각자도생(各自圖生)의 길로 나아갈 수밖에 없다. 그래서 슬픈 기억은 상대가 아픈데 내가 더 큰 고통을 느낄 수 있어야 함께 기억할

· 남양주시 조안면 능내리에 위치한 여유당 ·

수 있다. 무수한 슬픔의 기억은 어떠한 시련도 견딜 수 있는 굳
은살을 가져다준다. 굳은살은 어쩌면 보기에는 그렇게 좋지 않
을지라도, 삶의 상처에 더 이상 짓무르지 않게 하는 단단한 힘
이 숨겨져 있다.

가난하면 행복은 창문으로 달아난다

苦雨一旬徑路滅	궂은비 열흘에 샛길 모두 사라지고
城中僻巷烟火絶	성안 외진 골목에는 밥 연기 끊어졌네.
我從太學歸視家	태학에서 글 읽다 집으로 돌아와
入門譁然有饒舌	문에 들어서자 시끄럽게 야단치는 소리.
聞說竈空已數日	듣자니, 끼니 떨어진 지 서너 날
南瓜鬻取充哺歠	호박을 길러 따서 죽 끓여 마셨다만,
早瓜摘盡當奈何	어린 호박 다 따버려 어쩔 수 없고
晚花未落子未結	늦게 핀 꽃 지지 않아 열매 아예 달리지
	않은 터,
鄰圃瓜肥大如瓵	옆집 밭에 익은 호박이 항아리만 같아
小婢潛窺行鼠竊	여종이 틈을 엿보아 훔쳐다가,
歸來效忠反逢怒	충성을 바쳤으나 야단을 맞으니
孰敎汝竊箠罵切	누가 훔치라 했냐 회초리에 꾸지람이

눈썹을 펴지 못하고 떠난 당신에게

호되네.

嗚呼無罪且莫嗔	아아, 아이는 죄 없으니 꾸짖지 마시게
我喫此瓜休再說	내가 이 호박 먹을 테니 말을 더 마시고,
爲我磊落告圃翁	나를 위해 솔직하게 밭 주인에게 알려 주오
於陵小廉吾不屑	오릉중자의 청렴을 나는 달갑게 여기지 않는다고.
會有長風吹羽翮	장풍이라도 일어나 날갯죽지에 불어주 었으면
不然去鑿生金穴	그렇지 않다면 금광 캐러 떠나리라.
破書萬卷妻何飽	만 권 서적 독파한들 아내가 허기를 채 우랴
有田二頃婢乃潔	밭 두 뙈기면 여종은 죄짓지 않았으리.

─「호박 탄식(南瓜歎)」

1784년 6월에 지은 시다. 열흘이나 줄기차게 내린 비에 길
은 엉망진창이 되었고, 밥 짓는 연기는 뚝 끊겼다. 글을 읽다 밖
에서 돌아와 보니 집에서는 아내가 호박을 훔친 여종을 야단치
고 있었다. 여종이 며칠 동안 끼니를 거르게 되자 옆집 호박을
몰래 따 왔다. 도벽(盜癖)으로 인한 일탈이 아니라 주인에 대한
충정에서 한 일이었다. 그렇다고 마냥 칭찬할 수 없는 일이어
서 아내는 여종을 꾸짖고 있었던 것이다. 어쩐지 아내가 여종

을 꾸짖는 것이 아니라, 남편인 자신을 질타하는 것처럼 느껴졌다. 여기 나오는 오릉(於陵)은 오릉중자, 곧 전국시대 제(齊)나라의 진중자(陳仲子)를 말한다. 청빈의 삶을 스스로 택해서 나중에 처자식도 버리고 산중에서 가난하게 살았다. 사흘 동안 굶주려 우물가에서 굼벵이가 파먹은 오얏을 삼키고 나서야 귀에 소리가 들리고 눈이 보인 일까지 있었다고 한다.

정약용은 자신이 오릉중자의 청렴이 달갑지 않다고 분명히 밝혔다. 그에게 청빈은 자발적 선택이 아니었던 셈이다. 시 말미에서 금광을 캐러 가겠다는 현실적인 타개책을 모색해보지만, 따지고 보면 이것도 공염불에 불과한 말이었다. 실제 가난이 닥치면 뾰족한 방법이 없이 사람을 수동적으로 만들어버린다. 가족들 배나 곯게 하고 여종은 도둑질이나 하게 만든 이따위 공부는 해서 무엇에 쓸 것인가 하는 자괴감이 들었다. 이처럼 불행은 구체적으로 다가오고 행복은 추상적으로 다가온다.

請事安貧語　안빈의 말을 실천하려 했으나

貧來却未安　가난해지자 가난이 편치 않네.

妻咨文采屈　아내 한숨에 모양새 꺾이고

兒餒敎規寬　아이 굶주리자 훈육이 느슨하다.

花木渾蕭颯　꽃과 나무 도무지 쓸쓸하고

詩書摠汗漫　시(詩)와 서(書)는 하나같이 부질없어라.

陶莊籬下麥　도연명 전장의 울타리 아래 보리일랑

好付野人看 　이 농부가 보는 것이 좋으리.

— 「가난을 한탄하며(歎貧)」

이 시는 1795년 실직하여 곤궁할 때 썼다. 이때 규장각에서 『화성정리통고(華城整理通攷)』를 편찬하는 일에 종사했지만, 여전히 곤궁한 삶을 면치 못하였다. 1794년에는 생계를 위해 책을 내다 팔기도 하였다. 가난이 상상이 아닌 현실로 찾아올 때 가난은 처절한 고통일 수밖에 없다. 가난은 단수(單數)가 아니고 복수(複數)다. 가난은 나만 참으면 그만인 것이 아니라, 대개 가족과 결부되기 때문이다. 아내는 땅이 꺼져라 한숨을 쉬니 가장의 체면이 말이 아니고, 아이들은 배를 쫄쫄 곯으니 야단칠 일도 그냥 넘어가게 된다. 아끼던 정원에 있는 꽃과 나무도 웬일인지 쓸쓸하게만 보이고 책들은 하나같이 쓰잘데없게만 느껴진다. 부잣집에는 차곡차곡 보리를 추수하여 쌓여가지만, 자신에게는 그림의 떡일 수밖에 없다. 가난한데도 평소의 부덕(婦德)을 잃지 않는 아내란 남자가 여성에게 가지는 가장 큰 환상이다. 그러나 이 세상에 생계를 꾸려나갈 수 없는 가장에게 관대한 여자는 없다. 또 있다 해도 바라서는 안 될 일이다.

浦口西風好放船 　포구에 서풍 불어 배 띄우기 좋아라
鄕園東望杳雲烟 　동쪽 고향 동산은 구름 안개 아련하다.
瘦妻解惜靑山過 　야윈 아내는 청산 스쳐가는 것 안타까

워하고

穉子耽看白鳥眠　어린 아들은 흰 물새 조는 모습 흥미롭
　　　　　　　　 게 구경하네.

苕雪往來元自樂　초천과 삽교를 왕래함이 본디 즐거운데
鹿門畊隱定何年　녹문산에 숨어 밭갈 날 어느 해이랴.
細將出處通宵議　출처행장을 밤새워 따져본다만
只少歐陽穎尾田　구양수와 달리 영미의 전답이 없어라.

　─「초여름에 처자를 거느리고 소내로 돌아오다(孟夏領妻子還
　　苕川)」

　1783년에 4월, 회시에 합격하여 처음으로 정조를 알현하고,
1786년에는 별시 복시에 낙방한다. 이 시는 이때 지어진 것으
로 하제시(下第詩)에 해당한다. 하제시는 과거에 떨어진 감회
를 적은 시를 이르는 말이다. 실패할 때 가장 볼 면목이 없는 사
람도 가족이고, 실패를 딛고 일어설 기운을 가져다주는 사람도
가족이며, 끝내 그리던 성취를 이루었을 때 가장 기뻐할 이도
가족이었다. 그런데 아내는 말랐고 아이는 어렸다. 가장의 가족
들에 대한 시선이 수(瘦)와 치(穉)에 담겨 있다. 아내와 아이를
무심코 보았지만, 심정까지 무심할 수는 없었다. 가난을 타개할
단 하나의 선택지인 과거시험에서는 낙방하고 말았다. 메기가
대나무 장대 위를 올라가는(鮎魚竹竿) 형국이었으니 아무리 애
를 써서 일이 잘 풀리지 않았다. 이 고사는 매성유와 관련된 말

눈썹을 펴지 못하고 떠난 당신에게

이다.

　5~8구에서 그의 고심은 더 깊어진다. 장지화(張志和)와 방덕공처럼 은둔하여 살고 싶다는 강한 충동도 느낀다. 세상을 등질 것인가? 다시 세상에 몸을 맡길 것인가? 구양수처럼 의지할 만한 경제적 기반이 없으니 다시 세상을 향해 도전하는 수밖에 없었다. 정약용은 2년 뒤에 드디어 문과에 급제하였다.

유배를 떠나다

明星出東方　계명성이 동쪽 하늘에 뜨자

僕夫喧相呼　마부들 시끄러이 서로 부르네.

山風吹小雨　산바람이 가랑비를 불어와

似欲相踟躕　머뭇거리게 만드는 듯.

踟躕復何益　머뭇거린들 무슨 소용 있는가

此別終難無　이 이별은 끝내 없을 수 없는 것.

拂衣前就道　옷자락 떨치고 길에 올라

杳杳川原踰　가물가물 강과 들을 넘으니

顔色雖壯厲　표정이야 씩씩한 체해도

中心寧獨殊　속마음이 어찌 나만 다르랴.

仰天視征鳥　고개 들어 날아가는 새를 보니

頡頏飛與俱　오르락내리락 짝과 함께 나는구나.

牛鳴顧其犢　어미 소는 울며 송아지 돌아보고

雞呴呼其雛　닭도 구구구 제 새끼 부르거늘.

—「사평에서의 이별(沙坪別), 이는 처자(妻子)와의 이별이다.
사평은 한강 남쪽에 있는 마을이다(別妻子也. 沙坪村在漢江之
南)」

1799년과 1800년, 채제공과 정조가 잇달아 세상을 떠났다.
이때부터 정약용은 자신의 불행을 직감했는지도 모른다. 그는
서책과 처자식을 먼저 소내로 보냈다.[5] 그 후 1801년 2월 8일에
신유옥사(辛酉獄事)가 일어나 정약전과 함께 탄핵을 받고 유배
길에 나서게 된다. 위의 시는 1801년 2월 29일에 처자식과 이
별하는 감회를 쓴 것이다.

　새벽녘 벌써 마부들은 갈 길을 재촉하듯 시끄럽게 서로 부
르고 있다. 가랑비도 뿌려대니 비 핑계로 조금만 더 갈 길을 미
루고 싶다. 그러나 뭉그적거린다고 주저앉을 수도 없는 일이
다. 씩씩하게 자리를 박차고 일어섰다. 짝지어 나는 새는 사이
좋은 부부같고, 송아지와 병아리는 자식들 같다. 그는 그렇게
유배길에 나섰다. 이렇게 헤어져서 부부는 서로가 18년이나 떨
어져 살게 될 것을 알고 있었을까?

田園偕隱結心期　전원으로 아내와 함께 은거하자 마음
　　　　　　　　　굳혔더니
不意人生有別離　뜻밖에 내 생애에 이별이 있을 줄이야.

春去空懷松葉酒	봄이 지나가자 부질없이 송엽주 생각이 나누나
月明誰聽木蘭詞	밝은 달 아래 목란사는 누가 듣는가.
孤鶯坐樹應須友	그곳 나무에 앉은 외론 꾀꼬리는 짝을 기다릴 테고.
雙燕營巢好養兒	여기 한 쌍의 제비는 둥지 틀어 제 새끼 잘 기르네.
莫把閒愁催白髮	쓸데없는 근심으로 백발을 재촉하지 말자고
時將手札慰相思	때때로 서찰 적어 그리운 마음을 달래노라.

— 「전원(田園)」

1801년 3월 9일 경상도 장기현에 유배되었을 때 지은 시다. 아내와 전원에서 함께 살자던 약속은 다 헛일이 되고 말았다. 아내가 주던 송엽주가 생각나고, 지금 목란사를 부른다 해서 들어줄 아내가 없다. 짝을 기다리는 꾀꼬리와 새끼를 기르는 제비를 보니 처자식을 버려두고 온 자신의 처지가 더욱 기가 막힌다. 이런저런 걱정으로 흰머리가 늘어나기보다는 그저 집사람이 그리울 때마다 편지를 쓰며 마음을 달래본다. 아내는 이때 잘 지내고 있었을까?

4월 26일에 집 하인이 집에서 보내온 편지를 가져와서 소식을 들을 수 있었다. 「집의 하인이 돌아가다(家僮歸)」에 보면,

"아내는 긴긴날 눈물로 보낸다(拙妻長日淚)"라 나온다. 아내도 집에서 눈물 바람으로 지새고 있었다. 또 「아내가 누에 친다는 말을 듣고(聞家人養蠶)」에는 아내가 누에치기에 열중하는 정황을 엿볼 수 있다. 가장이 없는 집안 형편 때문에 누에치기를 호구지책으로 삼았는지, 아니면 남편에 대한 그리움을 달래줄 소일거리로 삼았는지는 분명치 않다. 정약용은 「원진사 일곱 수, 아내에게 주다(蚖珍詞七首, 贈內)」에서 누에치기의 전반적인 과정을 일곱 수에 걸쳐 꼼꼼히 적어 보냈다. 아내에게 경제적으로 실질적인 도움이 되길 바라는 마음도 함께 담았다.

蛾生在紙面	나방이 잠박 종이에 나오니
翕翕情相親	곱살맞아 정을 줄 만하네.
方其爲蠶時	누에이던 그 시절에는
未嘗知婚姻	혼인이 무언지도 모르고
枕藉一席中	한자리에 서로 베고 누워
漠若行路人	길 가는 남처럼 냉담하였지.
燕雀同窠巢	제비 참새도 둥지 함께할 때는
昵昵恩愛純	친밀하고 사랑이 도타워
比翼表繾綣	날개 나란히 하여 정겨움을 표하고
交頸含殷勤	목을 비비며 은근한 정 지니지만
赴海爲蚌蛤	바다로 들어가 대합이 돼버리면
不復憶前身	지난날은 다시 생각조차 않는다네.

身化世則幻	몸이 변하면 세상도 변하거늘
豈得重因循	어찌 다시 옛날 그대로이랴.
因知吾與若	이로써 알리라, 나와 그대도
亦無來生因	내생의 인연이 없으리란 사실.
一暝萬世黑	한번 눈 감으면 세상은 깜깜하여
骨肉成灰塵	살과 뼈가 재 되고 먼지 되나니,
縱然同穴埋	설령 한 구덩이에 묻힌다 해도
豈復如生辰	어찌 다시 생시와 같으랴.
我懷誠曠達	내 비록 성격이 활달하다만
每念潛悲辛	이 생각할 때마다 슬프고 쓰라린데,
況汝兒女情	더구나 그대는 여인의 마음으로
能不摧心神	심신이 어찌 꺾이지 않았겠소.
明河夕如練	은하수는 칠석이라 비단 같고
列宿光磷磷	열 지은 별들은 총총 빛나며,
候蟲互鳴答	제철 벌레는 서로 울며 화답하고
白露流庭筠	뜰 대나무엔 흰 이슬이 맺히는데,
攬衣不成寐	옷자락 움켜잡고 잠 못 이루며
栖栖達淸晨	첫새벽까지 엎치락뒤치락하리.
流年感孤衷	세월이 바뀌니 이 맘도 서글퍼져
淚落沾衣巾	눈물 떨어져 옷과 수건 적신다오.
羨彼雲中鶴	부러워라 저 구름 속 학은
兩翼如車輪	두 날개가 두 수레바퀴 같으리.

눈썹을 펴지 못하고 떠난 당신에게

· 강진 초당 ·

—「나방이 나오다, 갑자년 7월 칠석에(蛾生, 甲子七夕)」

　　정약용은 장기에서 다시 강진으로 유배를 떠났다. 1801년
강진으로 유배를 가다가 금강에 이르러 「금강을 건너며(渡錦
水)」를 썼다. 이 시에서 1777년 겨울 아내를 데리고 화순(和順)
을 가면서 금강을 건넜던 일을 떠올렸다. 둘은 함께 여기저기
많이도 다녔다. 1802년 새해에 아이들은 의서(醫書)를 베껴서
서신과 함께 부쳤고, 부인은 옷가지와 술, 찰밥을 챙겨 보냈다.
보낸 서신을 받고 쓴 시 「새해에 집에서 온 서신을 받고(新年得
家書)」에는 "……어린 자식은 아비 일에 데어서 농사를 배우고
병든 아내는 남편 사랑 여전해 옷 지어 보냈구나. 좋아하는 음

식 기억하여 붉은 찰밥 멀리 부치고 쇠로 만든 투호를 굶주림 면하려고 팔았다니(稚兒學圃能懲父, 病婦縫衣尙愛夫. 憶嗜遠投紅 糯飯, 救飢新賣鐵投壺)……"라 했다. 집안의 형편은 투호를 팔아서 생활비를 조달할 상황까지 내몰렸다. 이후 아내에게 몇 편의 시를 보내며, 그렇게 유배 생활이 익숙해지고 있었다.[6]

위의 시는 1804년 칠석날에 나방을 보며 부부의 인연에 대해 생각한 것이다. 다정하던 나방도 누에 시절에는 서로 남남이었고, 새들도 바닷속에 들어가 조개로 바뀐다. 이렇듯 부부도 깊은 인연으로 맺어졌다지만 죽고 나면 그저 영영 이별이 되고 만다고 생각하면 기가 턱 막힌다. 결국 짧은 인생만 존재할 뿐인데 생이별로 세월만 보내고 있으니 답답하기 짝이 없었다. 아내도 칠석날에 잠 못 이루고 있을 것을 상상해보면 눈물이 저절로 흘러내린다. 날개 있는 학이 부럽기만 하니, 자신이 학이라면 아내가 있는 곳으로 훨훨 날아갔을 것이다. 인간은 짧은 삶에서 짧은 인연을 맺고 죽음으로 인해 다시는 재회할 수 없게 된다. 정약용은 부부의 아픈 체험을 통해 실존의 문제까지 다다랐다.

아내와 다시 만나다

내가 강진(康津)에서 귀양살이하고 있을 적에 병이 든 아내
가 헌 치마 다섯 폭을 보내왔는데, 그것은 시집올 적에 가
져온 훈염(纁袡, 활옷)으로서 붉은빛이 담황색으로 바래서
서본(書本)으로 쓰기에 알맞았다. 이리하여 이를 재단, 조
그만 첩(帖)을 만들어 손이 가는 대로 훈계하는 말을 써서
두 아이에게 전해준다. 다음날에 이 글을 보고 감회를 일
으켜 두 어버이의 흔적과 손때를 생각한다면 틀림없이 그
리는 감정이 뭉클하게 일어날 것이다. 이것을 '하피첩(霞帔
帖)'이라고 명명하였는데, 이는 곧 홍군(紅裙, 붉은 치마)의
전용된 말이다.

—「가경 경오년(1810) 초가을에 다산의 동암에서 쓰다(嘉慶庚
午首秋 書于茶山東菴)」⁷

아내는 시집올 때 입었던 빛바랜 치마 다섯 폭을 보내왔다. 왜 뜬금없이 새치마도 아닌 입던 헌 치마를 보내왔을까? 유배지에서 유배객은 거의 예외 없이 첩을 두었다. 익숙하지 않은 살림도 대신해줄 겸 유배지에서의 외로움도 달래줄 겸 현지처처럼 함께 살았다. 유배객이 해배되어 고향에 돌아가게 되면 계약 만료처럼 그렇게 그들의 관계도 끝나버렸다. 다산도 예외는 아니어서 홍임의 어머니와 함께 생활하고 홍임을 낳았다. 이들 모녀에 관한 이야기는 「남당사(南塘詞)」에 자세히 나온다. 아마도 다산이 첩을 둔 사실이 아내 홍혜완(洪惠婉)의 귀에 들어갔을 것이다. 그 당시라 해도 남편이 첩을 둔다고 무조건 아내가 이해했던 것은 아니다. 아내가 극력 반대하는 경우도 있었고, 어쩔 수 없이 받아들이는 일도 있었다.

당신은 아직 나의 치마폭에 있다는 완곡한 경고의 메시지를 보낸 것은 아닐까? "우리가 결혼하던 때를 생각해보시오. 나는 당신의 아내요." 다산은 이 치마를 잘라 이름도 예쁜 노을치마로 만든 첩[8]을 만들어 두 아들에게 주었고, 남은 한 폭으로는 매화쌍조도를 그려 외동딸에게 보냈다. 그건 '나는 아이들의 아버지이고 당신의 남편'이라는 뜻의 회신은 아니었을까?

古枝衰朽欲成	묵은 가지 다 썩어 그루터기 되려더니
擢出靑梢也放花	푸른 가지 뻗더니만 꽃을 활짝 피웠구나
何處飛來彩翎雀	어디선가 날아든 채색 깃의 어린 새

應留一隻落天涯   한 마리만 남아서 하늘가를 떠돌리

「남당사」중 한 편이다. 늘그막에 낳은 어린 홍임이에 대한 기쁜 마음도 있었지만 언제인가 해배되면 서로 떨어져 살 수밖에 없는 운명도 함께 떠올라 마음이 저려왔다. 유배지에서 첩을 맞아 아이를 낳게 되더라도 통상 유배지에 그대로 두고 온다. 그것이 마음에 걸리면 경제적인 도움을 주었지만, 매몰찬 사람들은 나 몰라라 하였다. 다산은 홍임이 모녀를 집으로 데려왔다. 예상대로 아내 홍혜완의 강력한 저항에 직면해서 홍임이 모녀를 강진에 돌려보낼 수밖에 없었다. 다산이 왜 이렇게 무리한 시도를 했는지 그 의도를 정확히 알 수는 없지만 두 모녀에 대한 깊은 정 때문은 아니었을까?

다산은「효부 심씨의 묘지명(孝婦沈氏墓誌銘)」에서 "네 시어머니는 성품이 편협하여 마음에 드는 사람이 적었다(姑性隘少可意)"라 하였고,「학유가 떠날 때 노자 삼아 준 가계(贐學游家誡)」에서 "나의 아내는 흠잡을 것이 없지만 아량이 좁은 것이 흠이다(吾內無病, 唯量狹爲疵)"라 했다. 이처럼 다산은 아내가 속이 좁은 사람이라 적시해놓았다. 그러나 아내의 입장에서 보자면 분명히 경고의 메시지까지 보냈는데 아이까지 낳아 떡하니 함께 18년 만에 돌아온 남편에 대해 말할 수 없는 분노와 배신감을 느꼈으리라. 18년 동안 남편의 부재 속에서 아이들 양육과 살림을 혼자 꾸려나간 대가가 결국 이것인가 하는 마음도

들었을 것이다. 어쨌든 홍임이 모녀를 강진에 보내고 어렵게
다시 평화가 찾아왔다.

마지막이 된 회혼례

六十風輪轉眼翻　60년 풍상의 바퀴 순식간에 흘러갔는데

穠桃春色似新婚　복사꽃 화사한 봄빛은 신혼 때와 똑같
　　　　　　　　 았네.

生離死別催人老　생이별과 사별은 사람 늙기 재촉하건만

戚短歡長感主恩　슬픔 짧고 기쁨 많아 성은에 감사하네.

此夜蘭詞聲更好　이 밤에 목란사 소리는 더욱 좋고

舊時霞帔墨猶痕　그 옛날 『하피첩』엔 먹 자국 남아 있네.

剖而復合眞吾象　헤어졌다 합친 것이 참으로 내 모양이니

留取雙瓢付子孫　합환주 잔 남겨서는 자손에게 물려주리.

— 「회혼시, 병신년 2월 회혼례 3일 전에 짓다(回卺詩 丙申二月
　回卺前三日)」

결혼할 때 다산은 15세였고, 부인 홍혜완은 16세였다. 세월

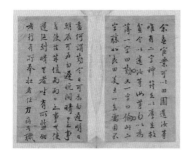

· 하피첩, 국립민속박물관 ·

은 벌써 흘러 어느덧 부부는 회혼식을 맞게 되었다. 이날을 축하하기 위해 친척들과 제자들이 한자리에 모두 모이려 했지만 실제로 모이지는 못했다. 다산은 회혼식날까지 간신히 버티고 있다가, 1836년 2월 22일 회혼식 당일 양주의 소내에서 조용히 눈을 감았다. 아내와 18년을 떨어져 살다가 다시 18년을 함께 살았다. 그렇게라도 두 사람이 떨어져 지냈던 세월을 보상받고 싶었던 것은 아닐까. 위의 시에 나오는 박으로 만든 한 쌍의 술잔은 만남과 헤어짐을 반복한 다산 부부의 모습과 다를 바 없다. 다산은 이 술잔에 「회근연을 축하하며(回巹宴壽樽銘)」를 남겼다.

다산과 홍혜완은 함께 여행도 자주 다닐 정도로 살가웠다. 그러나 가난과 실패는 이들 부부를 끊임없이 괴롭혔다. 가난으로 인해서 남편은 무력감을 느꼈고 아내는 생활고에 시달렸다. 가난은 의지로만 극복할 수는 없는 일이었다. 다산의 경우 이른 나이에 문과에 급제하기는 했지만 그렇다고 실패가 전혀 없었던 것은 아니었다. 시험의 실패는 가난의 연장을 의미했다.

부부는 아이를 6명이나 잃었다. 생때같은 아이들은 전염병에 걸려 손도 제대로 쓰지 못하고 세상을 떠났다. 아픔이라고 말하기도 어려운 큰 아픔을 그들은 함께 겪었다. 부부 중 누가

눈썹을 펴지 못하고 떠난 당신에게

더 아팠는지는 따질 필요도 없고 따질 수도 없다. 그러나 어머니가 아이를 잃는다는 것은 더 근원적이다. 다산은 아내를 위로하면서 자신도 추슬러야 했다. 그러고는 다산은 일찍 죽은 아이들을 기록해두었으니, 부부가 기억해주지 않으면 아무도 기억하지 못할 아이였기 때문이다.

다산은 18년간이나 유배를 떠났다. 다산은 유배지에서 강독하고 제자를 키웠으며 저술을 했다. 그동안 아이의 양육은 온전히 아내의 몫이었다. 남편의 해배 소식을 누구보다 기다린 사람은 아내였을 것이다. 남편은 유배지에 맺은 인연인 홍임이 모녀를 데려왔다. 아내가 느꼈을 분노와 배신감을 단지 속이 좁고 부덕이 적다 함부로 치부할 수는 없다. 다산은 아내의 뜻을 알고 홍임이 모녀를 돌려보내며 가정의 평화를 되찾았다.

그렇게 부부는 18년간을 떨어져 살다가 18년을 함께 살았다. 영화처럼 다산은 회혼식 날 조용히 세상을 떠났다. 부부라는 이름에는 이렇게 수없이 많은 사연과 상처가 숨어 있는 법이다. 겉으로 행복해 보이는 부부의 모습도 숨기고 싶은 얼룩과 흔적은 다 있다. 부부는 내 아픔보다 상대의 아픔에 먼저 눈이 가야 한다. 상대가 아픈데 내가 더 아파야 한다. 부부는 서로의 아픔을 먼저 아파해야 하는 사람들이다.

6장

그대 없는 빈집에서 눈물만

채팽윤

나에게 충고해준 사람

채팽윤(蔡彭胤, 1669~1731)[1]의 본관은 평강(平康), 자는 중기(仲
耆), 호는 희암(希菴), 은와(恩窩)이다. 1687년(19세)에 진사시에
합격하고 1689년(21세) 4월에 문과에 급제하였으며, 12월에는
호당(湖堂)에 선발되었다. 1691년(23세)에는 춘방(春坊)에 들
어갔고, 1692년(24세)에는 한림원으로 옮겼다. 젊은이의 성취
치고는 지나친 감이 있었으니, 말 그대로 소년등과(少年登科)였
다. 이른 성공은 남보다 훨씬 앞선 위치에서 삶을 시작할 수도
있다. 하지만 너무 빠른 성취에 도취해서 스스로 교만해지거나
그로 인해 남들의 시샘을 한 몸에 받게 되면 보통의 성취도 이
루지 못하고 삶을 마칠 수도 있다.

　채팽윤의 아내는 단 한 번도 남편의 이른 성공에 기뻐하지
않았다. 그녀는 "서방님께서는 작은 재주로 이름을 알리고 있
을 뿐이니 제가 실로 두렵습니다."라 하고,[2] 외직(外職)에 나갈

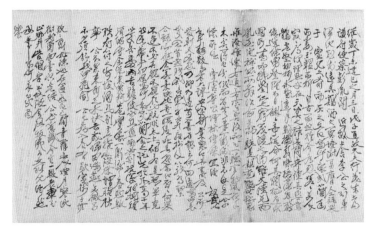

· 진사이공 제문(進士李公 祭文), 성호기념관 ·

채팽윤이 자신의 아들이자 이흥운의 사위인 응동(膺叟) 편에 보낸 편지. 전문은 4언구로 벗인 진사 이흥운의 죽음을 애도하는 내용이며, 압운되어 있다. 총 29행으로 3장의 종이를 이어 작성되었다. 채팽윤의『희암집』권26에 수록되어 있다.

것을 청하였다. 말도 많고 탈도 많은 중앙 관료보다는, 스포트라이트는 그보다 덜 받지만 별 탈 없는 지방의 외직에서 생활하기를 원했다. 또 한때 채팽윤이 바둑에 빠졌을 적에는 "서방님께서는 문장을 끝까지 파고들지 않으셨습니다. 바둑과 장기에 허비하는 시간을 어찌 문장 공부에 쓰지 않으십니까. 서방님의 문장이 영원히 전해지시면 저도같이 영원히 전해집니다."라 경계하였다.[3]

아내의 충고처럼 고마운 것은 없다. 나이가 들어갈수록 점점 충고할 사람은 사라지기 마련이다. 곁에서 올바른 판단을 하도록 돕는 이야기만 잘 들어도 큰 실수는 저지르지 않게 된

다. 그러나 그녀는 남편의 곁에 오래 머물지 못하고 1706년 42
세의 젊은 나이로 세상을 훌쩍 떠났다.

　남편이 글 짓는 일에 마음을 쏟게 하고 먹고사는 문제에 정
신을 빼앗기지 않도록 아내는 최대한 배려했다. 채팽윤은 아내
의 20년의 노고에 보답하려는 마음을 항상 갖고 있었다. 살다
보면 그럴 기회가 있을 거라 생각했지만 아내는 끝내 기다려주
지 않았다.[4] 아내를 한평생 고생만 시키다가 아무런 보상도 하
지 못한 미안함과 섭섭함은 오래도록 그를 괴롭혔다.

생일과 명절이면 그대 생각 간절하오

아아! 당신은 마음을 다하여 내 몸을 편하게 해주었지요. 당신을 한번 즐겁게 해주려고 내가 이때를 손꼽았건만 당신은 조금도 기다려주지 않았으니 내 마음은 어디에다 풀어야 하오. 당신은 멀리 넓은 하늘에 있으니 아득하여 알지 못하는지. 나는 혼탁한 세상에 남아 오직 아이만을 의지하고 있소. 전에 한 말을 세세하게 짚어보니 어제의 일처럼 완연하오. 산이 높다 한들 내 슬픔이 끝없음만 못할 것이요, 물이 깊다 해도 내 눈물이 마르지 않는 것만 못할 것이오. 날이 갈수록 날로 잊힌다더니, 옛사람들이 나를 속였소. 오래될수록 더욱 새로워지니 어찌 감당할지요. 훨훨 짝지어 나는 제비가 내 마음 무너지게 하는구려. 저승과 이승이 한 이치라면 나처럼 슬퍼함이 없을 수 있겠소. 정성은 통한다 하니 이 잔을 다 비우기 바라오. 아아! 슬프오. 상향.[5]

눈썹을 펴지 못하고 떠난 당신에게

아내는 1706년 11월 12일에 세상을 떠났다. 4월 10일은 아내의 생일이었다. 아내를 잃고 6개월 남짓한 시기에 쓴 글이다. 사랑하는 아내가 사라진다는 것은 더 이상 새로운 기쁨을 함께 누릴 수 없다는 명징한 사실을 알려준

· 채팽윤 간찰. 성균관대박물관 ·

다. 산과 물에 빗대 자신의 지극한 슬픔을 그렸고, 짝지어 나는 제비를 통해 아내를 잃은 아픔을 말했다. 글의 길이는 짧지만, 온전히 아내를 잃은 상실감을 담았다.

아아! 당신이 병이 났을 때에 나는 당신이 죽을 줄을 몰랐소. 내 소원을 청할 곳이 없으니 장차 어디를 따라야 하오. 당신의 신명은 공중을 떠다니며 아침저녁으로 나에게 오겠지요. 말로 할 수가 없으니 마음을 어찌 풀어야 하오. 드센 여종들은 다투어 으르렁거리고, 가난한 살림에 안주인도 없구려. 내 몸을 누가 돌봐주며, 우리 아이는 누가 살펴주오. 거북점이 어둡고 무양도 거짓이오. 저승과 이승으로 이렇듯이 갈라지니 서리고 맺힌 마음 더욱 아득해지오. 꽃이 피고 잎이 지며, 꾀꼬리와 제비가 서로 날아다니오. 바다에 내리는 비는 처마를 시끄럽게 하고 산에 뜬 달은 사립

문을 엿보는구려. 아침이 되어도 일어나기 어렵고, 저녁이
되어도 돌아오기 어렵지요. 약속이라도 한 듯 슬픔이 몰려
오니 만 가지, 천 갈래구려. (후략)[6]

또다시 넉 달 후에 추석이 되었다. 아내의 부재 속에 맞는 첫
명절이었다. 명절이야말로 아내의 부재가 가장 확인되는 시간
이다. 이런 이유 때문인지 옛사람들은 명절에 아내의 제문을
많이 썼다. 가족은 단 한 사람 아내를 빼놓고 모두 모였지만 예
전의 온기를 회복할 수는 없다. 남편은 이렇게 아내를 기억한
다. 아내가 없으니 드센 여종들은 통제 불능의 상태가 되어서
살림은 그야말로 엉망진창이 되었고, 자신과 아이들은 돌봐줄
손길을 잃어버렸다.

여기에 제시하지 않은 제문의 내용으로 보아 이때 부모님이
병을 앓고 계시고, 장마 때문에 길이 막혀 아내의 묘소에 직접
가보지 못한 사실을 확인할 수 있다. 계절의 사물은 변화하여
찾아오지만 아무런 의미를 띠지 않는다. 끝내 새벽에는 잠자리
에서 일어나기 어렵고 저녁에는 집으로 돌아오기 어렵다고 토
로한다. 잠자리에서 일어나는 순간과 저녁에 집으로 돌아오는
순간은 아내가 자신의 곁에 없다는 사실을 극명하게 확인하는
시점이 된다. 하루면 두 차례씩 확인했을 이 순간은 끝내 익숙
지 않았다.

당신이 세상을 뜬 지 1년이 흘렀네

아! 부모님과 거리가 45리 되는 데에서 고을 현감이 되어 다닐 때는 수레가 있고, 거처에는 심부름꾼이 있었으니 몸소 부인이 보게 되었다면 마땅히 즐거울 수 있을 것 같네. 성긴 울, 언 솥에 가난 견디기 10년을 같이한 조강지처를 도회지 다사로운 집에서 철 따라 달마다 떡 벌어진 상에 호강 한번 못 시키니 슬픔 삼키고 한을 삼킴에 목메어 넘어가지 않는다. 하루도 이승에 머물고 싶은 생각 없거늘 오히려 한 돌을 지내도록 미적거리고 훌쩍 뜨지 못하여 이 슬픔 면치 못함은 아! 유독 이 무슨 마음이런가? 어린 것 날로 자라 아비 의지하기 어미인 양하고, 어두운 새벽녘 아비 품 더듬어 가까이 있고, 저물녘 아비 무릎에 뒹굴어 두리번거리고, 눈만 멍하니 뜨고 의지할 곳이 없는 듯이 하다. 이때를 당하여선 산 이의 마음은 죽은 이의 아무것도 모름만 같지 않으니 차라리 죽기나 하면 속 편하려만 장부의 뺨은 으례 아녀자처럼 눈물이 흐르게 되었다. 약간 남은 인연은 부부의 지극한 정을 마치지 못하였지만 이미 모자 사이에 모였으니 그렇다면 사람은 비록 보지 못하지만 이치는 실제로 서로 감응하여 혹시나 오는 넋이 그 능히 원한이 맺혀 이 어름에 서성대지 않을 것인가?

아! 남긴 옷은 장 속에서 지난해의 향훈을 완연히 띠고 있고, 예보던 거울 경대에 그래도 놓여서 문득 생시의 얼굴 보는 듯하다. 마음속에 먹은 마음 저승을 두드릴 수 없고, 꿈속에서 한 말 증명할 수 없구나. 기러기 보면 생각나고 귀뚜라미 소리 들으면 생각나서 기울은 온통 슬픔에 가득하고 온갖 생각 뒤섞임에 가슴은 칼날로 에는 듯한데, 절서는 머물지 않아 연기가 문득 닥치니 술만 부질없이 맑고, 제철 음식만 한갓되이 늘어놓았소. 넋은 있는가? 없는가? 그대 넋은 올 것인가? 안 올 것인가? 제문을 여러 번 고할수록 정이 더욱 새로워지고 눈물이 갈수록 곡이 되어 다함이 없으니 아 슬프도다. 부디 이 마음을 헤아려주소서.[7]

연일(練日)에 쓴 제문이다.[8] 채팽윤은 1706년 5월에 충청도 남포 현감이 되었고, 부인은 11월에 세상을 떠났다. 이때 벼슬 같은 벼슬을 처음 맡은 셈이다. 그렇지만 아내는 그 혜택도 누리지 못하고 황망히 세상을 등졌다. 성공이나 출세는 자신 한

눈썹을 펴지 못하고 떠난 당신에게

몸만을 위한 일이 아니다. 이때가 되면 아무것도 아닌 시절을 지켜봐준 사람들의 믿음과 도움을 갚을 기회가 온다. 그래서 성공이나 출세 뒤에 확인되는 사랑하는 사람의 부재는 패배의 서러움보다도 무겁다. 그렇게 아내는 고생만 하다 아무것도 함께 누리지 못하고 세상을 떠났다.

아이들은 어미를 잃고 아비를 어미 삼아 의지한다. 새벽에는 아비 품속으로 파고들었으며 저녁에는 아비의 무릎을 맴돈다. 자신은 아내를 잃었지만, 아이들은 어머니를 잃었다. 어머니를 잃은 아이를 옆에서 보는 것은 아내를 잃은 자신을 지탱하기보다 어려운 일이다. 아마도 아내도 아이들 생각에 혼이라도 찾아오지 않을까 싶다. 아내의 체취가 남은 옷장과 손때가 묻은 경대를 보니 마음은 다시 무너져내렸다.

소상이 지나고 대상이 지나다

(전략) 아름다운 꽃에는 싹이 있고, 수려한 나무에는 가지가 있는데 어찌하여 하늘이 당신에게는 씻은 듯 자취를 남기지 않은 것인지요. 그러나 어찌 자손이 없다고 하겠소. 당신을 어머니로 삼은 아이가 있지요. 내 그 모습을 보건대 법도를 간직하고 있는 것 같소. 몽매지간에도 당신을 생각하면 오열하노니 애틋하고 지극한 마음, 천지 간에 통할 거요. 당신은 죽었어도 죽지 않은 것이니 죽은 자나 산 자가 위로가 되오.

이 닷 말의 녹봉이 내게 어찌 귀하겠소만 지체하며 떠나지 못하고서 오늘까지 눌러 앉아 있소. 대통소 소리 애잔하고 주렴에는 달빛이 쓸쓸하구려. 아프던 모습은 멍하면서도 오히려 기억나는데 임종하며 했던 말은 차마 다시 짚어보지 못하겠소. 깊이 생각하고 잠자코 헤아려봐도 후회와 슬품이 천 가지 만 가지구려. 당신은 나를 은애함이 실로 깊건만 나는 당신을 저버린 것이 적지 않구려. 죽을 때까지 행장(行裝)을 준비하라 하고 날마다 한양 가기를 손꼽으며 장인을 가서 뵙고 마음을 털어놓으려 했었지요. (후략)[9]

1707년 소상 때 글이다. 아내를 아름다운 꽃(瑤草), 수려한 나무(琪樹)에 빗대어 싹과 가지가 없다고 했다. 이것은 아내와의 사이에 끝내 아이가 없던 사실을 말한 것이다. 부부는 아이를 가지려 했던 벅찬 기대와 아이가 들어서지 않을 때의 절망, 그리고 아이를 포기할 수밖에 없는 체념까지 함께했다. 부부밖에 알 수 없는 아픔을 오롯이 부부가 끌어안았다. 부부는 행복을 나눌 때보다 아픔을 나누면서 부쩍 성장한다. 시련과 아픔은 가족의 해체를 재촉하기도 하지만, 슬기롭게 극복해나간다면 가족의 결속력을 단단히 만들어준다. 부부가 시련에 무너지는 것은 행복과 안락만을 공유하고 시련과 아픔은 외면하려 하는 짧은 생각에서이다. 채팽윤과 아내는 응동이라는 양자를 여러 우여곡절 속에서 맞이했다. 아내는 제 배로 낳은 아이처럼 예뻐했고 아이도 제 친어미처럼 따랐다.

또 아내가 병을 앓고 있을 때의 모습은 자꾸만 그를 맴돌았다. 아픈 사람은 제 몸이 괴롭지만 아픈 것을 옆에서 보아야 하는 사람은 자책으로 마음이 더 괴롭다. 사랑이란 어쩌면 아픈 사람보다 더 아플 수 있는 것이다. 아내는 죽기 전에 한양에 있는 자신의 아버지를 만나러 가고 싶어 했지만, 그녀의 소망은 끝내 이루어지지 않았다. 아내와 장인은 각별한 부녀 사이였는데 그녀에 대한 묘지명에서 자세히 확인할 수 있다. 장인은 딸을 아들처럼 여기면서 의심스러운 것이 있으면 반드시 딸에게 물어보았고, 딸 역시 아버지와 비록 다른 마을에 살고 있었지만, 반드시 3일에 한 번은 아버지를 찾아뵈었다. 아내는 병이 들자 영결을 직감하고 직접 자신의 아버지에게 편지를 썼다. 병세가 심각해지자 아내는 목놓아 "70세 늙은 아버지를 내가 다시 보지 못하는 건가. 아아! 하늘이여"라고 호소했다.[10] 결국 아내와 장인은 마지막 인사를 나누지 못하였다. 채팽윤은 그 일이 계속 마음에 걸렸다. 아내의 마지막 바람을 들어주지 못한 것이 자신의 탓인 것만 같았기 때문이었다. 죽기 전에 해주지 못한 일들은 큰 멍울로 영원히 남았다.

(전략) 바람 불고 서리 내리면 초목이 떨어지는 것은 자연의 이치고, 희로애락은 감정의 흐름이니, 어떻게 살아 있는 사람으로서 감정이 없을 수 있겠소. 죽은 자는 아무것도 몰라서 당신이 내 슬픔을 까맣게 모른다면, 나도 당신의 죽음을 슬퍼하지 않아도 될 거요. 그러나 마음을 휘감는 슬픔이 풀에는 뿌리가 있고 샘에는 근원이 있는 것처럼 저절로 생겨나 뻗어나가니, 어느 겨를에 당신이 내 마음을 알아줄지 미리 생각해서 마음을 다스리겠소.

오호통재라! 내가 진실로 순봉천이 될 수도 없고, 또 감히 증자처럼 되기를 바라는 것도 아니지만, 겉보기에는 당신을 잊은 사람 같소. 그러나 속으로 너무나 슬퍼 어쩔 줄 몰라 그런 것인 줄 누가 알겠소. (후략)[11]

1708년 대상 때 쓴 글이다. 아내가 죽고 2년의 세월이 흘렀다. 이제 좀 상실의 아픔이 잦아질 만도 한데 저절로 솟구쳐 나오는 슬픔은 어찌할 도리가 없었다. 참으로 화수분같은 아픔이었다. 순찬(荀粲)은 아내를 매우 사랑했던 인물이다. 아내가 겨울철에 열병이 나자 밖에 나가 몸을 차갑게 해서 들어와 아내의 열을 식혀주었다. 부인이 죽고 난 뒤에는 지나치게 상심하다가 요절하였다. 반면 증자(曾子)는 아내가 아침저녁으로 부모님 상에 덜 익은 아욱국을 올리자, 아내를 쫓아내고 평생을 독신으로 살았다. 이 고사를 사용해서 아내를 따라 죽지도 못하고, 그렇다고 아내를 마음속에서 지우지도 못한 자신의 모습이, 마치 아내를 잊은 것만 같아 보이지만 사실은 정말로 슬픔에 겨운 상태임을 토로했다. 그는 아내를 잊은 것이 아니라 삶의 의지를 잊은 것이었다.

아내가 없는 집

유세차 무자년(1708) 2월 무인삭 15일 임진일에 남포 현감
채팽윤이 삼가 비석을 세우고 묘시를 비석 아래에 묻는 일
로 인하여 겸하여 조촐한 제수를 갖추어 올리며 아내 의인
청주 한씨의 영전에 고하오.

아아! 지난번 꿈에 환하게 나를 맞아주던 것은 당신이 아니
었소? 대체 어디 아득한 곳, 볼 수도 없는 곳에 있으면서 나
로 하여금 쓸쓸한 무덤에서 울게 하는 것이오. 당신이 죽은
지 3년이지만 황홀하게 아직도 살아 있는 듯하오.

동호(銅湖)를 건너 서쪽으로 가면 능음(凌陰)의 옛집에 이
르오. 옛 그대로인 살구나무는 당신이 심은 것이고, 완연한
누대는 당신이 오르던 곳이지요. 정원의 가지들이 울고 강
의 새들이 슬퍼하며, 종들은 나를 보고서 아무 말을 못한다
오. 도성에 들어와 오른쪽으로 돌면 남쪽 산자락의 주문(朱

門)이 보이지요. 시냇물 희미하게 흐느끼니 풀들도 따라 울고, 소나무에 솔바람 소리 슬프구려. 바람이 슬프구려.

생전의 자취를 찾아보건만 방에는 사람이 없고 정원도 비었구려. 왼쪽 오솔길을 길을 따라 배회하며 '사랑하던 나의 집'을 읊조려봐도 기울어진 담과 부서진 문, 무너진 벽과 어지러운 섬돌이구려. 창문을 열고 눈을 들어 보니 예전의 물건들은 그대로 펼쳐진 채 그대로인데, 옷걸이는 넘어져 있고, 상과 자리는 흩어져 있소. 그을음이 지붕까지 퍼졌고, 거미줄이 상자를 덮었구려. 당신이 있던 곳에 향기로운 먼지는 없어지지 않았고, 봉해놓은 글에는 당신이 쓴 글씨가 아직도 남아 있다오. 북쪽 창문을 열어보며 눈물을 흘리니 오래된 뽕나무가 담장에 나란히 서 있구려. 해마다 봄이 되어 가지에 새 잎이 돋아나면 당신은 예쁜 광주리를 끼고, 나는 빈시(豳詩)를 읊조렸지요. 예전에 함께 걸으며 서로 따르던 곳을 이제는 그림자만 드리운 채 홀로 돌아왔구려. 가지와 가지가 얽히고설키어 풀어지지 않으니 내 마음의 시린 아픔 같구려.

배회하다 성곽을 나와 쓸쓸히 산에 오르니 큰 강은 아득하게 서쪽으로 흐르는데 한번 간 사람은 언제 돌아오는지. 무덤 앞 풀엔 쓸쓸하게 비 내리더니, 황량한 이내 속에 석양이 지는구려. 기러기 짝을 지어 북으로 날아가고, 하늘은 아득한데 외로운 구름이로고. 아아! 말지어다. 백 년도 언뜻

부는 바람처럼 머무르지 않노니, 내가 한탄하며 그대를 슬퍼하는 시간이 또 얼마나 되리. 장수하고 단명함은 원래부터 정해진 분수가 있다 하는데 나만 홀로 어찌 천수를 누리겠소.

이에 비석을 세우고, 묘지(墓誌)를 묻소. 죽은 자에게 지각이 있다 해서가 아니라 그저 당신보다 나중에 죽게 된 남편을 위로하려는 것일 뿐이라오. 아아! 슬프오.[12]

이 글은 1708년 2월에 쓴 것이다. 1월에 담제를 치른 뒤에 묘에 비석을 세우고 묘지를 묻으며 썼다. 아내와 살던 옛집을 찾아갔다. 아내가 심었던 살구나무가 있고, 아내와 오르던 누대도 그대로 있다. 집에서 일을 하던 종들은 채팽윤을 보고도 아무 말도 꺼내지 못한다. 옛집은 기울어진 담, 부서진 문, 무너진 벽, 어지러운 섬돌의 풍경이다. 예전의 물건들도 눈에 들어온다. 그러나 아내와 함께 있었을 때 보던 모습은 아니었다. 옷걸이는 넘어져 있고 상과 자리는 마구 흩어져 있었다. 그을음에 거미줄까지 있어서 사람의 온기라고는 좀체 찾을 수 없었다. 그 사이에 남아 있던 아내의 글씨는 참았던 눈물을 쏙 빼게 한다. 집은 그대로 있었지만, 사라져버린 집보다도 더 슬펐다. 같이 있었던 시간들이 같이 있지 않은 시간들에 자리를 내어주면서, 같지만 같지 않은 풍경으로 남아 있었다. 아내와는 끝내 되돌릴 수 없는 시간들을 옛집을 찾으며 각성하게 된다.

눈썹을 퍼지 못하고 떠난 당신에게

끝끝내 이루지 못한 소원

나에게 자식이 없으니 당신이 빌어보지 않은 곳이 없었지
만 끝내 아들을 두지 못하였다. 갑신년(1704)에 백형(伯兄)
수찬공(修撰公)의 둘째 아들 응동(膺仝)을 아들로 삼았다.
당신은 들고 날 때도 품에 안고, 정성껏 젖을 먹였고 밤낮
으로 문에 서서 그가 잘 자라는가 살폈다. 아이 또한 잠깐
이라도 떨어져 있지 않으려 하며 자기가 당신의 소생이 아
니라는 것을 알지 못하였다. 사람들이 혹 떼어놓으면 아이
는 화를 내고 먹지도 않으니 당신의 사랑도 더욱 깊어졌다.
한번은 겨울밤에 작은 병풍을 둘러치고 곁에서 독서와 바
느질을 하다가 우리가 서로 마주하여 누우니 응동이 우리
사이에 파고들었다. 당신이 아이를 어루만지며 "이렇게 백
년만 살면 좋겠어요."라고 했다. 아아! 이런 즐거움을 다시
얻을 수 있을까. 항상 "응동이가 아내를 얻으면 제가 맡아

서 해산도 해줄 것이오."라 했다.

병이 난 지 사흘째 되던 날 내게 "제 병이 매우 심하니 필시 일어나지 못할 겁니다. 저기 상자 속에 간직해둔 것은 모두 응동이의 아내를 위한 것입니다. 잘 간수해두셨다가 저의 뜻대로 해주세요."라 했다. 내가 놀라서 위로하며 "당신의 병은 그저 땀이 안 나서요. 땀만 나오면 나을 것인데 그런 말을 어찌 한단 말이오!"라고 했는데 아아! 결국은 이렇게 되었구나. 5, 6년만이라도 더 살았다면 며느리가 오는 것을 보았을 터이고 그러면 한(恨)도 없었을 것이다. 그리고 아홉 살 된 아이를 슬프게 곡하며 울게 하였으니 죽은 사람에게 지각이 있다면 그 또한 눈을 감을 수 있었을까.[13]

부모님의 결정에 따라서 맏형 채명윤의 둘째 아이를 입양케 되었지만, 과정은 그리 순탄치 않았다. 맏형 본인은 물론이거니와 형수의 거센 반발에 직면했다.[14] 채팽윤의 아내는 양자 문제를 죽기 전에 해결할 마지막 소명으로 여겼고, 끝내 양자를 맞아들였다. 채팽윤과 그의 아내는 진심으로 응동을 사랑하였으니, 친자식에 대한 사랑에 못지않았다. 아이는 제 친부모처럼 따라서 부부의 사이를 파고들어 잠을 청하기도 했다. 아내는 너무나 행복해서 백 년 동안 이렇게 살기를 소망하였고, 며느리를 얻게 되면 아이의 출산도 도울 요량이었다. 그러나 아내는 발병한 지 사흘 만에 응동이의 아내를 위해 준비해두었던

것을 유언처럼 전달하고 세상을 떠났다. 끝내 며느리에게 선물
을 전하지도 출산을 돕지도 못했다.

결코 잊을 수 없는 이름이여

殘燭幢幢水檻低	스러지는 촛불은 일렁대고 물가 난간 나지막한데
行人淚墮五更雞	나그네는 닭이 우는 오경에 눈물 지네.
此身未死悲何極	이 몸은 죽지 못하였으니 슬픔이 얼마나 지극한가?
今夜如生夢不迷	오늘 밤은 살아 있는 듯하여 꿈에도 흐릿하지 않네.
凉籟在簾秋咽咽	발에 불어오는 시원한 가을바람은 흐느끼는데
宿陰浮峽暗凄凄	골짜기에 뜬 묵은 검은 구름은 쌀쌀하네.
更憐稚子書中意	어린 아들이 보낸 서신 속 뜻을 더욱 가여워하나니
自別爺來日夕啼	아비와 헤어진 뒤로 밤낮으로 울었다네.

— 「상산에서 길손이 밤에 꾼 꿈속에 감응이 있어서(常山客夜感夢)」

이 시는 언제 지어졌는지는 분명치 않지만, 아내를 잃고 얼마 안 되었을 때 쓴 것으로 보인다.『대동시선』에는 제목이「도망(悼亡)」이라 나온다. 객수(客愁)까지 더해져 밤을 꼬박 새웠다. 꿈속에서 살아 있는 듯한 아내 모습을 보게 된다. 아내를 차마 따라 죽지 못하고 있는 자신은 슬픔을 온전히 감당할 수밖에 없다. 아픔은 오로지 남아 있는 사람의 몫이었다. 게다가 가을바람이 부는 날이다. 아무런 일이 없어도 견디기 어려운 가을날 새벽이었다. 그런데 이때 자신과 떨어져 있는 아들이 아비와 헤어진 뒤로 밤낮 울었다는 내용의 편지를 받아들었다. 졸지에 어머니를 잃고 자신과도 떨어져 있는 아들을 생각하니 또 다른 묵직한 아픔이 찾아왔다.

채팽윤은 아내의 생일날, 명절날, 초상, 대상, 연제(練祭), 담제(禫祭), 빗돌을 세울 때에 각각 뇌(誄), 제문, 묘지명, 도망시 등을 남겼다. 한시를 제외하고 13편 가까이나 된다. 아내는 고생만 하다가 좋은 일은 한 번도 누리지 못했다. 둘의 모습을 닮은 아이도 얻지 못하였다. 죽을 때는 친정아버지도 못 보고 세상을 떴다. 아무리 생각해보아도 자꾸 못 해주고 아쉬운 일만 떠올랐다. 그녀는 세상을 등졌고 그는 남아서 아내를 그리워했다. 둘이 함께 살던 집을 방문하고 난 감회를 적은 글은 다른 글보다도 더 슬프다. 남아 있는 것이라고는 추억만 있던 집이었다. 그러나 남은 집의 흔적은 추억마저 무색케 하였다. 그는 그 옛집에서 한참을 울다 나왔을 것이다. 시간은 잔인하게 모든 것을 뒤바꾸어놓는다. 그러나 아내에 대한 사랑과 그리움은 사라지지 않고 오래도록 남아 있었다.

7장

스승이자 친구였던 당신

이광사

유배지에서 아내를 잃다

이광사(李匡師, 1705~1777)는 문인이며 서예가로 알려져 있다. 아름다운 시들을 많이 남겼고 원교체(圓嶠體)라는 독특한 필체를 완성해낸 사람이다. 그의 인생은 한 사건에 휘말리면서 완전히 뒤바뀌게 된다. 그는 1755년 나주벽서사건으로 큰아버지가 처벌될 때 이 일에 연좌되어 부령에 유배되었다. 부령에서 7년간 있다가 신지도(薪智島)로 옮겨 16년간 있었다. 모두 23년간 귀양살이를 하다가 끝내 해배의 기쁨을 누리지 못하고 그곳에서 생을 마감하였다.

· 이광사 초상화 ·

유배는 무기형(無期刑)이다. 대부분 끝을 알 수 없는 긴 시간

과 싸움을 해야 한다. 가족과는 떨어져 있어야 하고, 사우(師友)
와도 단절된다. 사회적인 성취는 꿈도 꿀 수 없었다. 오랜 시간
자책과 원망, 분노와도 싸워야 한다. 그런데 자신의 유배가 빌
미가 되어 가족을 잃게 된다면 그건 더더욱 견딜 수 없는 아픔
이 될 수밖에 없다.

내가 사로잡힌 것이 3월 초엿새였는데 아내가 그 상황을
보더니 벌써 살 생각이 없었다. 게다가 "이 양반이 이 속에
들었으니 어찌 살 리가 있겠는가? 이미 살지 못할 텐데 내
무엇을 바랄 게 있어 구차히 산단 말인가? 하지만 우리 아
버지께서 날 살뜰히 키우신 생각을 하면 부모님께서 남겨
주신 이 몸을 차마 칼로 찌를 수는 없다. 남자는 이레를 굶
으면 죽고 여인은 여드레를 굶으면 세상을 뜬다고 하니, 여
드레가 내가 이 세상에 머물 기한이다." 하고는 한 모금도
안 마신 지 엿새 되던 날 갑자기 헛소문이 퍼져 나를 포청
에 내려 장차 극형할 것이라 하니 아내가 그 소식을 듣자마
자 곧 일어나 흰 무명 수건으로 집 옆 처마 들보에 매어 자
살함에 처음에는 느슨히 하다가 나중에는 바짝 조여, 기미
를 살펴 용단(勇斷)을 내리기를 옛 열부에게 찾아본들 과연
비길 사람이 있을까?[1]

아내는 남편이 유배를 떠난 순간부터 죽음을 각오하고 있었

다. 차마 자신의 몸을 훼손하여 죽는 것은 자신의 부모에게 불효가 되는 것이니, 단식의 방법을 택해 죽으려고 각오하였다. 아내는 1753년 겨울부터 이미 폐병에 걸려 있어서 몸이 온전한 상태가 아니었다. 그런 몸으로 엿새간 단식을 하니 급속도로 위태로운 지경이 되었다. 그러다가 남편이 극형에 처해질 것이라는 유언비어를 듣고, 유서를 써서 조카에게 주면서 남편이 살아 돌아오면 드리라며 편지를 전하고는 곧바로 목을 매어 자결을 하였다. 아내는 남편 없이 살 수 없었다. 살아서 재회할 수 없다면, 죽어서라도 재회하고 싶었다.

아내를 기억하는 법

아내의 경우 곧 평소의 몸가짐이 결코 바르지 않음이 없었고, 일을 처리함 치고 의(義)에 합당치 않음이 없었으며 의(義) 아니고 바르지 않은 것은 자기에게 가까이 하질 않았으니 대절(大節)을 당하여 의를 따름은 바로 필연일 뿐이다. 나는 그것을 벌써 익히 알고 있었다. 내가 처음에는 죄를 받았으나 뒤에 바로 상감이 살리자는 의론에 붙임을 알아 수십 일을 편안히 옥중에 있었건만 밖에서는 그것을 알 까닭이 없었으므로 난 마음속으로 아내는 필경 벌써 죽었으리라 짐작하고 있었다. 옥에서 나오자 두 아들이 상복으로 맞는 것을 보고도 그다지 놀라지를 않았다.[2]

그는 아내에 대해서 1755년부터 1767년까지 12년간 제문 10편, 기실(記實)과 묘지명을 각각 1편씩 남겼다. 또 여러 편의 시도 함께 남겼다. 그중 「죽은 아내 문화 유씨 제문(亡室孺人文化柳氏記實)」을 통해 생전의 아내 모습을 상세하게 그려내고 있다. 아내에 대해서 남편만큼 잘 아는 사람이 어디 있을까?

한마디로 아내는 딱 부러지는 성격이라, 옳고 그름이 분명하고 강단이 있었다. 1735년 여름에 고양(高陽) 삼휴리(三休里)에서 호환(虎患)을 당했을 때의 일에서 그녀의 당찬 성격을 확인할 수 있다. 종 아이가 호랑이에게 해를 당하는 절체절명의 위기에서도 남편을 구하기 위해 홑이불을 걸어 문을 막아섰다. 남편을 구하기 위해서라면 호랑이도 무서워하지 않고 행동으로 나섰다. 이런 성격임을 잘 알기에 남편의 처지를 정확히 알지 못하는 아내가 자진을 결행할 것으로 예상했고 실제로 그 일이 벌어졌을 때도 남편은 매우 놀라지 않았다.

아무리 작은 나의 잘못에 대해서도 말하지 않은 적이 없었고 나 또한 마음으로는 사실 경복(警服)하였지만 허물없고 가까운 사이라 입으로는 한 번도 인정해주지 않았었다. 아내는 "세상 아낙네들은 남편을 찬양하고 칭찬하여 아첨하지만, 나는 본성이 알랑대지를 못해서 한 번도 남편을 세상에 드러낸 적은 없고, 늘 작은 잘못만 보아도 거리낌 없이 통박(痛駁)하였어요. 속마음도 모르고 미워한다고 여기지 마세요. 그리고 당신은 부질없다고 들은 둥 만 둥 하시기만 하고 어찌 한번도 제 말을 긍정하진 않으세요?"[3]

· 이광사가 전서로 쓴 당나라 시인 두보의 〈동정호를 지나며〉, 국립중앙박물관 ·

아내는 남편의 가장 가까운 거리에 위치하기에 정확한 판단으로 이끌 수도 있지만, 판단을 흐릴 수도 있다. 좋은 아내를 얻는다는 것은 인생에서 가장 정확한 길을 인도하는 내비게이션을 얻는 일이다. 그 말만 따른다면 적어도 길을 잃을 염려도 없고 길을 잃더라도 이내 되찾을 수 있다. 이광사의 아내는 이처럼 좋은 내비게이션 같은 사람이었다.

이광사가 친구들에게 보내는 서신들을 일일이 검열(?)하면서, 붓글씨를 써주고 물건을 보내달라는 구절이 있으면 기어이 고쳐 쓰게 했다. 남편에게 온 선물들은 일일이 확인해서 돌려보내게 했다. 아내는 남편이 남에게 구차한 부탁이나 하고, 좀스러운 선물이나 탐하는 모습을 보고 싶지 않아 했다.

눈썹을 펴지 못하고 떠난 당신에게

아내는 남편의 말에 무조건 순종하는 사람이 아니었다. 엄한 사우(師友)와 같은 모습을 보여주었다. 때로는 순종이란 것이 잘못된 행동의 방임이나 동조가 될 수도 있다. 아내는 가장 민감한 잣대로 남편의 행동에 조언해주었다. 당연히 아내의 말을 잘 듣게 되자 세상 사람들에게 손가락질을 받을 일도 따라서 사라지게 되었다. 하나하나 일화를 다 소개할 수는 없지만 다른 일화에서도 이와 같은 일들이 많았다.

두 아들을 가르치기 엄하고 법이 있어 엄한 아비보다 열 배는 공(功)을 들였고, 두 며느리를 사랑하여 친딸과 다름이 없었다. 교육에 법도가 있어 겉으로는 자애를 빌지도 않았다. 내가 지나치게 은애(恩愛)함을 볼 적마다 간절히 간하였다. 늦게 둔 딸을 다시 없이 사랑했지만, 딸아이를 마냥 귀여워하지는 않았다. 죽기를 마음먹었을 때 맏동서에게 보내어 맡기면서 "딸아이로 하여금 잘 있게 해주고 부모 생각일랑 말게 해주세요." 하고는 생선이며 과일을 들려주고 헤어진 후 끝내 다시 보지를 않았다.[4]

아이들 교육에 있어서도 예외가 아니었다. 아이들이 이(利)에 대해 말만 꺼내도 반드시 몹시 책망하기를 "어린 것들은 오로지 효제(孝悌)와 몸가짐만 알아야 하는 것이니 '이(利)'라는 한 글자가 어쩌자고 마음에 싹터서 입에서 나온단 말이냐? 이 마음이 자라면 장차 무슨 짓을 안 할까!"⁵ 맹자(孟子)가 이로움을 구하던 양혜왕(梁惠王)을 매섭게 꾸짖는 장면이 떠오르는 대목이다.

또 아이들이 어쩌다가 하찮은 것이라 해도 남에게 물건을 달라고 하면 매섭게 꾸짖었다. "사대부 집안 자제가 어찌 '나 좀 달라' 소리를 입 밖에 낸단 말이냐? 세상에 탐욕스러워 법을 어긴 사람도 이 버릇에 점점 배어든 데서 멀 것이 없느니라."⁶ 아이를 망치는 지름길은 자애(慈愛)와 질책(叱責)의 균형을 어길 때 일어난다. 자애가 너무 크게 되면 잘못된 행동도 눈감아주게 되고, 질책이 너무 크게 되면 사소한 실수도 용납지 않게 된다. 아내는 아이의 잘못된 행동에 대해서 단호하게 야단쳤다. 아내의 바람대로 아이들은 훌륭하게 컸다.

이외에도 소개하지 않은 아내의 일화 중에 치산(治産)에 남다른 재주가 있어 가산(家産)을 불려놓은 일이라든지, 자신의 폐병을 고치려고 새며느리가 무당을 불러 푸닥거리를 하자 혼내는 일이 그중 인상적이었다. 아내는 자기 할 일은 말끔하게 다 처리하고 할 말도 주저없이 했다. 아이들 교육에는 엄격했고

· 『교남집(斗南集)』, 규장각 ·

눈썹을 펴지 못하고 떠난 당신에게

남편의 행동에 대한 충고는 매서웠다. 그는 차마 남편의 죽음
소식을 들을 수 없었다. 아무리 당찬 아내였지만 그것만은 견
딜 수 없는 노릇이었다. 그래서 남편보다 앞선 죽음을 택했다.
어찌보면 너무도 그녀다운 죽음이었다.

아내의 유서

해와 달과 같은 임금의 은혜를 입게 되시거든 지극히 원통한 정을 곡진히 살펴주옵소서. 풀려나시기만을 밤낮으로 바랐사오나 위독한 병과 안타까운 마음이 아울러 버틸 수 없어 죽음이 종이 한 장같이 떨어져 있을 뿐이오나, 하늘이 도와 집으로 돌아오신 뒤 내가 벌써 죽은 것을 알게 되시면, 아무리 평소에 시뜻히 여겨온 내외라 하더라도 인정에 차마 슬픔을 견디기 어려울 테지요. 노친(老親)께 불효하기 이를 데 없고 슬하의 어린 것 생각하면 차마 버리고 갈 수 없사오나 이 세 가지로 억지로 살려 하여도 잠시 사이에 간장이 모조리 볶이는 듯합니다. 죽겠다고 한번 결단하자 마음이 비로소 태연하여지고 이 세 가지가 마침내 이 한 마음에 맞설 수 없사오니 어찌 하오리까? 여러 자녀를 거느리시고 여생을 잘 보내시옵소서. 슬픔을 가눌 길 없어 두어 자

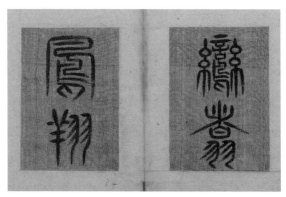

· 해행전예첩, 화정박물관 ·

글을 적어 남깁니다.[7]

아내는 남편과 아들들에게 각각 한 통의 유서를 남겼다. 여기에서는 아내가 남편에게 남긴 유서만을 살펴보겠다. 내용은 그리 길지 않다. 아내는 세 가지 때문에 죽음을 주저했다. 아내를 잃어 슬퍼할 남편, 혼자 남겨질 늙으신 부모님, 어미를 잃을 아이들이 끝까지 결행을 주저케 하였다. 그러나 남편 없이 혼자 살아갈 자신이 없었던 아내에게 다른 선택을 찾을 수는 없었다. 이광사는 이 유서에 다음과 같이 덧붙였다.

"마음으로 내가 반드시 죽고 살아 돌아오지 못할 줄 알았기에 다만 두어 자 적은 것이라 말은 간략하나 의(義)는 바르기에, 어지러운 말 하나가 없으니 죽음에 다달아 조용하

기 이러하였던 것이다."⁸

이광사에게 아내를 잃은 아픔이 이번이 처음은 아니었다. 첫 번째 아내는 안동 권씨(1703~1731)로 1731년에 쌍둥이 딸을 낳다가 세상을 떠났는데, 당시 29세였다. 이광사와 부부의 인연을 맺은 지 13년만의 일이었다. 둘의 소생인 딸아이도 외조부를 따라 임소에 갔다가 8살에 세상을 떠났다. 부부로 지낸 13년의 세월은 그렇게 자취도 없이 사라져버리고 말았다.⁹

그 뒤에 재취(再娶)로 들어온 문화 유씨(文化柳氏, 1714~1755)는 이광사보다 9살 연하였는데, 22년 동안 부부의 인연을 맺고서 세상을 떠났다. 이광사가 아내에 대해 남긴 거의 대부분의 글들은 이 아내를 대상으로 한다. 아내의 죽음 이후에 많은 글들을 남긴다. 그는 어떻게 아내를 잃은 슬픔을 이겨냈을까?

눈썹을 펴지 못하고 떠난 당신에게

아내를 잃고 나는 쓰네

영영 이별한 뒤로 봄 이울고 여름도 가고 서리 치고 바람만 쌀쌀한데 글쎄 요즈음 귀하신 몸 편안하신가? 시부모 계신 복(福)된 땅 가까이 바라보며 아침저녁 받들고 모셔 평소에 미쳐 못 섬긴 한(恨) 위안되리다. 아들 긍익(肯翊)이 먼 절새(絶塞)에 문안 오니 친척의 편지가 상에 가득 한 움큼인데 오직 당신의 글씨만 한 자도 없고 나의 답장 또한 여러 폭이건만 당신께 부칠 반 마디가 없으니 이 무슨 인정(人情)이오? 애는 마디마디 끊길 듯 눈물은 줄줄 하수(河水)를 쏟듯 살아서 애가 끊길 양이면 죽어 차라리 한데 묻히리. 어서 죽길 간절히 빌어보지만 하늘은 이 소원 들어주잖네. 긴 낮과 긴긴밤에 이승살이 진정 애달파. 한 이불 속 사랑 베어버리고 슬하의 어린 것 사랑마저 길이 끊고 복거(卜居)한 좋은 집도 마다하고 인적 없는 빈 산 황량한 기운만 가득한 벌에 와 이름 모를 새 때때로 울고 처량한 바람에 찬비 내리고 밤과 낮 엇바뀌는데 홀로 깊은 무덤에 누워 해도 달도 못보다니! 영혼이 깨달음 있어 만약에 그런대로 보내져서 한 자리에 맛난 음식 이승에서 다시 즐길 수 있을까? 그윽하고 고요한 그 모습 바르고 조신한 그 태도 이승에서 다시 볼 수 있으랴? 내 즐기는 것 뉘 정성껏 이받을 것이며 내게 요긴한 것 뉘 능히 마련해주리? 나의 잘못 바로잡을 이 누구며 의심스러운 것 그 뉘게 물어보랴? 해도 달도 별도 이울지나 이 원한 그칠 줄 있으리오? 아들이 돌아가매 이 내 슬픔 적어내어 궤연(几筵)에 고유(告由)하고 무덤 앞에 다시 읽곤 태우라 하였으니 밝고도 밝은 넋이 아마와서 듣는다면 이 늙은 홀아비의 정(情) 슬퍼하리리. 눈물이 먹에 젖어 사연 제대로 못 쓰오.[10]

을해년(1755) 9월 9일 아내의 무덤에 제사 지낼 때 쓴 글이다. 이제 더 이상 아내에게 보낼 편지도 아내에게 받을 편지도 없다는 사실이 감당키 힘들었다. 아내를 잃은 슬픔에 애는 마디마디 끊기고(斷腸) 눈물은 하수(河水)처럼 흘러내리니, 죽어서 한데 묻히는 것만 못했다. 아내가 빈 산에 묻혀 있을 것만 생각해도 다잡은 마음이 무너져 내린다. 아내는 내가 즐기는 것(嗜), 요긴한 것(需), 잘못(失)과 의심스러운 일(疑)을 모두 해결해주었다. 이처럼 아내는 남편의 생활과 정신에 필요한 모든

눈썹을 펴지 못하고 떠난 당신에게

것을 다 해준 고마운 사람이다. 이광사는 아내를 잃고 미아(迷
兒)처럼 길을 잃었다. 결국 죽음은 죽은 사람의 문제가 아니라
남은 사람의 문제다. 남은 사람은 죽은 사람의 기억과 남은 삶
에서 싸워야 한다.

我死骨爲灰	내가 죽어 내 뼈가 재 될지라도
此恨定不捐	이러한 한은 정녕 사라지지 않으리.
我生百輪轉	내 살아 백번 삼계(三界)에서 윤회하더라도
此恨應長全	이 한(恨) 응당 오래토록 온전하리라.
須彌小如垤	수미산(須彌山)이 다 닳아 개밋둑 되고
黃河細如涓	황하(黃河)의 물이 다 말라 실개천 돼도
千回葬古佛	천 번 장사지내도 고불(古佛)이 될 것이고
萬度埋上仙	만 번 파묻힌대도 상선(上仙)이 될 것이네.

天地湯成樸	천지(天地) 변해 태고(太古)적에 돌아가고
日月黯如烟	해와 달이 어두워져 연기처럼 흐릿해져도
此恨結復結	이 한은 맺히고 다시 맺혀서는
彌久而彌堅	더욱 오래될수록 더욱 굳어지리라.
煩惱莫破壞	이 고통 깨뜨려 부수어질 수 없고
金剛莫鑽穿	이 한(恨)은 금강(金剛)도 뚫어 부술 수 없으리.
藏之成一團	이 한(恨) 깊이 감추어 한 덩어리 되어서
吐處滿大千	토하면 삼천대천(三天大千)에 가득하리라.
我恨旣如此	내 한(恨)이 이미 이와 같은데
君恨應亦然	당신 한도 응당 이러하리라.
兩恨長不散	서로의 한이 오래 흩어지지 않으면
必有會合緣	기필코 다시 만날 인연 있을 것이오.

— 「아내의 죽음을 슬퍼하다(悼亡)」

을해년 10월 2일에 쓴 시이다. 어떤 아픔은 시간이 갈수록 증폭된다. 이광사는 아내를 잃은 한이 뼈가 되고, 백번 윤회한다 해도 사라지지 않으리라 토로한다. 그리고는 불가능한 일을 잔뜩 열거한다. 불가능한 일이 생겨도 사라지지 않을 한이니, 한이 없는 것이 가능한 삶은 가능하지 않게 되는 셈이다. 아내를 잃은 한스러움도 어찌 하든 줄어들지도 사라지지도 않을 것이 분명하다. 아내도 응당 자신의 한과 같을 테니 그러한 아내

· 『이광사서결후편』, 국립중앙박물관 ·

와의 재회를 꿈꿀 수밖에 없다. 이 또한 불가능한 일이니 이 세 상에서는 영영 한이 사라지지 않았을 것이다. 전반적으로 아내 를 잃은 한에 대해 열거하며, 결코 치유될 수 없는 한을 진술하 고 있다.

아내의 생일날이 되다

3월 11일 기묘일은, 실로 나의 돌아간 아내 문화 유씨의 첫 기일이다. 지아비 이광사는 첫닭이 울자 나와 온종일 밖에서 울고 애통해하며 글을 지어, 심부름꾼을 기다려 집으로 보내면서 명령하기를 오월 진일에 제사에서 읽도록 하였다. 아아! 5월 3일은 당신이 태어난 날이다. 매해 이날, 창밖이 어슴푸레할 때부터 자녀들이 모두 와서 문안 인사 드리고, 나 또한 일찍 일어나 그대와 이야기하였다.

"오늘은 보통날과 다르니 함께 한 상에서 먹읍시다. 또 아이들과 손자들 모두 함께합시다."

당신은 웃으면서 답하였다.

"제가 무엇이 존귀하다고 제 태어난 날로 번거로운 일을 두겠습니까?"

내가 또 웃으며 이르렀다.

"두 아들이 이미 장가를 가서 집안을 주관하는 어머니가 되었으니 어찌 존귀하지 않다고 이를 수 있겠소."

이와 같이 응대했었다.

아침 해가 뜨고서 당신의 친정 여종이 문득 문으로 들어왔었지. 머리 위엔 목기를 이고 푸른 수건을 덮고 손으로 그릇 아래쪽을 들어 주인의 말을 전해주는데 "이것 얼마 안 되지만, 우리 아이 따뜻할 때 먹으라."고 하셨다 한다. 수건의 한쪽을 열어 보이니 김이 모락모락 나는 꿩구미 떡국이요, 고기도 있고 생선도 있었다. 새아기가 맡아서 고루 잘 나누어 모두들 매우 배불리 먹고, 고루 잘 먹었다 칭찬하였다.

내가 돌아보고 장난치며 말하였다.

"오늘 태어난 사람이 언제 이리 갑자기 웃고 말하며, 언제 이리 갑자기 몸이 커졌는지, 젖을 먹지 않고도 음식을 먹으니, 그 신통한 것이 고신씨를 훨씬 뛰어넘는구나."

자리에 있던 사람들이 하나같이 모두 웃었고, 그대 또한 환히 웃었었지. 내가 속으로 생각하기를, '늙을 때까지 이런 즐거움을 자주할 수 있는 것으로 스스로 위안 삼고 가난함을 잊었으면 좋겠구나.' 했다. 어찌 작년을 생각이나 했겠는가. 햇과일 먹을 때도 되지 못하여 이 날도 보지 못하고 갑작스럽게 돌아가다니. 작년 이때에는 내가 때마침 북쪽으로 가서 명천에 이르러, 당신의 생일날 타향에서 새벽을 맞았으니 눈물이 절로 떨어졌다.

팔월이 장차 저물려고 하는 경신일(庚申日)에, 나는 나쁜 때를 만나서 이렇게 나의 생일을 맞네. 온갖 곡식이 나오고 갖은 과일이 뜰에 가득하면 당신은 반드시 나를 위해서 맛난 음식을 차리려 했으나, 나는 매번 손을 저으면서 말했다.

"절대로 번잡하게 하지 말라. 내 운명이 기구하여 부모님을 일찍 여의고 생일을 만나도 깊은 슬픔이 있으니 먹고 마시며 스스로 즐거워함이 어찌 인륜이겠는가."

당신은 억지로 하지 않고 아침저녁 찬에 별미를 하나씩 만들었을 뿐이었다. 그렇게 손수 만들어 올렸어도, 나는 상 밑으로 물리고 하나도 입에 대지도 않았으니, 그대가 크게 슬퍼하면서 들라고 권하기를 매우 정성스레 하였으나 나는 끝내 응하지 않아서 그대가 늘 실망했었지. 지금에 와 돌이켜보니 한이 된다 말할 수 있네. 잘 먹었으면 당신이 기뻐하는 모습을 보았을 텐데. (후략)[11]

1756년 3월 11일에 쓴 글이다. 남편은 아내의 기일이 되자 생일에 읽을 글을 미리 써서 보낸다. 그러다 아내의 생일이 되었다. 생일은 살아 있는 사람이 태어난 것을 축하하는 날이다. 죽은 이의 생일은 축하할 대상이 없는 슬픈 날로 바뀐다. 그러면서 남편은 함께 맞이했던 아내의 생일을 떠올려본다.

남편은 모든 가족이 같은 상에서 밥을 먹자고 특별히 제안한다. 옛날에 남자들은 여자들과 겸상을 하지 않았다. 아내의 친정에서 여종 편에 따순 음식이 전달됐다. 남편은 그 예전 오늘 태어난 어린아이가 어찌 이렇게 장성해서 젖도 먹지 않고 음식을 먹느냐고 아내에게 농담을 던졌다. 이 싱거운 농담에 가족 모두는 웃음을 터뜨렸다. 여기에 흐뭇해진 남편은 속으로 생각해본다. "아내와 함께 늙을 때까지 이런 즐거움을 누릴 수 있겠지."

행복은 이런 아무렇지도 않은 풍경에 있다. 우리가 그냥 허투루 지내는 특별할 것도 새로울 것도 없는 그런 장면에 행복은 실려 있을지 모른다. 행복은 어제와 다른 특별한 일상이 다채롭게 펼쳐지는 것이 아니라, 어제의 일상이 그대로 반복되는 것이다.

그리고 이제 그날은 다시 오지 않을 날이 너무 쉽게 되어버렸다. 행복은 추억이 되었고 불행은 현실이 되었다. 아내가 세상을 떠난 뒤에 자신은 유배지로 가는 도중에서 아내의 생일을 맞았다. 이광사는 1755년 3월 6일에 붙잡혀 문초를 받고 아내는 3월 11일에 세상을 떴다. 이광사는 3월 그믐께 부령 유배길에 올라 5월 8일 무렵에 적소에 도착했다. 아내의 생일은 5월 3일이었으니 유배 도중 그 어느 지점에서 아내의 생일을 맞은 셈이다. 그때 더 이상 다시 함께 지낼 수 없는 아내의 생일을 한없이 그리워했다. 이광사는 8월 29일인 자신의 생일을 떠올려본다. 아내는 자신의 생일을 정성껏 차려주려 했다. 그러나 남편에게 생일이란 그다지 반갑지도 즐겁지도 않은 날이다. 일찍 부모님을 잃어서 행복이라곤 남에게만 일어나는 일처럼 느껴졌다.

아내는 생일상을 거나하게 차려주고 싶었지만 이러한 남편의 마음을 헤아려, 아침저녁 찬에 별미만을 챙겨주었다. 그러나 남편은 그마저 마다하였다. 못 이기는 척 아내가 차려주는 대로 먹을 것을 그랬다는 자책이 밀려왔다. 누군가 그랬다. "행복한 줄 알지 못하면 불행이 와서 가르쳐준다." 불행은 찾아왔고 예전의 기억은 행복했다.

아내의 생일은 모두 세 가지로 나뉜다. 첫째는 온 가족이 함께했던 생일, 둘째는 아내의 죽음 속에 유배길에서 만난 생일, 셋째는 영원히 홀로 맞게 될 아내의 생일이다. 아내의 생일은 물론이거니와 자신의 생일도 슬픈 일만 남았다. 생일은 홀로 태어나지만, 사람들과 함께 누리는 날이다. 이제 축하할 수도, 축하를 받을 수도 없는 혼자만의 생일들만 그의 삶에 남아 있었다.

牛女迢迢斗柄西	견우성, 직녀성은 아득하게 북두 자루 서쪽에 있고
滿天霜露冷鴉啼	온 누리엔 서리와 이슬 가득 추위에 까마귀 우짖고
荒郊野哭無人識	황량한 들판에서 통곡한들 아는 이 없는데
唯有長風送玉溪	다만 먼 바람이 옥심계[12]까지 보내주리.

눈썹을 펴지 못하고 떠난 당신에게

— 「아내가 세상을 뜬 지 1년이 되었다. 닭이 울자 들에 나가서 곡을 하고 슬픈 마음을 기록하다(亡人初朞, 鷄鳴出野哭志哀)」

그렇게 세월은 흘러 아내가 세상을 떠난 지 1년이 되었다. 북쪽 지방이라 3월에도 황량하고 춥기만 하다. 사방 천지에 사람이 없어 이렇게 마음껏 통곡해보아도 아는 사람이 없다는 것은 아무도 자신의 슬픔을 알 수 없다는 슬픈 탄식과 같다. 그렇지만 불어오는 바람이 아내가 묻힌 산에 있는 시냇가까지 이 아픈 곡소리를 전해줄 것이라는 바람을 담는다. 아픔은 그렇게 바뀔 수 없는 현실로 굳어져만 가고 있었다.

상복을 벗으며

(전략) 나란히 구름을 타고, 저승 문을 밀치고 대궐에 부르짖어 상제를 뵈오려고 슬픈 소리로 부르짖으니, 상제의 지극하신 인자함으로써 반드시 불쌍히 여겨 돌봐주시리라. 천신에게 부탁하여 혼백이 다시 모이도록 하면 놀라지도 않고 두려워도 않으며, 잘 지키며 잘 보호하리니, 가서 유해를 찾으면 곧 돌아갈 길을 얻으리라. 관 거멀못이 스스로 풀리며, 매였던 동앗줄이 풀려 이미 장례 치르고 묻었으나 상제의 신통함 도움으로 삼태기와 삽으로 수고하지 않고도 관이 묘에서 절로 나오네. 꺼졌던 등잔에 다시 불을 붙이고 설핏 잠이 드니 놀라 꾸는 꿈인 듯. 옛날의 그 젊은 얼굴, 따뜻한 봄볕인 듯. 수줍은 그 웃음, 사뿐사뿐 그 걸음. 내가 북쪽에 있다 듣고 서둘러 짐을 꾸려 먼 곳으로 나아왔네. 오랜만에 서로 만났으니, 그 기쁨 어찌 말하리. 지난 일

눈썹을 펴지 못하고 떠난 당신에게

들 함께 말하니 오가는 말마다 눈물이 나네. 그대는 저승의 일을 전해주고, 나는 받은 은혜를 자랑했네. 두 사람 모두 다시 살아났으니, 다시 못 볼 기이한 만남이라. 내가 다시 산 것으로는 상제께 두 번 절을 드리고, 그대가 다시 산 것으로는 태소상황께 거듭 예를 갖추었네.

이것이 혹 걸맞지 않다면 또 구하고 바라는 방법은 깊은 규방의 얌전한 부인 중, 혹 너무 급작스럽게 죽은 자가 있다면 썩기 이전에 혼을 실어 의탁했으면 하니, 다른 모양이지만 마음은 이에 있어, 남은 인연이 다시 굳어지기를 바라네. (중략)

고민도 즐거움도 함께 할 사람 없는 것은 동조(同朝)의 옥황께서도 한 목소리로 슬퍼하고 천당의 불주(佛住)도, 현포의 신선도, 모두 원하지 않던 바이네. 사람의 모양으로 다시 태어나기를 바라니 각기 다른 집안에서 태어나서 결혼하여 전생의 인연을 좋이 잇게 하고 복록을 내려주시오, 자손들이 눈앞에 가득하며 영원토록 편안하고 즐겁고 편안하여 이전 세상의 일들은 모두 깨달아 알게 되며 서로 찬미하며 이야기하고 화락하고 친근하게 서로 보며 전세의 자녀들에게는 남은 복이 전해지기를 비노라. 이러한 소원을 다 이룬 뒤에는 선인(善因)으로 서로 힘써서 상제의 깊은 은혜에 보답하고, 함께 신선이나 부처가 되었으면. 상제께서는 신성하시니 반드시 이뤄주시리라. 이 뜻을 기록하여

글로 지어서 가서 여기에 붙이도록 하였으니 영께서는 반
드시 임하셔서 내 속내를 보고 이 다급한 상황을 슬퍼하시
며 묵묵히 도와 주시기를. 아아 슬프다! 상향.[13]

담제(禫祭)는 3년의 상기(喪期)가 끝난 뒤 상주가 평상으로
되돌아감을 고하는 제례의식이다. 일반적으로 부모상일 경우
대상(大祥) 후 3개월째, 곧 상을 치른 후 27개월이 되는 달의 정
일(丁日) 또는 해일(亥日)에 지낸다. 그러나 남편이 아내를 위
하여 지내는 담제는 상을 치른 후 15개월 만에 지내는데, 곧 소
상(小祥) 후 2개월째가 된다. 상복을 벗는다고 추모의 마음마저
사라지지 않는다. 하지만, 상복을 벗고 외견상으로는 일반 사람
과 같아진다는 것이니 고인에 대한 왠지 모를 아쉬움과 미안함
이 있을 수밖에 없다.

이 제문에도 이광사의 복잡한 마음을 담고 있는데, 크게 세
부분으로 나뉜다. 아내가 다시 살아나서 해후하는 환상, 다른
이의 모습이라도 환생하기를 원하는 바람, 내생의 부부로 만나
자는 다짐 등이다. 상당히 몽환적이고 이색적인 제문이라 할
수 있다. 전반적으로 아내에 대한 간절한 마음을 담고 있다.

상제(上帝)에게 부탁하자 아내의 관이 무덤에서 저절로 나
왔다. 아내는 예전 그대로의 젊은 얼굴로 수줍은 웃음을 띠며
사뿐사뿐한 걸음걸이로 다가왔다. 그리고 지난날에 관해 이야
기를 한참 동안 나누니 눈물이 흘러나왔다. 아내는 저승에서의

일을, 남편은 이승에서의 일을 말했다. 아내의 혼이 갑자기 죽은 다른 부인의 몸에라도 들어가 자신의 곁에 머물러주길 바랐다. 이광사가 아내에 대한 간절한 마음이 얼마나 컸을지 짐작할 수 있다.

끝으로 아내와 자신이 환생해서 다시 부부의 인연을 맺자는 바람을 담았다. 그 어떤 것도 세상에서 이루어질 수 없는 다짐이었다. 그러나 이런 기대라도 하지 않고 영영 이별이라고 생각하면 남은 시간을 견뎌낼 자신이 없다. 그리움을 헛된 바람으로라도 위안받으려 했다. 이광사와 아내는 다시 태어나 부부의 인연을 맺었을까?

이제 그 누가 옳은 말 해줄까

松床蒲簟敝軒涼	솔평상 부들자리 있는 집은 시원도 한데
玄鬐青裙宛似常	쪽진 검은 머리 옥색 치마 평상시처럼 뚜렷하네.
怊悵五更孤枕上	슬프게도 오경에 외딴 베개 위에는
半窓殘月有虛光	반쯤 열린 창가에 새벽 달빛 허망히도 비추누나.

— 「꿈에 감회가 있어서(感夢)」

아내와 만나는 일은 꿈속에서나 가능한 일이 되었다. 이 시
는 1~2구는 꿈속의 일을 3~4구는 현실의 일을 적고 있다. 검은
머리와 옥색 치마를 입은 아내는 평상시처럼 그렇게 잠자리에
찾아왔다. 퍼뜩 꿈에서 깨어 보니 새벽녘에 있는 것이라곤 달
빛밖에 없다. 꿈속에서 만난 반가움만큼이나 꿈에서 깨고 나자

눈썹을 펴지 못하고 떠난 당신에게

서러움도 컸다. 그렇게 많은 혼자의 시간은 그의 몫으로 남았다. 고침(孤枕), 반창(半窓), 잔월(殘月)은 모두 홀로된 자신의 처지를 반영한 시어다.

조선시대 아내 하면 순종하는 모습이 맨 먼저 떠오른다. 아내의 순종은 남편에 대해서 무조건의 이해와 관용을 담보한다. 순종은 남편이 잘못된 길에 접어들지 않는다는 전제가 있을 때는 일정 부분 순기능도 있을 수 있다. 그러나 남편이 오판과 독선으로 삶의 올바른 경로를 이탈할 때는 아무런 견제 장치가 없게 된다.

이광사에게 아내는 스승이며 친구였다. 남편의 가장 가까운 위치에서 올바른 경로를 탐색하는 데 조언을 주었다. 조언은 때로는 준엄하게 때로는 따스하게 이루어졌다. 남편은 그 고마움을 평생 잊지 못했다. 아내가 죽자 더는 그 누구도 허물과 잘못에 대해 그리 엄격하고 정확하게 지적해주는 사람이 있지 않았다. 때로는 귀에 거슬렸을 그 지적과 고언이 아내의 부재 속에 눈물겨운 그리움으로 남았다.

8장

세 명의 아내를 잃다

조관빈

불행은 꼭 맞는 옷처럼 감싸고

조관빈(趙觀彬, 1691~1757)의 본관은 양주(楊州)이고 자는 국보(國甫), 호는 회헌(晦軒)이다. 그는 정치적으로 참으로 불행한 삶을 살았다. 1723년 신임사화에 화를 당한 아버지에 연좌되어 흥양현(興陽縣)에 유배되었다가, 1725년(영조 1) 노론이 집권하자 풀려나왔다. 1731년 대사헌에 있으면서 다시 신임사화의 전말을 상소하여 소론의 영수인 이광좌(李光佐)를 탄핵하였다가, 당론을 일삼고 사감으로 대신을 논척했다는 죄로 제주의 대정현(大靜縣)에 유배되었다. 1753년 대제학으로 죽책문(竹册文)의 제진(製進)을 거부하여 성주목사로 좌천되었다. 이어 삼수부(三水府)에 유배되었다가 곧 단천(端川)으로 이배되었다. 그해 풀려나와 이후 좌빈객(左賓客), 지중추부사가 되었다.

조관빈은 1705년 15세에 유득일(兪得一)의 딸 창원 유씨(昌原兪氏, 1689~1729)와 혼인했지만, 아내 유씨는 시집온 지 25

· 조관빈 초상화, 경기도박물관 ·

년 만에 세상을 떠났다. 둘 사이에 자녀는 없었다. 1730년(40세)에 경주 이씨(慶州李氏, 1711~1730)와 혼인하였으나 이씨는 23일 만에 세상을 떴다. 역시 둘 사이에 자녀는 없었다. 그 뒤 박성익(朴聖益)의 딸을 셋째 부인으로 맞았다. 1733년 부인이 출산을 앞두고 유산했다. 2년후 1735년(46세)에 첫딸을 얻게 되고, 아들이 없어 조영석(趙榮晳)을 후사로 들였다. 이후에 셋째 부인이 조영현(趙榮顯), 조영경(趙榮慶) 두 아들과 딸 하나를 더 출산하였다.

　그는 가정적으로도 불행한 일을 많이 겪었다. 두 번이나 아내를 먼저 떠나보내야만 했다. 첫 번째 아내는 정신병을 앓다가 죽었고, 두 번째 아내는 시집온 지 고작 23일 만에 세상을 떴다. 2년 사이의 일이었다. 또 아내들이 여러 차례 유산을 겪었다. 조선시대에 유산의 경험을 기록으로 남긴 경우는 매우 드물지만 그는 시로 남겼다. 46세에 첫딸을 낳고 후사를 포기하다가 양자를 들이게 됐다. 그 후 50세가 넘어서야 두 아들을 품에 안을 수 있었다.[1] 결혼과 출산도 다 순조롭지 못했다. 그에게는 어느 일 하나 평탄하고 순조롭게 이루어지는 법이 없었다.

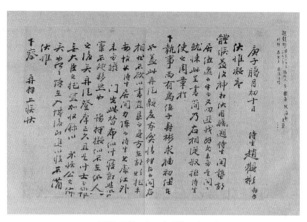

· 조관빈 간찰, 성균관대학교박물관 ·

불행은 잘 맞는 옷처럼 그를 끊임없이 괴롭혔다. 그는 그러한
아픔들을 다 어떻게 겪어나갔을까?

유산하고 정신병을 앓은 첫 부인

내가 옛날 을유년(1705)에 있을 때에 귀와(歸窩) 유공(兪公)
의 가문에서 위금(委禽)하였다. 돌이켜 생각하니 어제의 일
과 같았는데 나는 이제 늙어 흰머리가 되었으며, 아내가 죽
은 것이 벌써 24년이 되었다. 따라온 여종도 남은 사람이 없
었다. 다만 한 개의 나무빗이 있어서 지첩(紙貼) 속에 간직
하고 있었으니 곧 그 혼인하는 당일에 동상(東牀)에 설치한
것이었다. 아! 오래되었도다. 내가 중년의 나이로부터 이래
로는 집안의 재난으로 만 번이나 죽을 일을 겪게 되어서 떨
어진 바다와 아득히 먼 변경에서 귀양살이 하고, 깊은 골짜
기와 거친 들에서 떠돌았으니 모든 가문에 전하는 것이 서
적과 함께 흩어져서 없어지지 아니한 것이 없었다. 그러나
오직 이 한 가지 물건은 내가 50년을 사는 나이와 함께 아
무 탈이 없어서 아직 내가 쓰고 있는데, 짧은 머리를 매만

눈썹을 펴지 못하고 떠난 당신에게

지기에 더욱 편했다.

내가 갑술년(1754) 겨울에 안산에 있을 때 등불 아래에서 머리를 빗을 적에 이 빗을 가지고 좌객에게 그 오래된 것을 칭찬하고서 또 말하였다.

"오래살았다면 오래 살았으나, 나를 따라 온갖 어려움을 겪게 되었으니 어찌 곤궁하지 않았겠소."

객이 말하였다.

"그렇지 않습니다. 만약에 이 물건으로 하여금 세속의 부귀한 집에 있게 하였다면, 반드시 상아와 대모 등의 사치스러운 제도에게 폄하가 되어서 노복에게 돌려보냈을 것이고, 또 그것을 사랑하고 아끼지 않다가, 빗이 부러지기라도 하면 아궁이에 넣었을 것입니다. 우리 공을 만나지 못했다면 어찌 오늘날까지 보존할 수가 있었겠습니까. 물건도 사람으로 인해서 귀하게도 되고 천하게도 되는 것이니 내가 이제 만년이 되는 시절에 숲 아래로 물러날 것을 결정하여 늙어서도 또 글을 읽고 있는데 이 빗이 공의 수중에 있는 물건이 되었다면 어떻게 곤궁하다고 할 수가 있겠습니까. 술가에서 이른바 '기용의 성훼는 또한 운수에 달려 있다'고 하니 진실로 빈말이 아닙니다."

내가 손님의 말을 듣게 되자 붓 가는 대로 이것을 쓴다.[2]

1754년 무렵 나무빗에 대한 감회를 적은 글이다. 이 빗은

1705년 아내 유씨와 혼례를 올릴 때 썼던 것이다. 이 빗을 50년 세월이나 간직하고 있었다. 이미 아내는 세상을 떠난 지 24년이 흘렀고, 아내가 데려온 종을 비롯해 남아 있는 사람이라곤 없었다. 아내와 살았던 흔적은 이미 다 사라져버렸다. 남아 있는 것이라고는 빗 하나밖에 없었다. 빗을 매개로 객(客)과 더불어 물건의 운명이 사람에 달려 있다는 사실을 밝혔다. 사라지는 것에 대한 아쉬움을 통해 아내에 대한 그리움도 함께 담았다. 어떤 물건은 기억과 동의어다. 물건을 보면 그것과 관련된 사람의 이야기가 떠오르기 마련이다. 그 옛날 사진도 동영상도 없던 시절에 고인이 남긴 물건은 지금보다 더 강렬하게 생진의 기억을 견인하였다. 조관빈은 1757년 세상을 떴으니 삶의 마지막 순간까지도 그 나무빗을 간직한 셈이다. 나무빗은 세상을 떠난 아내를 끝내 잊지 않고 가슴에 담아둔 그의 마음이었다.

> (전략) 부인은 20년을 하루같이 나를 공경했다. 내 몸과 관련된 일이면 정성을 다하지 않음이 없었고, 내 입에서 나오는 말이면 두려워하고 조심하지 않음이 없었다. 내가 젊었을 때 성격이 편벽되고 급해서 간혹 사정에 맞지 않는 책망을 하고 박절한 말을 하는 일이 있어도, 일체 변명하지 않고 자기 잘못이라 여기고 몸을 낮추었으며 끝까지 성을 내거나 원망하는 빛을 내보이지 않았다. 내가 예전에 이질로

눈썹을 펴지 못하고 떠난 당신에게

고생한 적이 있었는데 그렇게 심한 것은 아니었다. 그런데도 부인이 밤을 새워 나를 간호하며 여러 날 동안 해이해지지 않았다. 내가 가서 자라고 권하면 이렇게 말했다. "쉬려고 해도 잠이 오지 않는 걸 어떻게 해요?" 그러고는 똑바로 앉아서 새벽을 맞은 것이 무려 나흘이었다. (중략)

내게 첩이 하나 있어 한집에 두었는데, 부인이 일찍이 그를 잘 봐서 데려다 곁에 두고 일을 시켰다. 잘 못하는 것이 있으면 지성으로 타이르고 가르치며 온화한 기운을 잃지 않았다. 다른 부인들이 간혹 너무 무심한 것이 아니냐고 충고하기도 했는데, 그러면 문득 웃으며 이렇게 말했다. "투기하는 것은 나쁜 습성이니, 나는 이를 수치로 여기네."

내가 전에 수원 고을을 다스린 일이 있는데, 부인은 어떤 일에도 한 마디 나를 간섭함이 없었고, 곡식이나 옷감을 받아 내게 누를 끼친 일도 없었다. 읍비(邑婢)가 으레 침선방적의 임무를 졌는데, 그가 피곤할까 봐 일체 이를 금하였다. 이 일로 읍비가 지금까지도 그 덕을 칭송한다.

부인은 나에게 시집온 지 15년 만에 처음으로 임신을 하였는데, 만삭 때 유산을 하고 이로 인해 심한 병을 얻었다. 증세가 심환(心患)과 비슷했는데, 대단히 혼미한 중에도 내가 잡아끌어서 경계하는 말을 하면 문득 정신을 차리고 용모를 단정히 하였다. 임인옥사의 변을 당해서는 밤낮으로 원통히 부르짖으며 다시 살고 싶은 마음이 없어 보였다. 내가 또 오랫동안 재앙을 받아 멀리 절해(絶海)로 유배를 갔을 때 부인은 보령 우촌에 떨어져 살았는데, 그 슬퍼하고 곤궁한 형상은 이루 다 말할 수 없었다. 을사년(1725)에 내가 임금님의 은혜를 입어 집으로 돌아와 부인을 보았을 때, 이미 예전의 그 모습은 아니었다. (후략)³

젊었을 때 성격이 급해서 타박도 정 떨어지는 말도 가리지 않고 했지만, 아내는 묵묵히 다 받아주었다. 요즘은 배우자와 맞대응하는 것만을 능사로 여기지만, 부부 어느 쪽이든 한쪽이 참아주면 정면 충돌만은 피할 수 있다. 그리고 시간이 흘러 서로의 화가 누그러지면 스스로 문제를 깨닫게 된다. 설사로 고생할 때도 나흘이나 밤을 새우면서 지극정성으로 남편의 병수발을 들었다. 한집에서 첩과 생활을 했는데도 무던하게 잘 지냈다. 읍비를 천것이라 여겨서는 함부로 대하거나 마구잡이로 일을 부려먹지 않았다. 첩과 읍비를 대하는 태도에서 그녀의 따스한 품성은 더욱 도드라진다. 누구나 아랫사람을 대하는 모습에서 그 사람이 어떤 사람인지가 가장 잘 증명되는 법이다.

15년 만에 어렵게 임신이 되었지만 끝내 유산이 되고 말았다. 아내는 그것이 원인이 되어 마음의 병을 얻었다. 정신이 오락가락하는 중에도 남편이 정신 차리라고 타이르면 정신을 차리고 모습을 가다듬었다. 시아버지 조태채의 편지를 보면 유

눈썹을 퍼지 못하고 떠난 당신에게

산이 한 번 있었던 것도 아니었다. "네 아내는 분명 태기가 있으니, 참으로 다행이다. 이번 달부터 당귀산(當歸散)을 복용하고 마시고 먹을 수 있어 기운 또한 소생하였으니, 작년에 수태할 때처럼 그러한 고생은 없을 것이다.(1719년 전후의 편지)"[4] 유산의 반복 속에 아내는 아예 정신줄을 놓기 시작했다. 조태채의 편지 한 통을 더 살펴보자.

· 백록담 마애명 탁본 ·

그리고 네 처가 앓는 병은 정신이 오락가락하며 멈추지 않는구나. 누워 자면 귀신이 보인다며 앉았다가 섰다가 여러 증세가 기이하여 반드시 장동(壯洞)으로 옮겨 피하려 하였는데, 네 장모가 친히 와서 데리고 갔구나. 어제와 오늘은 잘 먹지도 못하고, 또한 약도 먹으려 하지 않는구나. 어제는 하루 종일 수식경 동안 약을 마시라고 했는데 비로소 약을 먹었다. 물어보니 속이 좋은 것 같지 않고 또 구토가 나 그렇다는구나. 약성이 강한 약을 쓰려 하였으나 태아에 해가 될 것 같아 쓰지 못하였다. 또한 쓴 약을 먹지 않으려 하여 당귀를 가미하여 마시게 하였는데, 장유령(張有岭)과 허대(許垈)가 여러 사람과 의논하여 쓰라 하는구나. 두 번째 약첩을 달여두어도 먹으려 하지 않아 내가 여러 방도를 써서 먹도록 했고, 또한 다시 본가로 돌아가려 하였다. 이에 저녁때 데려오려 하였다. 이 증세는 임산부면 많다고들 하는데, 나는 처음 그 이상한 증세를 보는지라 말할 수 없이 걱정스럽구나.(1721년 편지)[5]

아내는 여러 기이한 증세를 보여서 친정을 오갔다. 밥도 약도 한사코 거부했다. 임산부에게 흔히 보이는 증세라고 사람들이 말들 하지만, 시아버지인 조태채 자신도 의구심을 떨쳐내지 못하고 있다. 어쨌든 유산이 빌미가 되어 여러 증세를 앓다가 안타깝게도 세상을 떴다. 유산은 반산(半産)이라 해서 출산한 것이나 다름없다. 그만큼 유산 뒤에도 몸조리를 잘해야 한다. 유산은 몸과 마음에 심각한 후유증을 남기는데, 이를 경험한 여성의 정신병 발병 위험은 세 배나 높다고 한다. 어느 날 꺼져버린 배가 되었을 때 느끼는 슬픔과 상실감은 다른 아이가 다시 찾아와주기 전까지 떠나지 않는다.

吾弟哭妻每說悲　내 아우 아내 잃고 매번 슬픔 말하기에,
吾嘗謂弟過於悲　내 일찍이 슬픔이 지나치다 말했었네.
有男有女宜稱福　"제수씨는 아들과 딸 있는 복 누렸으니,
雖死猶生未足悲　죽었대도 산 것 같아 슬픈 것 없을 걸세."

於吾始覺哭妻悲	내 비로소 상처(喪妻) 슬픔 깨닫게 되었
	으니,
比弟悲今十倍悲	아우에게 견줘보면 열 배나 더 슬프네.
若使吾妻死如嫂	만약에 내 아내가 제수처럼 죽었다면
歌猶多事哭何悲	노래할 일 많을 터니 곡하며 무얼 슬퍼
	하랴?

― 「도망(悼亡)」

조관빈은 아내의 제문에서 아내의 죽음에 슬픔을 금할 수 없지만 그래도 위로할 일이 두 개라고 하였다. "낳은 자식 없으나 후사는 있는 것과 병든 며느리의 상태가 차도가 있는 것이다"[6] 양자로 들인 조영석과 그의 아내를 가리키는 말이었다. 위의 시에서는 조관빈의 아우가 자신의 아내를 잃고 지나치게 슬퍼하자, 아들과 딸을 두었으니 너무 슬퍼 말라고 다독거렸다. 그러나 자신의 아내는 자식 하나 남기지 못하고 죽었으니 더욱 가엾기만 했다. 제문에서 말한 것과는 사뭇 다르다. 고생만 실컷 하다가 세상을 떠난 아내였다. 둘의 모습을 닮은 아이를 무척이나 낳고 싶어 했으나, 번번이 실패했다가 그것이 마음의 병이 되어 세상을 떠났다. 유산은 몸과 마음에 큰 상처를 남긴다. 큰 상처이지만 새로운 아이를 낳게 되면 상처가 아물게 된다. 그러나 누구에게는 끝내 치유될 수 없는 상처가 되기도 한다. 배 속의 태동이 어느 날 거짓말처럼 멈추고 아이는 사라진다. 때로는 간절한 기다림이 잔혹한 상처와 절망으로 돌아오기도 한다.

23일 만에 세상을 떠난 두 번째 부인

(전략) 혼례를 올리고 며칠 뒤에 시험 삼아서 부인에게 내가 벗어놓은 상의를 정리하라고 시켰는데 부인이 부끄러워하여 선뜻 내켜하지 않았다. 내가 신랑치고는 늙고 추해서 그런가 하며 웃으니, 부인이 이내 용모를 단정히 하고 공경함을 다하여 두 손으로 받들어 옷을 정리했다. 부인의 병이 심해져서 장차 다른 곳으로 옮기려 했을 때 정신은 이미 위태롭고 두려움이 가득했으나, 그래도 내 옷을 챙겨 깊이 보관하였다.

형님이 일찍이 내게 소실을 다른 곳으로 옮겨 새 신부와 같은 곳에 살지 않게 하라고 시킨 일이 있었다. 내가 이 말을 전했는데, 부인은 그 어머니를 만나서 "나 때문에 죄없는 사람을 내보낸다면 너무 불쌍해요. 꼭 그럴 필요는 없습니다."라고 하였다. 임종 때는 미처 시부모의 묘에 알현하지 못한 것을 크게 한스럽게 여기며 눈물을 흘렸다. 상여가 나감에 조상하러 온 사람들이 그 덕을 칭송하고 요절함을 안타까워하지 않음이 없었고, 이웃의 부녀들은 마치 친척과 같이 슬퍼하였다. 이것은 내가 직접 눈으로 본 것을 기록하는 것이다. (후략)[7]

시집온 지 고작 23일만에 아내는 세상을 떠났다. 기억할 것이 없어서 더욱 슬픈 죽음이었다. 조관빈은 몇 개의 기억을 통해 아내를 떠올려본다. 아내는 20살 꽃다운 나이였고 남편은 40살 늙수그레한 나이였다. 시집온 지 얼마 안 되어 남편이 윗옷을 벗어주자 아내는 부끄러워 하였다. 아내는 남편의 윗옷을 정리하는 것조차 부끄러움을 탈 만큼 어린 나이였다. 그러나 병세가 위중해져서도 남편의 옷만은 꼬박꼬박 정리해주었다. 또 한집에 살던 소실을 다른 곳으로 옮기려고 하자 만류하며 머물게 했으며, 임종 때는 시부모의 묘를 알현하지 못한 것을 한스럽게 여겼다. 사실 기억이라고 하기에도 대단치 않은 일 뿐이다. 정리하자면 아내는 부끄러움이 많았고 자애로웠다.

같이 산 시간이 얼마 안 되어 아내에 대해 속속들이 잘 알지 못하니 장모의 입을 빌어 아내의 삶을 기록했다. 6살에는 약을 차게 해서 아버지를 살렸고, 8살에는 바느질 솜씨가 벌써 여물었다. 10살이 되지 않아서 벌써 아녀자의 법도를 갖추고 있었다. 연로하신 할머니를 직접 챙겨드렸고, 아픈 어머니를 대신해서 살림을 도맡았다. 조금 더 자라서는 저절로 글을 깨우쳐서 이백과 두보의 시를 외우기 좋아해서 직접 시를 쓰기도 했고, 언문으로 된 옛 이야기 읽는 것을 좋아했다. 한마디로 재주와 성품을 갖춘 사람이었다.

스무 해 짧은 삶도 기억할 것이 없었을 뿐 아니라, 23일간의 짧은 부부의 연도 기록할 것이 없었다. 그러나 남편은 아내의 삶을 자신과 장모의 기억을 한데 합쳐 기록해두었다. 조관빈은 제문에서 "초례 잔치를 벌인 지 겨우 스무날, 비유컨대 봄날의 짧은 꿈이었소. 사람들은 혹 말하길 전생의 악연이었다고 하지만, 내 마음은 그렇지 않으니, 깨달은 것이 있는 듯…… 한때의 기이한 만남이었지만 백 년의 짝이었소."[8]라 하였다. 조관빈은 짧은 삶을 살았던 아내를 애도하면서도 자신의 박복한 운명도 함께 위로한 것은 아니었을까?

遇何晚也訣何催	어찌 그리 늦게 만났다가 빨리 헤어지게 되어서
未覺其歡只覺哀	기쁨을 알기 전에 다만 슬픔 느끼게 되네.
祭酌尙餘婚日釀	제삿술은 오히려 혼인날 빚은 술이었고,
斂衣仍用嫁時裁	수의는 시집올 때 지은 옷으로 썼네.
窓前舊種小桃發	창 앞에 옛날 심은 복사꽃 피어 있고,
簾外新巢雙鷰來	주렴 너머 새 둥지에 제비 한 쌍 찾아왔네.
遺範爲從主人問	아내의 남긴 규범 장인에게 물어보니,

泣言吾女德兼才　울면서 말하였다. "내 딸은 재덕을 겸했
　　　　　　　　　　다네."

　　─「재취한 지 겨우 20일인데 갑자기 아내를 잃었으니 이 시를
　　써서 죽은 아내를 애도하는 마음을 부친다(再醮纔廿日 遽爾喪
　　配 書此 寓悼亡之懷 庚戌)」

　기쁨을 느끼기도 전에 슬픔을 느꼈다는 토로가 이 모든 아
픔을 잘 설명해준다. 혼인날을 위해 빚은 술은 제사상에 올리
는 술이 되었고, 시집올 때 혼수로 해 온 옷은 수의가 되고 말
았다. 계절의 풍경은 봄날을 알리고 있지만 이제 봄날을 함께
누릴 아내는 세상에 없다. 장인에게 아내에 대해 물어보자, 장
인은 울면서 자신의 딸이 재덕을 겸비했다 말을 전해준다. 그
렇지만 조관빈에게는 아내의 재덕을 느낄 시간조차 주어지지
않았다. 궤연이 도착하자 쓴 시「죽은 아내의 궤연이 비로소 호
중으로부터 이르렀으므로 이 글을 써서 애도한다(亡室筵几 始
自湖中至 書此悼之)」에서는 "늙은 하녀는 죽은 사람 얼굴도 못
봤지만, 날 위해서 눈물이 뺨에 가득하네(老婢不知面, 爲吾涕滿
腮)"라 나온다. 오래전부터 조관빈의 집에서 일을 했을 늙은 하
녀는 조관빈 아내의 얼굴조차 확인하지 못했지만, 주인의 처지
를 헤아리곤 눈물을 쏟아낸다. 짧은 시간이었지만 아내를 위해
서「감회가 있어서(有感)」,「2월 초2일은 죽은 아내의 두 번째
기일이었다. 이 글을 써서 죽은 이를 슬퍼하는 마음을 부친다

　눈썹을 펴지 못하고 떠난 당신에게

(二月初二日 亡室再忌也 書此 寓悼亡之懷)」등 두 편의 시를 더 남겼다.

세 번째 아내도 유산을 겪다

趙子本放曠　조씨 아들은 본래 활달하여서

萬事都已忘　온갖 일들 모두 벌써 잊어버렸네.

禍福與榮辱　화복과 영욕이

何曾介其量　어찌 일찍이 국량에 개입했으랴.

惟是一箇兒　오직 한 명의 아들 두는 것이

平生所大望　평생에 크게 바라는 바였네.

荏苒四十年　어느덧 나이 마흔 되었지만,

不育妻再喪　자식 못 기르고 아내가 재차 죽었네.

枯楊冀生稊　시든 버들에 꽃 피기 바랐으니,

此計無亦妄　이 계책은 또한 망령된 것은 없었네.

前冬夢叶熊　지난겨울에 곰 꿈을 꾸었으니,

窮後始佳況　곤궁한 뒤에 비로소 좋은 상황이었네.

屈指待十朔　손꼽아 열 달을 기다리면서

百方盡補養	백방으로 보양할 것 갖춰주었네.
儻或男也否	혹시 사내일까 아닌 것일까.
庶幾生而長	태어나서 성장하기 바랐네.
癘鬼忽爲虐	여귀(癘鬼)가 갑자기 악한 것 되어서
化兒乃有誑	아이로 변화하여서 이에 속임이 있었네.
倉卒墮一塊	갑자기 덩어리 하나 떨어졌으니
半成犀角㨾	절반은 서각의 모양을 이루고 있었네.
吉卜太虛無	길한 점이 너무나 허무하게 되었으니
好夢亦孟浪	좋은 꿈도 터무니없는 것이었네.
寬心惟大杯	마음을 달래는 건 큰 술잔뿐이어서
頹臥更惆悵	드러누우니 다시금 서글퍼지네.
厄運迄可休	액운은 마침내 쉬게 되었고,
冤業已足償	원업은 이미 족히 보상할 만하였네.
餘年抱子願	남은 삶에 아들을 안기 원하는 건
降福帝在上	복을 내리는 상제가 위에 계셔서네.

― 「낙태를 탄식하며(歎墮胎)」

1733년(43세)에 출산을 앞두고 갑작스런 아픔이 찾아왔다. 자신은 대범해서 화복과 영욕 따위는 마음속에 두지 않았다. 다만 바라는 것은 아들 하나 얻는 것뿐이었다. 곰 꿈을 꾸게 되자 아들을 바라며 아내의 보양식을 지극정성으로 챙겼다. 태몽(胎夢)에 곰이 보이면 아들을 낳는다는 말이 있다. 그러나 무슨 조화인지 아이는 배 속에서 죽고 말았다. 마음을 달래려고 술을 마셔 보아도 위로가 되지 않는다. 그렇지만 남은 생애에 아들을 하나 얻고 싶은 기대는 끝내 포기할 수 없었다. 이 시는 유산에 대한 아주 드문 기록이다. 아내는 아팠고 남편도 아팠다.

三妻今始一兒生　세 아내 두었는데 이제 아이 얻었으니
縱女猶牽老父情　딸이라 하지만 늙은 아빈 정이 가네.
繼此兩男應抱得　이어서 두 아들을 응당 안게 될 것이니,
梨湖吉夢信分明　이호(梨湖)에서 꾼 길몽이 진실로 분명하리.

— 「내 나이 46세에서야 첫 아이를 얻게 되었으니 바로 딸이었다. 이 사실을 써서 스스로 위안하고 옛 꿈을 적는다 (余年四十六, 始得嫡出兒, 乃女也. 書此自慰, 且記昔夢)」

계속 자식이 없자 후사로 조영석(趙榮晳)을 들였다. 그리고 46세가 되어서야 드디어 제 핏줄인 딸을 낳았다. 세 아내를 두었는데 이제 딸아이를 낳았다는 대목에 그 간에 슬픈 사연이 압축되어 있다. 이호에 있을 때에 꾸었던 꿈을 떠올리며 아들을 얻겠다는 바람도 잊지 않았다. 조관빈은 이 부인에게서 시에 등장한 딸을 포함해서 2남 2녀를 얻었다. 산다는 건 이렇게 슬픔과 기쁨의 변주다.

晬日還鄉夢不虛　생일날에 집에 오는 일 꿈이 헛되지 않
　　　　　　　　　았으니,
全家無恙喜無如　온 집안 무탈하여 기쁜 마음 더할 수 없네.
向妻却詑歸裝富　아내 향해 행장이 풍성한 것 자랑하니,
大地詩篇四百餘　중국에서 지은 시편 400여 수나 되었네.

— 「집으로 돌아와서(還家)」

그는 1745년 중국에 정사(正使)로 갔다가 이듬해인 1746년
3월에 돌아왔다. 생일 전에 돌아오고 싶었는데 바람처럼 그렇
게 됐다. 아내에게 중국 땅에서 지은 400여 편의 시를 자랑해본
다. 평화롭고 행복한 풍경이다. 지금껏 아팠던 일에 대한 보상
인지 그에게 더 이상 나쁜 일은 일어나지 않았다. 조관빈은 이
아내와 해로하였다.[1]

아픔도 인생의 한 부분이다

을묘년(1735) 4월 신축 8일 무신에 동호거사(東湖居士)는 술과 과일로 제수를 갖추고 죽은 첩 최랑의 영전에 술을 부으며 고합니다.

아아, 슬프다! 자네가 나를 섬김이 또한 오래되었다 할 것이네. 성품은 총명하고 낙천적이었으며 술과 음식 만들기와 바느질하기에 오직 정성을 다하여 거의 제 몸은 잊은 듯하였소. 나로 인하여 험난한 일만 실컷 겪고 창황 중에 멀리 나를 따라온 천 리 밖 외딴 섬. 바람과 파도와 더위 속에 뱀, 살무사, 모기, 파리가 가득한 곳. 내가 속이 썩으면 자네도 가슴을 쳤지. 해를 거듭하는 병에 연일 계속되는 배고픔, 살아서 돌아왔으나 그 노고를 알 만하네. 골짜기 속에는 묵힌 밭, 강 위에는 서늘한 누각, 정처 없이 떠돌며 궁한 날의 근심을 나와 함께했지.

눈썹을 펴지 못하고 떠난 당신에게

병으로 인한 근심과 죽음의 두려움 속에 한가한 날은 늘 적었으니, 만년에 자식을 얻었으나 네 딸 중 셋이 요절하고, 자네의 지극한 바람으로 드디어 아들을 얻었지. 피 같은 땀을 흘리며 달리는 천리마와 커다란 뿔을 가진 무소의 상, 사람들은 귀천을 구분하지만 내게는 사랑스런 아들이라고, 병중에 내뱉은 헛소리지만 오히려 기쁨에 찬 말이었지. 자식을 잠재운 뒤 얼마 뒤에 그 어미가 재앙을 입었네. 모두가 나의 곤궁한 탓이니 노쇠한 마음에 더욱 서럽네.

18년 세월이 한바탕 꿈, 옛날의 계획이 모두 허사로 돌아갔소. 빌린 집이 가까이 있어 생계는 그런대로 편안하지만 그릇과 동이가 뒤섞이고 부엌이 썰렁하오. 이를 갈 어린 것은 의지할 데가 없고 젖먹이는 물 젖이 없구려. 어떤 이는 누님에게 맡기라 하고, 어떤 이는 마을 노파에게 주라 하나, 시집보내고 장가보내는 책임은 오로지 나에게 있소.

남들에게 처첩은 경중이 실로 같지 않으나, 내가 그대를 곡하는 까닭은 마음이 허전하기 때문만은 아니라오. 집안의 대소사와 이런저런 내 뒷바라지를 주장할 사람이 없지 않으나 자네가 아니면 누가 이끌까. 나는 자네를 위해 슬퍼하고 사람들은 나를 위해 탄식하오. 내 장차 자네를 유부인 곁에 묻으리니, 백 년 뒤에 영원히 가까이 묻힙시다. 그대의 공을 갚을 길이 없으니 가슴이 아프고 한스럽소. 한잔 술로 영결하니 내 진심을 알아주오.[9]

두 아내를 잃은 지 5년 쯤 흘러서 18년 동안 함께 지내온 첩이 세상을 떠났다. 앞서 세상을 떠난 두 부인의 기록에 등장하는 그녀다. 제주도에 유배갈 때 함께 옆을 지켜주었던 고마운 사람이었다. 두 사람 사이에는 네 딸과 아들 하나가 있었으나 세 명의 딸을 잃어야 했다. 아들은 서자이기는 하지만 첫 아들이었다. 아이들을 남들 손에 맡기지 않고 책임지고 출가시키겠다는 다짐을 아내에게 했다. 첩이지만 자신의 첫부인 무덤 옆에 묘를 쓰겠다는 약속도 덧붙였다. 처첩의 분별을 떠나 둘 사람의 정이 각별했음을 알 수 있다. 그때 낳았던 아들의 이름은 철한(鐵漢)이었다. 이 아이는 서자여도 첫 아들이었기에 각별히 에뻐했으나 불행히도 8살에 천연두에 걸려 세상을 떴다. 철같이 단단한 사내가 되어달라는 의미로 붙인 이름이었지만 아버지의 바람은 끝내 이루어지지 않았다. 조관빈은 그 아이에 대한 제문을 썼다.[10] 불행은 그의 주변을 끊임없이 맴돌았다.

不讀慵於書　글을 읽지 않으니 책에 게을렀고

不耕慵於農　밭갈지 않으니 농사에 게을렀네.

有妻慵似我　아내가 있는데 게으름 나와 같았으니

廢職罕裁縫　할 일 제껴 두고 재봉을 드물게 했네.

有兒慵甚我　아이가 있는데 게으름 나보다 더 심해서

課學多曠空　학업을 닦았지만 빈 곳이 많았다네.

奴慵婢亦慵　종도 게으르고 여종도 게을렀으니

慵習靡不同	게으른 습관이 같지 않은 것이 없네.
柴乏慵不제	땔나무 떨어졌으나 게을러서 베지 않고,
米盡慵不舂	쌀 떨어져도 게을러서 방아를 찧지 않네.
而我只慵眠	그런데 나는 게으르게 잠을 자서
永日門常封	긴 날에도 문은 항상 닫혀 있었네.
慵慵復慵慵	게으르고 게으르며 다시 게으르고 게으르니
渾室在慵中	온 집이 게으른 가운데 있네.
我謂慵無妨	내가 이르기를 게을러도 해로울 것은 없으니,
休官隱於慵	벼슬 그만둠에 게으름을 숨겼다네.

— 「백향산이 용시를 읊은 것에 차운하다(次白香山詠慵詩韻)」

이 시는 1751년(61세)에 백거이의 「영용(詠慵)」에 차운하여 썼다. 자신과 주변 사람의 게으른 일상을 담담히 써 내려갔다. 행복이란 어쩌면 이렇게 게으른 일상 속에 무엇도 벌어지지 않은 소박한 날들에 숨겨져 있지 않을까? 무엇을 하겠다고 무엇을 다르게 해보겠다고 애쓰지 않아도 아무 일도 벌어지지 않는 삶 말이다.

어떤 사람의 약력에 단 한 줄로 적히는 사건들일지라도, 그 당사자에게는 지옥의 시간들일 수 있다. 여러 번 정치적 시련 속에 절해고도에 유배되기도 했고 두 명의 아내와 두 명의 첩을 잃었다.[11] 아내는 여러 번 유산의 경험이 있었다. 그는 갑자기 아내의 푹 꺼진 배를 보고 절망했다. 열 달만 지나면 너무도 자연스럽게 태어날 것이라 기대했던 아이는 그렇게 거짓말처럼 사라져버렸다. 배 속에서 죽은 아이라 얼굴을 보지 못하였어도 자식을 잃은 그 마음은 다 똑같다. 세 번째 아내를 얻었지만 아이가 생기지 않아 양자를 들이자 그제야 아내에게서 아들 둘과 딸 하나를 얻었다. 그에게 순조로운 일은 하나도 없었다. 그 후에 두 명의 첩이 있었지만 모두 세상을 떴다. 그중 한명은 18년이나 함께 살아서 부부나 다름없던 사람이다. 그녀와의 사이에서 네 명의 딸과 아들 하나를 얻었지만 거의 다 잃고 말았다. 어쩌면 조관빈에게는 남들의 평범한 삶조차 허락되지 않은 것 같다.

미국의 대통령 바이든은 2남 2녀를 두었다. 교통사고로 첫째 부인과 딸을 잃고, 그로부터 한참 뒤에는 장남이 46살의 나이에 뇌종양으로 세상을 떠났다. 그가 실의에 차 있을 때 바이든의 아버지가 두 컷의 만화가 담긴 액자를 선물했다. 그 만화는 딕 브라운(Dik Browne)의 〈공포의 해이가르(Hägar the Horrible)〉였다.

주인공 헤이가르는 자신이 탄 배가 폭풍우 속에 벼락에 맞아 좌초되었다. 그러자 신을 원망하여 다음과 같이 외친다. "왜 하필 나입니까?(Why me?)" 그러자 신은 그에게 "왜 너면 안되지?(Why not?)"라 되물었다. 이 만화를 보고 바이든은 다시 세상을 살 힘을 얻었다. 삶이란 기쁨만을 내 것으로 받아들여야 하는 것이 아니라, 슬픔이나 절망도 받아들여야 하는 것이다.
어쩌면 그것이 인생이고 그것이 살아가는 일이다.

9장

우리는 함께 시를 지었네

유희춘

당신과 오래도록 떨어져 있었네

조선시대에 기록된 수많은 일기가 남아 있다. 그중에서도 이문건(李文楗, 1495~1567)의 『묵재일기(默齋日記)』, 유희춘(柳希春, 1513~1577)의 『미암일기(眉巖日記)』, 오희문(吳希文, 1539~1613)의 『쇄미록(鎖尾錄)』은 조선시대 생활사를 알 수 있는 중요한 자료다. 특히 『미암일기』는 유희춘이 55세 되던 1567년 10월 1일부터 65세 되던 1577년 5월 13일까지 약 11년에 걸쳐 쓴 일기다. 원래는 14책이었으나 현재는 11책만이 남아 있다. 이 일기에는 유희춘과 그의 아내 송덕봉의 사랑 이야기가 자세히 나온다. 신사임당과 허난설헌은 잘 알려졌지만 송덕봉에 대해서는 많이 알려져 있지 않다.

덕봉(德峰)은 송종개(宋種介, 1521~1578)의 호이다. 송덕봉(이하 송덕봉이라고 한다)으로 더 잘 알려져 있는 그녀는 3남 2녀 중 막내딸로 태어나서 부모의 귀여움을 독차지했다. 1536년

24세인 유희춘과 16세인 송덕봉은 혼인하였다. 유희춘은 1537년 생원시에 합격하고, 1538년 문과에 급제하였다. 이때까지는 모든 것이 순조로웠지만, 행복은 그렇게 길게 가지 않았다. 유희춘이 1547년 양재역(良才驛) 벽서사건에 연루되어 제주에 유배된 것이다. 이후 종성(鍾城)으로 이배된 그는 그곳에서 무려 19년 동안 지내다가 충북 보은으로 이배되어 2년간 더 유배를 살았다. 그 후에 해배되어 10여 년 동안 벼슬살이를 하느라 집을 떠나 있었다.

길고 긴 유배살이 동안 아이 양육과 시부모 봉양은 오로지 아내의 몫이었다. 송덕봉은 시어머니 삼년상을 홀로 치르기도 했다. 그뿐 아니라 집안의 대소사도 그녀가 전적으로 맡을 수밖에 없었다. 남편이 곁에 없어서 찾아오는 외로움과 서글픔은 온전히 그녀의 몫이었다. 삼년상을 마친 뒤 1560년에 송덕봉은 전라도 담양에서 함경도 종성까지 남편을 찾아 나선다. 무려 860킬로미터나 되는 먼 길이었다.

行行遂至磨天嶺　　걷고 걸어 드디어 마천령에 닿았으니
東海無涯鏡面平　　끝없는 동해 바다 거울처럼 판판하네.
萬里婦人何事到　　부인이 만 리 길을 무슨 일로 왔던가
三從義重一身輕　　삼종(三從)의 의리 무겁고 일신은 가벼워서라네.

— 송덕봉, 「마천령 위에서 읊다(磨天嶺上吟)」

눈썹을 펴지 못하고 떠난 당신에게

· 미암박물관 ·

위의 시는 송덕봉이 마천령을 지날 때 쓴 것이다. 당시에 유
명했던 시였던지 김시양의 『부계기문(涪溪記聞)』뿐 아니라, 김
낙행, 조긍섭의 문집에도 나온다. 이 시에는 험한 마천령을 오
르는 고단함은 보이지 않는다. 한 몸의 고달픔보다는 삼종의
의리를 지키려는 의무감이 앞섰기 때문이리라.

유희춘은 1567년에 드디어 해배되었다. 그 뒤로도 부부는
같이 살다가 떨어져 살다가를 반복하다가, 1577년 유희춘이 세
상을 뜬 뒤 이듬해에 송덕봉도 남편을 따라가듯 세상을 떠났
다. 그들은 동료이며 지음(知音)같은 사이였다.[1] 송덕봉은 유희
춘에게 때로는 충고하고 때로는 다독였다. 그들은 어떻게 사랑
을 나누었을까?

시로 대화한 부부

아내가 딸을 데리고 담양(潭陽)을 출발하였다. 딸은 몸이
야위고 약하여 말을 탈 수 없으므로 어떤 사람은 딸도 가마
를 태우라고 권하였으나 아내는 남편의 명이 없었다며 사
양하고 감히 태우지 않았다. 전주에 도착하여 부윤 노진(盧
禛)이 가마를 하나 내주면서 딸도 태우라고 하였으나 아내
는 애써 사양하며 남편의 뜻이 아니라고 하였다. 부윤이 세
번이나 간청하였으나 끝내 듣지 않자 노공이 탄복하였고,
폭쇄별감(曝曬別監 책을 말리는 관리) 정언신(鄭彦信)도 서울
에서 여러 번 칭송했다고 한다.[2]

송덕봉이 서울로 돌아올 때의 일화를 보면 그녀의 성격을
잘 알 수 있다. 여자 둘이 담양에서 서울로 오는 길은 만만치 않
았다. 게다가 딸아이는 허약하기까지 했다. 그러나 주변에서 가

마를 타라고 여러 번 권했지만, 남편의 명이 없었다고 한사코 사양해서 주변의 칭송을 샀다. 관에 소속된 인력과 차량을 함부로 써서 구설에 오르내리는 요즘 정치인들의 부인들에게는 경종이 되는 이야기다.

> 희춘이 선인의 훈계를 서술하여 시 한 구절을 지었다. 부인이 나에게 말하였다.
> "시의 법도는 문장을 짓듯이 곧이곧대로 말해서는 안 됩니다. 다만 산에 오르고 바다를 건너는 등의 말로 시작하여 끝에 가서는 벼슬 이야기를 해야 합니다."
> 나는 깜짝 놀라며 그 말을 따라 시를 지었다.[3]

지금까지 전해지는 송덕봉의 시는 총 25수이다. 남편과의 수창시(酬唱詩)가 가장 많은데, 내용은 부부애, 가족애, 자연 경물을 다루고 있다. 위의 내용을 보면 유희춘은 송덕봉의 작시(作詩)에 대한 조언을 듣고 그 말에 따라 시를 지었던 것 같다. 또 다른 기록에서도 아내의 지적에 따라 유희춘이 시를 교정하는 장면이 나온다.[4] 실제 시를 고친 이야기도 다른 날 기록에 나온다. 그들이 주고받은 시에는 부부의 위트도 담겨 있다. 유희춘이 '부인이 문 밖에 나감에 코가 먼저 나가더라(婦人出戶鼻先出)'라 하여 부인의 콧대가 세다는 뜻으로 지으니, 송덕봉이 이 말을 받아 '남편이 길로 다님에 갓끈이 땅을 쓸더라(夫君行路纓

· 미암일기 및 미암집 목판 ·

掃地)'라 하여 남편의 작은 키를 지적했다. 요즘 말로 서로 '티키타카'가 잘 되었다.

園花爛熳不須觀　뜰의 꽃 활짝 피워도 볼 필요 하나 없고
絲竹鏗鏘也等閑　음악소리 요란해도 마음에 두지 않네.
好酒妍姿無興味　좋은 술 예쁜 여자 전혀 흥미 없었으니
眞腴唯在簡編間　참된 맛은 오로지 책 속에 있었다네.

— 유희춘, 「지락음을 지어 성중에게 보이다(至樂吟示成仲)」

春風佳景古來觀　봄바람 좋은 경치는 예전부터 보던 것이요

月下彈琴亦一閑	달빛 아래 타는 거문고도 하나의 한가로움이죠.
酒又忘憂情浩浩	술 또한 근심을 잊게 하여 마음 호탕해지는데
君何偏癖簡編間	당신은 어찌하여 책 속에만 빠져 있나요.

— 송덕봉, 「지락음에 차운하다(次至樂吟)」

이 시는 어느 시기에 썼는지 분명치 않다. 유희춘은 꽃도 음악 소리도 술도 아무것도 관심이 없으며 오로지 책에만 관심이 간다고 말했다. 그러자 송덕봉은 책에만 빠져 있지 말고 봄 경치, 거문고, 술 등 다른 것에 시선을 돌릴 것을 주문한다. 재미난 건 유희춘이 언급한 그것 중에 예쁜 여자에 대해서는 송덕봉이 가타부타 아무런 언급을 하지 않고 있다는 사실이다. 유희춘이 다른 혐의에서 빠져나오기 위해서 책 핑계를 댔는지는 확실치 않다. 어쨌든 부부는 줄곧 시를 통해 소통했다.

雪下風增冷	눈 내리고 바람 더욱 차가운데
思君坐冷房	추운 방에 앉았을 당신을 생각하오.
此酒雖品下	이 술 비록 질 낮은 물건이지만
亦足煖寒腸	찬 속을 덥히기엔 충분하리다.

菊葉雖飛雪	국화잎에 비록 눈발 날리지마는

銀臺有煖房	은대(승정원)는 따뜻한 방 있을 테지요.
寒堂溫酒受	찬 방에서 따뜻한 술을 받아서
多謝感充腸	배 채우니 너무나 감사합니다.[5]

1569년 8월 26일에 유희춘은 우부승지로 영전했다. 이날부터 승정원에서 숙직하게 되어 엿새나 집에 들어가지 못했다. 송덕봉은 옷과 이불을 챙겨 유희춘에게 보냈고, 유희춘은 술 한 동이와 시 한 수를 보냈다. 송덕봉은 9월 2일에 남편에게 차운하여 화답시를 보냈다. 유희춘은 9월 2일 일기에 "부인과 엿새간 떨어져 있다 만나니 너무 반가웠다."라고 썼다. 남편은 집에서 혼자 있을 아내를 생각하여 술을 보냈고 아내는 남편이 보내준 술을 먹고 추위를 달랬다. 차디찬 방에서 각자 그렇게 따스한 사랑으로 견뎌냈다.

黃金橫帶布衣極	황금 띠 두른 것은 포의로는 최고 지위니
退臥茅齋養氣何	물러나 초당에 누워 건강 돌보심이 어떠한지요.
爵祿可辭曾有約	벼슬은 사양할 수 있다고 일찍이 약속하셨으니
遊庭見月待還家	뜰에서 달 보면서 집에 오길 기다릴래요.

— 송덕봉, 「미암이 가선대부에 오른 뒤에 짓다(眉巖升嘉善作)」

1571년 10월에 남편이 대사헌에 오를 때 송덕봉이 쓴 것이다. 이제 유희춘의 나이도 59살이 되었다. 권력의 언저리에 기웃대기보다는 슬슬 삶을 정리할 나이였다. 아내의 가장 큰 역할 중 하나는 충고다. 때로는 아무도 할 수 없는 거슬리는 충고를 하는 것도 아내의 몫이다. 송덕봉은 항상 이러한 충고를 마다하지 않았다. 아내는 이러한 마음을 담아서 시를 지어 남편의 은퇴를 기다렸다.

· 유희춘 묘비 ·

유희춘은 송덕봉과 40년 5개월 동안 혼인 생활을 유지했지만, 함께 산 기간은 절반이 채 되지 않았다. 송덕봉은 남은 삶 동안 온전히 두 사람만 함께 살고 싶은 바람이 있었다.

吾願光明鏡	나는 빛이 밝은 거울을 원해
相隨不暫離	서로 따르며 잠시도 안 떠나리.
一旬知會合	열흘이면 만날 줄 알고 있지만
夜夜尙相思	밤마다 더욱 당신 생각이 나네.

— 유희춘, 「대사헌으로 왕릉에 나아가면서 성중에게 부치다
(以大憲詣陵所寄成仲)」

    1575년 4월에 유희춘이 대사헌으로 능소에 가면서 아내에게 쓴 시다. 아내의 충고는 받아들여지지 않았다. 유희춘은 이때까지도 관직을 내려놓지 못했다. 세상을 떠나기 불과 2년 전이지만 아내를 그리워한다는 말은 잊지 않았다. 조선시대에 부부가 살아 있으면서 서로에 대해 그리움을 표시하는 시는 생각보다 많지 않다. 그러나 유희춘은 아내에 대한 그리움을 여과 없이 드러냈다. 요즘 젊은 사람의 연시(戀詩)와도 크게 다르지 않다.

    어떤 사랑은 나이가 들수록 견고해진다. 젊은 시절의 열정적인 사랑은 세월이 켜켜이 쌓여가면서 동지적 사랑으로 바뀐다. 사랑에서 세월처럼 아름다운 장식도 없다. 노부부는 삶의 좋은 일과 시절만 함께한 것이 아니라, 삶의 슬픔과 힘겨운 시절도 함께했다는 사실을 증명한다.

    『미암일기』에서 유희춘이 아내를 마음 깊이 아끼고 있었다는 것을 쉽게 확인해볼 수 있는 기록이 나온다. 1568년 10월 11일에는 아내가 폐경이 되자 의녀 선복(善福)에게 그 연유를 묻기도 하고,[6] 1570년 10월 26일에는 모공(毛工)에게 아내의 이엄(耳掩)을 만들게 하였다.[7] 1571년 1월 26일에는 이사할 때 선물로 들어온 물건 중에서 몇 가지를 골라 아내를 위해 챙겨두었다.[8] 1572년 10월 28일에는 부인이 외출하자 아들 경렴을 시켜 방을 덥혀놓으라[9]고 하였고, 1572년 11월 11일에는 궁중에서 구해온 배를 아내와 나눠 먹기도 했다.[10] 지금의 여느 살가운 부부나 크게 다를 것이 없는 모습이다.

혼자 잤던 일이 무슨 자랑이어서

유희춘은 다복한 가정을 꾸렸다. 송덕봉과의 사이에서 1남 1녀를 두었다. 아들 경렴(景濂)은 김인후(金麟厚)의 딸과 혼인했고 딸은 해남 윤씨 집안의 윤관중(尹寬中)에게 출가하였다. 그러나 유희춘은 유배와 외직을 통해 항상 외정에 노출되어 있었다.

　당시 유배지에서 첩을 두는 것은 보편적인 일이었다. 유배지에서 여자가 없던 인물은 찾아보기 힘들 정도다. 유희춘도 예외는 아니어서 종성에 유배 가서 노비인 구질덕(仇叱德) 사이에서 4명의 딸을 낳았다. 구질덕은 유희춘보다 15세 연하였다. 앞서 송덕봉이 종성 유배지까지 유희춘을 찾아온 이유도 구질덕을 떼어놓기 위해서였다.[1] 유희춘은 해배된 뒤에 구질덕과 아이들을 데리고 함께 돌아왔다. 당시 유배지에서 얻은 첩과 아이는 그곳에 그대로 버려두고 오기 마련인데 유희춘은 그렇게 하지 않았다.

송덕봉은 담양에서, 구질덕은 해남에서 따로 살게 되었다. 송덕봉이 간혹 해남을 방문하게 되면 첩은 송덕봉의 입장을 고려해서 자리를 피하였다. 서로 껄끄러운 사이였음을 알 수 있다. 간혹 처첩 간의 갈등이 있을 때 유희춘은 아내의 손을 들어주었다. 1571년 송덕봉은 구질덕이 성질을 잘 내고 불손하다는 사실을 알려오자 전후 사정도 듣지 않고 첩에 대한 미움을 드러내고 있다.[12]

(전략) 서너 달 홀로 잠을 잔 것을 두고 고결한 행동이라고 하면서 덕을 베풀었다고 생색을 내는 것을 보면, 당신은 욕망이 없는 담박한 사람은 분명코 아닐 것입니다. 마음이 고요하고 결백하여, 밖으로는 화려한 치장을 끊고 안으로는 사사로운 욕심이 없는 분이라면, 굳이 서찰을 보내 자신이 행한 일을 자랑한 뒤에야 남들이 그런 사실을 알아주겠습니까? 곁에는 당신을 잘 아는 벗들이 있고, 휘하에는 가족과 종들이 있어서 수많은 눈이 지켜볼 터이니 공론이 저절로 퍼질 것입니다. 그렇다면 구태여 억지로 서찰을 보낼 필요가 없을 것입니다.

이런 것을 볼 때, 당신은 아무래도 밖으로 드러나게 인의를 베풀고서 남들이 알아주기를 바라는 것을 급급해하는 병통을 지닌 듯합니다. 소첩이 곰곰이 생각해봤더니 의문이 꼬리를 물고 일어납니다. 소첩이야말로 당신에게 잊어서는 안 될 공을 세워놓았으니 이점 결코 소홀히 여기지 마세요. 여러 달 홀로 잤다고 당신은 편지를 보낼 때마다 그 끝에 구구절절 자랑하지마는, 예순 살이 곧 닥칠 분에게는 이렇듯이 홀로 지내는 것이 양기를 보존하는 데 큰 도움이 되지 않겠습니까? 그러니 그것이 제게 갚기 어려운 은혜를 베푼 것이라고는 할 수 없겠지요. 한편으로 생각해보면, 당신은 귀한 직책에 있어서 도성의 수많은 사람이 우러러볼 테니, 여러 달 홀로 지낸 정도만 가지고도 남들은 하기 어려운 일을 했다고 인정할 수도 있습니다. 하지만 소첩이 옛날 어머님 초상을 치를 때, 사방 천지에 돌봐주는 사람 하나 없고, 당신은 만 리 밖 유배지에서 하늘만 찾으며 통곡이나 했지요. 그때 저는 지극 정성으로 예법을 갖춰 장사를 치러서 남에게 부끄럽지 않도록 하였습니다. 곁에 있는 사람들이 이르기를, 분묘를 만들고 제사를 지내는 것이 친아들이라도 그보다 잘할 수는 없다고 하더이다. 삼년상을 마치고는 또 만 리 길에 올라 온갖 고생을 하며 험난한 유배지로 당신을 찾아간 일을 모르는 사람이 누가 있나요? 제가 당신에게 베푼 이러한 지극한 정성 정도는 되어야 '잊기 어려운 일'이라고 말할 수 있답니다. 당신이 여러 달 홀로 잔 일과 제가 한 여러 가지 일을 서로 견주어보세요, 어느 것이 가볍고 어느 것이 무거운지를. 이제부터 당신은 잡념을 영영 끊고 기운을 보전하여 수명을 늘리기를 바랍니다. 이것이

제가 밤낮으로 바라는 소망이랍니다. 그런 제 뜻을 너그러이 살펴주세요. 송씨는 아룁니다.[13]

1570년 유희춘은 홍문관 부제학에 제수되어 서울에 있던 중 부인에게 편지를 보내 서너 달 동안 여색을 멀리했다고 자랑을 하며 칭찬을 기대했다가 오히려 부인에게 심한 질책을 당한다. 송덕봉은 세 가지 이유를 들어 핀잔을 주었다. 첫째, 여색을 멀리하는 것은 군자라면 당연히 취해야 할 도리이다. 둘째, 남이 알아달라고 하는 것도 군자답지 못하다. 셋째, 나이깨나 먹어 여색을 밝히는 것보다 혼자 자는 것이 건강에 좋은 법이다. 그렇게 모질게 질책을 하고서도 분이 풀리지 않았는지 그녀는 남편이 욕정을 지키는 것과 자신이 아무런 도움도 없이 시어머니 초상을 치른 뒤 종성 땅까지 남편을 찾아간 것을 비교해서 어느 것이 더 어려운 일이냐고 되물었다.

平生所賞花　평생 감상한 꽃은
不出金和玉　금과 옥을 벗어나지 않았네.
玉色雖堪玩　옥색이 비록 완상하기엔 낫지만
黃香入心曲　황향(黃香)이 마음속에 들어오누나.

1571년 유희춘은 전라감사가 된다. 그 시절에 광주 기생 연(燕)과 진주 기생 옥경아를 가까이했다. 그중에 가장 아꼈던 인물은 옥경아였다. 1571년 9월 16일 옥경아에 대해서는 '옥경아여! 온화하면서 낭랑하네. 마음으로 사랑하니 어느 날에나 잊으리오(玉之瓊矣, 溫潤鏗鏘. 心乎愛矣, 何日忘之)'라는 시를 남기기도 했다.

남편에 대한 경고였을까, 옥경아의 존재를 잘 알고 있던 송덕봉은 다음과 같은 편지의 내용을 보낸다. "월녀가 한번 웃는데 3년을 머물렀다는데 당신이 사직하여 돌아오기가 어찌 쉽겠소."[14]라 하자, 유희춘은 "월녀의 한번 웃음에 3년 동안 체류한 일로 한유가 방심한 유사명(劉師命)을 기롱했지만,[15] 평생에 정주의 문호에 들기를 원하는 사람이 어찌 동문 쪽으로 잘못 향할 리가 있겠는가?"[16]라 하여 아내를 안심시키려고 했다.

위의 시에서 금은 신이금(辛巳金)과 제상금(堤上金)을 말하고[17], 옥은 옥경아를 가리킨다. 옥경아는 전주부에 소속된 관기였다. 자신이 여태 상대한 여자 중에서는 옥경아가 가장 나았다고 평가하고서, 뜬금없이 황향(黃香)을 등장시킨다. 황향은 효자로도 유명하지만, 문장을 잘 지었던 인물이다. 그러니까 여기서 4구의 의미는 여태 여색에 기웃대던 자신을 바로잡아 문장에 공을 들이겠다는 다짐을 밝힌 것이다.

高如廬嶽三千仞　높기로는 삼천 길의 여산과도 같고
淸似瀟湘八九秋　맑기로는 팔구월 가을 소상강과 같네.
感君期我除人欲　감사하게도 나에게 욕정 없애길 바라니

只把朱文至樂求　다만 주문공(주자) 잡고 지락을 구할 뿐
　　　　　　　이네.

　　— 유희춘, 「'소상강의 팔구월 가을'의 운을 거듭 써서 성중에
　　게 주다(疊瀟湘八九秋贈成仲)」

　유희춘이 송덕봉에게 보낸 시다. 이 시에서 유희춘은 주자
학을 통해서 자신의 욕정을 제어할 것을 다짐했다. 그러나 그
는 자신의 다짐과 맹세를 그렇게 잘 지켰던 것 같지는 않다. 복
잡한 성관계 때문에 성병인 임질(淋疾)에 걸리기까지 했다. 송
덕봉은 남편의 치료에 조언과 도움을 주기도 했다.

야속한 남편에게

미암(眉巖)이 종성(鍾城)에서 귀양살이한 지 19년 만인 1565년(명종 20) 겨울에 상감의 은혜를 받아서 다음 해 (1566) 봄 은진(恩津)으로 양이(量移)되자 나도 모시고 돌아와 함께 지내었다. 위태로운 지경을 벗어난 나머지에도 오직 바라는 것은 친정 선영의 곁에 비석을 세우는 일이었는데, 돌의 품질이 좋은 것으로는 이 고을에서 생산되는 것보다 나은 것은 없어서 곧바로 석공을 불러다 값을 주고 사서 배에 실어 보내 해남(海南)의 바닷가에 두게 하였다. 그 후 1567년(명종 22) 겨울에 공이 홍문관 교리로 성묘를 하기 위해 고향에 돌아갈 때 비로소 담양(潭陽)에다 돌을 옮겨두었으나 인력이 모자라서 깎아 세우지는 못하였다. 그러다 1571년(선조 4) 봄에 공이 마침 전라감사에 제수되었으므로 숙원을 이룰 수 있으리라 기대하여 마음이 부풀어 있었는데, 공은 백성의 폐단을 제거하는 것만 잘하고 집안일을 돌보지 않으면서 나에게 편지하기를, "반드시 사사로이 비용을 마련한 뒤에 이루어야 한다."고 하였다. 이에 내가 나의 졸렬함을 잊고 이 글을 지었으니, 한편으로는 남편이 읽고 감동해서 도와주기를 바라서요 또 한편으로는 후손들에게 남겨주고자 해서이다.[18]

송덕봉은 친정아버지 송준의 무덤에 빗돌을 세워주려는 일에 미온적인 남편에 화가 치밀어 올랐다. 그녀는 할 말은 해야 직성이 풀리는 성격이었다. 착석문 서문에 사건의 경위를 적었다. 남편이 이 글을 읽고 적극적으로 행동에 나서게 하기 위하여, 그를 압박하려는 의도를 숨기지 않았다. 내용은 다음과 같다.

천지만물 중에 사람이 가장 귀한 것은 성현을 세워 교화를 밝히고 삼강오륜의 도를 행하기 때문입니다. 그러나 예로부터 이를 용감히 행하는 자가 적었으니 이 때문에 진실로 뒤늦게라도 부모에게 효도하고 싶은 지극한 마음은 있으나 힘이 부족해서 소원을 이루지 못하는 사람이 있으면 인인 군자가 불쌍히 여겨 유념하여 구해주고자 하는 것입니다. 첩이 비록 명민하지는 못하나 어찌 강령을 모르겠습니까? 그래서 어버이께 효도하고픈 마음에 옛사람을 따라 하고 싶은 것입니다.

당신은 이제 2품의 관직에 올라 삼대가 추증을 받고 나도 고례(古禮)에 따라 정부인이 되어 조상 신령과 온 친족이 모두 기쁨을 얻었으니, 이는 반드시 선세에 적선을 한 음덕의 보답입니다. 그러나 내가 홀로 생각하며 잠 못 이루고 가슴을 치며 상심하는 것은, 옛날 우리 선군이 항상 자식들에게 말씀하시기를 "내가 죽은 뒤에 반드시 정성을 다해서 내 묘 곁에 비석을 세우도록 하라." 하셨는데 그 말씀이 아직도 쟁쟁하게 귀에 남아 있기 때문입니다. 그런데도 지금까지 우리 어버이의 소원을 이루어드리지 못하였으니 매양 이것만 생각하면 눈물이 쏟아집니다. 이는 족히 인인 군자의 마음을 움직일 만한 일입니다.

그런데 당신은 인인 군자의 마음을 가지고 있고 어렵고 곤궁한 사람을 구해줄 수 있는 힘을 지니고 있으면서도 나에게 편지하기를, "형제끼리 사사로이 비용을 마련하면 그 밖의 일은 내가 도와주겠다." 하니, 이는 무슨 마음입니까? 청덕에 누가 될까 봐 그런 것입니까? 처의 부모라고 차등을 두어서 그런 것입니까? 아니면 우연히 살피지 못하여 그런 것입니까?

또 선군께서 당신이 장가오던 날 금슬백년(琴瑟百年)이란 구절을 보고 훌륭한 사위를 얻었다며 너무나 좋아하셨던 것을 당신도 기억하고 있을 것입니다. 더구나 당신과 내가 지기(知己)로서 원앙처럼 함께 늙어가는 마당에 불과 4~5

섬의 쌀이면 될 일을 이렇게까지 귀찮아하니, 통분해서 죽고만 싶습니다.

경서에 이르기를, "허물을 보면 그 인을 알 수 있다."라고 하였으니, 남들은 반드시 이 정도를 가지고 허물로 여기지 않을 것입니다. 그대는 선유들의 밝은 가르침을 따라 비록 아주 작은 일일지라도 완벽하게 중도에 맞게 하려고 하면서 이제 어찌 꽉 막히고 통하지 아니하여 오릉중자(於陵仲子)처럼 하려고 하십니까? 옛날 범중엄(范仲淹)은 보리 실은 배를 부의로 주어 상을 당한 친구의 어려움을 구해주었으니 대인의 처사가 어떠하였습니까?

형제끼리 마련하라는 말은 크게 불가하니 저의 형제는 혹은 과부로 근근이 지탱하고 있는 자도 있으며, 혹은 곤궁해서 끼니를 해결하지 못하는 자도 있으니 비용을 거둘 수 없을 뿐만 아니라 반드시 원한만 사게 될 것입니다. 예(禮)에 말하기를, "집안의 있고 없는 형편에 맞추어 하라." 하였으니 어떻게 그들을 나무랄 수 있겠습니까? 만약 친정에서 마련할 힘이 있다면 나의 성심으로 진작에 해버렸을 것입니다. 어찌 꼭 당신에게 구차히 청을 하겠습니까? 또 당신이 종산 만 리 밖에 있을 때 우리 선군이 돌아가셨다는 말을 듣고 오직 소식(素食)을 했을 뿐이요, 3년 동안 한 번도 제전(祭奠)을 안 했으니 전일 그토록 간곡하게 사위를 대접해주던 뜻에 보답했다고 할 수 있겠습니까? 이제 만약 귀찮아

하는 마음 없이 비석 세우는 일을 억지로라도 도와준다면 구천에서도 선인이 감격하여 결초보은하려고 할 것입니다. 나도 박하게 베풀고 당신에게 후한 것을 바라는 것이 아닙니다. 시모님이 작고했을 때 갖은 정성과 있는 힘을 다하여 장례를 예대로 하고 제사도 예대로 지냈으니 나는 남의 며느리로서 도리에 부끄러운 것이 없습니다. 당신은 이런 뜻을 생각하지 않으십니까? 당신이 만약 내 평생의 소원을 이루지 못하게 한다면 나는 죽더라도 지하에서 눈을 감을 수 없을 것입니다. 이것이 모두 지성에서 느끼어 나온 말이니 한 자씩 자세히 살피시면 무척이나 다행이겠습니다.[19]

유희춘은 어쩐 일인지 처가 식구들이 돈을 모아오면 나머지 돈은 자신이 보태겠다고 했다. 유희춘은 먹고살 만한 형편이어서, 충분히 장인의 빗돌을 세우는 데 폼나게 돈을 쓸 수 있었다. 고작 너덧 섬의 쌀이면 할 수 있는 일이었다. 그런데 이 일에 대해서 난색을 표했던 것은 분명 능력이 아니라 의지의 문제였다. 예나 지금이나 아내가 가장 서운할 일로는 친정과 관련된 일에 모른 척하는 남편의 태도를 들 수 있다. 아내로서는 자신은 시부모에게 정성을 다했으나, 남편은 친정 부모의 일에 나 몰라라 하는 것이 야속할 수밖에 없다.

송덕봉은 친정 식구가 그러한 경제적인 여력이 없다는 점을 분명히 말했다. 경제력만 있다면 구차하게 남편에게 부탁도 하지 않았을 것이라는 말도 덧붙였다. 이제 서운한 감정들이 북받쳐 쏟아져 나온다. 사위가 되어 장인상에 소홀한 점이며, 자신이 시모상을 정성껏 모신 점을 말했다. 문면에 나오지는 않았지만, 남편이 유배 간 그 오랜 시간 속에 육아와 양육, 집안살림을 홀로 다 맡은 것에 대해 섭섭함도 있었을 것이다. 서신의 내용은 순화된 말로 적혀 있지만, 그 안에 분노와 섭섭함이 고스란히 담겨 있다. 송덕봉은 좀팽이 남편에게 단단히 화가 났다.

이렇게 편지를 보냈는데도 유희춘은 부부의 금슬을 담은 시들을 보내왔다. 이에 송덕봉은 "화락함이 세상에 짝이 없다 자랑 말고, 나를 생각거든 착석문을 보시오. 군자는 호탕하여 막힘이 없으니, 범순인의 선행을 지금까지 칭송하네."[20]라 하였다. 내용인즉슨 이렇다. "부부 금슬 어쩌고저쩌고 이런 소리 하지 말고 자신이 보낸 착석문이나 다시 읽어보시오. 범순인은 석만경에게 배에 실린 보리를 주어 그의 상(喪)을 도와주었소. 그는 남들도 통 크게 도왔다는데 당신은 어째서 그런답니까."

그렇게 한세상을 보내다

부부는 함께 살고 경제적인 문제를 공유해야 하며 행불행(幸不幸)도 함께 맞서야 한다. 부부는 떨어져 살면 안된다. 피치 못할 사정이 있지 않은 한 기러기 가족이 되지 않는 것이 좋다. 가족에게 벌어지는 일은 시차를 두지 말고 실시간으로 함께 고민해야 한다. 또 요즘 자신의 수입은 배우자한테도 정확히 알리지 않고 따로 관리한다는 소리도 들린다. 겉으로 보면 아주 쿨해 보이지만 이건 해괴한 소리가 아닐 수 없다. 부부가 경제적인 문제를 공유하지 않는 것은 동거의 세련된 형태라고밖에는 볼 수 없다.

조선시대 부부가 서로 시를 지어서 주고받은 일은 전혀 없진 않았으나, 그렇다고 흔한 일도 아니었다. 유희춘, 송덕봉 부부는 시를 부부의 소통을 위한 방편으로 삼았다. 송덕봉의 일화와 시들을 보면 그녀가 한마디로 당찬 성격이었음을 어렵지

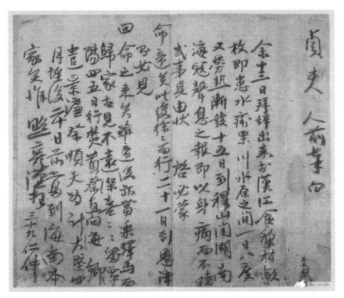

· 전라감사가 되어 가는 도중에 송덕봉에게 보내는 편지, 성균관대학교박물관 ·

않게 알 수 있다. 그렇다고 송덕봉이 되지도 않은 자신의 주장만 일방적으로 늘어놓았던 것은 아니다. 자신의 처신이나 일처리에 딱 부러지는 사람이었다.

예전에는 부부란 이름으로 등가적인 희생을 하지 않고, 일방적으로 한 성의 희생을 요구했다. 세상이 나아졌다지만 지금도 여전히 아내가 더 희생하기 마련이다. 남편은 처가에 인색했고 여색도 밝혔다. 남편이 유배와 외직을 전전할 때 아내는 불평하는 말 한 번 없이 집안의 살림과 자녀의 교육을 도맡았다. 그런데도 남편은 몇 달 동안 여색을 멀리했다고 자랑질을

눈썹을 펴지 못하고 떠난 당신에게

하다 부인에게 심한 질책을 받는다. 유희춘의 경우뿐 아니라 다른 사람의 경우에서도 보면 옛날 남편들도 아내에게 꼼짝을 못 했다.

아내가 친정만을 생각하고 남편이 본가만을 생각할 때, 그 것처럼 부부의 연대를 깨는 일도 없다. 서로 이렇게 행동하면 부부란 말 그대로 남남이나 다를 게 없다. 부부는 서로의 집안 일에 대해 인색하지 않아야 한다. 인색하게 구는 순간 서로에 게 돌이킬 수 없는 상처가 되기 마련이다. 유희춘은 장인의 빗 돌을 세워달라는 아내의 요청을 마뜩잖아 했다. 송덕봉의 입장 에서는 여간 서운한 일이 아니었다. 그녀는 무엇을 위해 그동 안 이렇게 희생했었는지 후회가 되지 않을 수 없었을 것이다.

부부라고 해서 늘 서로에 대한 감정이 한결같을 수는 없다. 상대에 대한 연민, 서글픔, 분노, 집착, 섭섭함, 애증, 사랑, 따스 함 등 다채로운 감정이 롤러코스터처럼 오르락내리락한다. 그 중에 어떤 한 감정에만 사로잡힌다면 그 부부 관계는 오래가지 못한다. 그렇게 이해하고 참아주고 견디다 보면 한세상이 지나 간다. 함께 살았던 시간은 사라지지만 그들은 영원히 부부로 기억된다.

10장

부부는 아픔의 공동체

황윤석

임신, 출산 그리고 유산

황윤석(黃胤錫, 1729~1791)은 본관은 평해(平海). 자는 영수(永叟), 호는 이재(頤齋)다. 당대의 대가들과 교유하면서 다양한 분야에 학문적 관심을 두었다. 1738년 10세부터 1791년 63세까지 54년간의 생활을 기록한 57권의 『이재난고(頤齋亂稿)』를 남긴 바 있다. 그는 세상을 떠나기 이틀 전까지도 꼬박꼬박 기록을 남겼다.

신미년(1751) 봄에 다시 갔는데 병이 더욱 깊어져서 의원을 불러 진맥을 시키고 성을 등지고 한번 싸우는 것 같은 계획으로 삼았다. 그 의원이 평소 유명한 사람이었는데 진맥을 한 후 병중에 태맥이 함께 있다는 말을 하고, 맺힌 것을 풀어주는 청해음(淸解飮)을 나에게 주면서 말했다. "매월 16일 이후에 꾸준히 8첩을 복용하여 병이 차도가 있을 때까지를 한도로 삼는 것이 좋을 것이오." 내가 그 말대로 하고는 또 아내를 데리고 우리 집으로 돌아왔다. 9월에 과연 임신이 되어 임신년(1752) 6월 13일에 일한(一漢)을 낳았는데, 혈병이 조금씩 나아지고 여러 증상이 약간씩 차도가 있었으니, 돌아가신 아버지께서 이런 말씀을 하셨다. "일한이가 효자이다. 어미의 병에 차도가 있게 했으니 효자로구나." 그러나 어쩔 수 없이 젖이 모자라서 아내가 어린 것을 기르는 데 마음과 힘을 다 쓰느라 병이 완전히 낫지는 못했다.[1]

「아내의 생졸기(記亡室生卒)」에는 유산, 임신과 출산, 그리고 병에 대한 기록이 시기별로 꼼꼼히 기록되어 있다. 중요한 내용만 정리하면 다음과 같다. 황윤석과 창원 정씨(1729~1776)는 동갑내기로 1748년에 혼인을 했다. 그해 3월에 유산을 하였는데, 의원이 약을 매우 잘못 쓴 탓에 조혈이 잘 되지 않아서[2] 아내는 계속 몸이 좋지 않았다.

아내는 잦은 병치레 속에서 아이를 임신하고, 1752년 24세에 황일한(黃一漢)을 낳았다. 황윤석의 아버지는 며느리가 아이를 낳고 병에 조금 차도를 보이자 손자가 효자라고 칭찬을 하기도 했다. 1754년 7월 2일에 첫째 딸 월항(月恒)이 태어났다. 1756년에는 남자아이를 유산했고, 1758년 3월 23일에 둘째 아들 수표(壽豹)가 태어났으나 12월 3일에 죽었다. 1760년 둘째 딸 갑항(甲恒)이 태어났는데, 1767년 천연두에 걸려 세상을 떴

· 황윤석 생가 ·

다. 1762년 셋째 아들 두룡(斗龍)이 태어났다. 1764년 셋째 딸
이 여덟 달 만에 태어났는데 일찍 죽었다. 1765년 넷째 딸 귀항
(貴恒)이 태어났는데, 1775년에 17일간을 앓다가 세상을 떠났
다. 1769년 다섯째 딸이 태어났다.

　1775년부터 아이를 잃은 슬픔도 한 원인이 되어 아내의 건
강은 차츰 나빠졌다. 아내에게 양고기를 구해서 먹이자 아내는
조금 살이 붙기 시작했다. 그러나 가정 형편 탓에 계속 양고기
를 먹일 수도 없는 노릇이었다. 1776년 아내는 48세의 나이로
끝내 세상을 떴다.

　그녀는 3남 5녀를 낳았다. 그중에 남자아이 한 명과 여자아
이 두 명을 잃었다. 아이들은 짧게는 8개월, 길게는 11년을 살
았다. 유산의 경험도 두 번이나 있었다. 임신과 출산 그리고 유
산의 반복은 육체적으로 버거운 일이었을 것이고, 아이를 잃는

것은 정신적으로 감당키 어려운 일이었을 것이다. 아내는 그렇게 조금씩 삶의 끈을 놓아갔다.

천연두로 아이를 잃다

황윤석은 1766년 38세 때 처음 출사하여 장릉참봉(莊陵 參奉)이 되었다. 이때 총 9장으로 된 「월주가(越州歌)」를 지었다. 각 장은 10구로 구성되어 있다. 월주가는 자신을 비롯해 아버지, 어머니, 동생, 누이, 아내, 아들딸을 노래했다.[3]

有女閨中秀而癡	규방의 딸애들은 빼어나나 어리석지만
早學王母無非儀	할머께 일찍 배워 법도에 딱 맞았네.
阿月唧唔訓民音	아월(阿月)이는 언문 읽는 소리를 중얼댔고,
阿甲居然知誦詩	아갑(阿甲)이는 어느새 시를 외울 줄 알게 됐네.
不辭拈針試補綻	바늘 잡고 터진 옷 꿰매기 사양치 않고
牽衣問我歸來期	옷자락 부여잡고 언제 오나 물었는데

秪今山長水亦遠　지금은 산과 물이 길고도 멀찍하여

秋氣憭慄嚬人眉　가을 기운 처량하여 눈썹을 찡그리네.

嗚呼九歌兮歌已闋　오호라! 아홉째 노래여! 노래 이제 마
　　　　　　　　　치나니

終古莫如離家悲　예로부터 집 떠나는 슬픔이 가장 컸네.[4]

　이 시는 당시 13살 된 첫째 딸 월항과 7살 된 둘째 딸 갑항을
대상으로 했다. 큰딸은 언문을 읽고 둘째 딸은 시를 줄줄 외웠
다. 게다가 이제 제법 바느질도 할 줄 안다. 내가 집을 떠나 올
때 딸아이들이 옷을 당기며 언제 오냐고 물어서 차마 발걸음이
떨어지지 않았다. 딸아이들과 떨어져 있는 서운함을 이렇게 시
로 남겼다. 그런데 이듬해에는 상상할 수 없었던 슬픈 일이 예
고되어 있었다.

　　우리 집안의 요절한 갑항은 태어나서 말을 배울 때 벌써 영
　　특하였고 6~7세에 벌써 부덕이 있었다. 어린 동생 두룡이
　　와 날마다 늙은 아버지 무릎 아래에서 장난치며 놀았는데
　　두룡이가 문자를 배우면 갑항이 옆에서 남몰래 알아서 낭
　　송해내니 한 글자도 틀리지 않았다. 그래서 늙으신 아버지
　　께서는 그 아이가 아들이 아닌 것을 아쉬워하셨다. 또 '이
　　아이에게 부조(父祖)와 선세(先世)의 보계(譜系)와 사행(事
　　行)을 알게 하기에 충분하다.'라 하시고 바로 함께 가르치

셨는데 당나라 사람의 짧은 시 한 책을 두루 읽고, 빨리『소학(小學)』까지 떼고 겸해서 글씨 베껴 쓰는 데까지 통하려하자 내외의 친척들이 모두 특이하게 여겼다. 내가 생각할 때, 갑항은 자질이 안으로는 밝고 밖으로는 두터웠으니 어찌 다만 숙녀나 이름난 규수들과 천고에 서로 겨룰 뿐이겠는가? 훗날에 어른이 된다면 장차 장수를 누리고 복을 받을 것은 의심할 것이 없다. 내가 장릉참봉에 부임하였을 때 갑항이 천연두에 걸려 요절하니 겨우 8살이었다. 내가 애초에 그 소식을 듣지 못하고 관례(官隷, 관아에 딸려 있는 하례)를 보내어 육포를 주어서 모친의 반찬거리로 삼기를 바랐다. 그런데 늙으신 어머니께서는 갑항을 장사지낼 때 바로 그 육포를 사용하고 글을 지어 제사를 지내셨으니 갑항이 글자를 모르지 않았기 때문이었다. 매번 그 일을 생각할 때마다 가슴이 아프다. 이로써 보건대, 이른바 '복이 드물다.(鮮福)'라 했으니 또한 혹시 그러한 것인가? 아니면 구석진 나라에서 풍기(風氣)가 구속된 바에 양육할 바가 없는 것인가? 장차 내가 일찍이 헛된 명성을 훔쳐서 조물주가 그것을 꺼린 까닭인가?[5]

갑항이는 바로 아래 동생 두룡(斗龍)이와 두 살 터울이었다. 두룡이에게 글을 가르쳐줄 때, 어깨 너머로 글을 깨우쳤다. 갑항의 할아버지는 이에 놀라 당시(唐詩)와『소학(小學)』도 가르치자 금방 배웠고 글씨 쓰는 것도 곧잘 했다. 여자아이였지만 앞날이 기대되는 아이였다. 이름난 여인들보다 더 훌륭한 인물이 될 만해 보였다. 황윤석이 장릉참봉에 부임하며 딸아이와 이별을 한 것이 마지막일 줄은 아무도 예상하지 못했다. 황윤석이 자신의 어머니에게 드시라고 보냈던 육포가 갑항이의 제사상에 오르게 됐다. 삶을 위한 음식이 죽음을 위로하는 음식이 되어버린 셈이다. 비극이란 이렇게 예고 없이 다가오고, 그때부터 삶은 다른 의미로 완전히 바뀌어버린다. 자책은 오로지 남은 사람의 몫으로 살아 있는 시간들을 죽은 시간으로 만들어버렸다. 혹 변방의 나라에서 태어난 탓이었을까? 자신이 허명을 훔쳐서 하늘의 노여움을 산 것일까? 그러나 어디서도 아이를 잃은 원인을 속 시원하게 찾을 수는 없었으니 운명이라는 말로 밖에는 답을 찾을 수 없었다.

다음에 나오는 시는 1767년 영월 임지에서 쓴 것으로, 모두 6수로 구성되어 있다. 그중 네 수를 살펴본다.

[1]

十年長憶戊寅兒	10년 전 무인년(1758) 아이 늘상 떠오르니
犀角珠庭入夢悲	풍성한 앞 이마와 솟아난 이마 뼈는 꿈에서도 슬프네.
憐爾非男猶肖貌	네가 사내 아닌 것 가엾지만 날 닮았으니,
餘緣轉世不須疑	남은 인연 내세에 이어짐을 의심치 않네.

[3]

朝夕琅然誦古詩	아침저녁으로 낭랑하게 고시(古詩)를 외웠던 건
文房將弟學爺爲	서재에서 동생 데리고 아비하는 것 배워서였네.
祖翁白髮偏深愛	흰머리 할애비가 유달리 깊이 사랑했으니
如何相忘忽如遺	어떻게 잊고서는 선뜻 쉽게도 버리겠나.

[5]

曾怪階庭苦惜離	일찍 괴이했던 건 뜨락에서 몹시도 이별 애석함과
雪殘雲散馬遲遲	눈 녹고 구름 개도 말(馬) 더디 갔음이었네.
無端聖痘胡憎我	까닭 없이 마마는 어찌 날 미워하나?
遙想渠孃獨蹙眉	저 멀리 딸 생각에 홀로 미간 찌푸리네.

[6]

山木靑蒼江水漪	산 나무 짙푸르고 강 물결 일렁이는데,
客愁隨處步躊躕	나그네 시름 겨워 곳곳마다 머뭇대네.
書回千里月應白	천리 밖서 답장 오니 달은 응당 밝겠지만,
不耐西楼又子規	서루(西楼)의 자규(子規) 울음 참기가 힘들다오.

— 「갑항이 요절하다(甲殤)」[6]

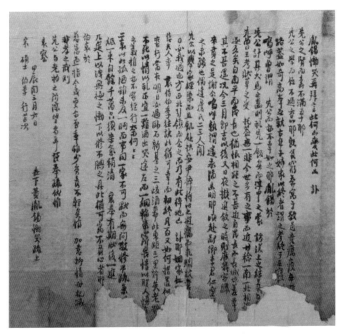

· 황윤석의 조문 편지(1784년 윤3월 6일) ·

첫째 수에서는 서른 살에 겪었던 둘째 아들 수표를 잃은 아픔을 떠올린다. 주정(珠庭)은 앞이마(天庭)가 풍성한 상(相)이고 서각(犀角)은 이마 양쪽에 툭 튀어나온 뼈가 있는 것을 말하는데 둘 다 귀상(貴相)을 말한다. 귀한 관상이었지만 그 아이는 훌쩍 세상을 떠났다. 자신을 쏙 빼닮은 딸아이와는 내세에서라도 인연을 이어가고 싶었다. 이것으로 영영 끝이라고 생각하면 잠시도 참을 수가 없었다. 셋째 수에서는 한시도 척척 외워 아버지와 할아버지의 사랑을 한 몸에 받았던 아이였으나 그 사랑을 뿌리치고 영영 떠나버렸다. 다섯째 수에서는 딸과의 이

눈썹을 펴지 못하고 떠난 당신에게

별 장면이 인상적으로 그려져 있다. 금세 다시 돌아와 딸아이와 만날 텐데 이상하게도 딸과 헤어지는 것이 가슴 시렸고, 눈은 녹고 구름은 개어 날씨도 좋은데 말은 늑장을 피웠다. 지금 생각해보니 아이와 영영 이별하려고 그런 징조가 있었던 것만 같다. 여섯째 수에서 자신이 있는 영월의 경치는 아름답기 짝이 없다. 그러나 아이를 잃은 부모에게 더 이상 아름다운 경치란 없는 법이다. 영월의 자규루에서 소쩍새 소리가 들려온다. 몹시도 잔인할 수밖에 없는 소리였다. 아프지 않아도 아프기만 한데 슬픈 새 울음소리를 들으니 겨우 부여잡던 마음이 무너져 내린다.

이런 아픔 속에 황윤석의 아내는 어떤 마음이었을까? 아내의 목소리를 직접 듣고 싶으나, 남겨진 기록은 남편의 기록뿐이다. 그러나 아이를 잃은 엄마의 심정은 기록이 남아 있지 않더라도 어렵지 않게 상상할 수 있다. 아버지는 외부로만 태동을 느낄 수 있지만 어머니는 온몸으로 태동을 느낀다. 이것이 아버지와 어머니의 근원적인 사랑의 차이다. 어머니는 그만큼 본능적으로 아이를 사랑한다. 아내는 배 속의 아이와 태어난 아이를 여러 명 잃었다. 특히 1764년 사산(死産)이 몸을 결정적으로 크게 상하게 했다.[7] 이 모든 육체적, 정신적 괴로움이 그녀의 목숨을 조금씩 갉아먹고 있었다.

믿을 것은 오직 아내뿐

有妻糟糠髮半宣 조강지처 머리카락 절반쯤 세었는데

少也枯悴仍沈綿 젊어선 마르고 초췌하더니 고질병 앓았
다네.

農家百事只甛耳 농가의 온갖 일은 달콤하게만 여길 뿐,

永日入廚無餘饘 종일 부엌에 들어가도 남은 죽도 없었
다네.

世間迂慵孰似我 세상에서 케케묵고 나태한 이 누가 나
와 같을까.

使君不曾頃刻便 그대에게 잠시라도 편하게 못해줬네.

西行歲歲漫裁縫 해마다 서행(西行)하니 재봉 일 넘쳐나서

燈下砧邊遙可憐 등잔 밑 다듬잇돌 주변은 멀리서도 가
련하구나.

嗚呼七歌兮歌益厲 오호라. 일곱째 노래여! 노래 더욱 괴
로워

引領但俟寒衣傳　목 빼고 다만 겨울옷 전해지길 기다리네.

　　아내는 젊어서부터 말랐는데, 유산이 빌미가 되어 병석에
누워 자리를 보존하게 되었다. 온갖 힘든 농사일은 아내의 몫
이었지만 죽조차 변변하게 챙겨 먹을 수 없었다. 세상살이에
영악하지 못해 생계에 도움도 주지 못하고 온전히 생계를 아내
에게 맡겨두었다. 아내를 편히 해주지 못한 자신을 자책했다.
변변한 관직 한번 맡지 못하고 말단직인 능참봉에 임명되어 집
을 비웠다. 그나마 타지에 벼슬 하러 가 있느라 아내가 새 옷을
만들어 대게 했으니 어려운 짐만 하나 더 얹어준 셈이 되었다.
그래도 믿을 것은 아내뿐이니 염치없지만 아내가 지어서 보내
줄 겨울옷을 목이 빠져라 기다려본다고 했다. 이 시에 아내에
대한 고마움과 미안함을 담았다. 아내는 참으로 무던한 사람으
로 이해할 수 있는 것만 이해하는 것이 아니라, 이해하기 어려
운 것을 이해해주었다. 황윤석이 이 시를 쓴 1766년부터 6년
동안 집을 비워서 1년에 70일을 제외하고는 독수공방했지만,
아내는 말이나 얼굴빛에 원망을 드러내지 않았다.[8]

아내의 관을 채우며

(전략) 아아, 슬프다! 그대가 나에게 시집온 지 29년 동안 나로 하여금 듬뿍 정들게 하고 의리를 돈독히 하더니, 그대가 나를 버리고 떠난 지 64일, 어찌 나를 이리도 의지할 데 없는 외톨이로 만든단 말이오.

아아! 그대의 자질은 넉넉하고 후하며, 그대의 성품은 효성스럽고 자애롭고 너그럽고 부드러웠소. 살아서는 부모와 시부모가 사랑했고, 죽어서는 집안 어른들과 동서들이 그리워하오. 천지신명의 도움이 있었다면 어찌 장수하고 복을 누리며 해로하지 못했을까. 한 가지 병이 30년 동안 계속되어 그 독이 원수 같더니, 쉰을 바라보는 중년이 되었는데 그 끝에 미치지 못했소. 되돌아보건대, 우리 두 사람이 고향에서 높은 관리를 하며 살자던 소원과 산과 바다에서 안빈낙도 하자는 언약이 끝나버렸소. 이것이 무슨 이치란

눈썹을 펴지 못하고 떠난 당신에게

말인가. 보잘것없는 나의 궁한 운명 때문에 그대가 이 지경
이 되었는가.

아아! 사람이 살며 둘 사이에 혈육이 이어지니, 나와 그대
가 함께 기거함에 무릇 자녀가 몇이던가. 수표(壽豹)와 갑
항이 먼저 떠남에 당신은 몹시 슬퍼했는데, 게다가 귀항의
요절로 당신은 더욱 애통해했소. 나머지 넷은 성혼한 아이
도 있고 미혼인 아이도 있소. 슬픈 일, 기쁜 일을 꼽아보면
마음은 늘 같은 것, 자식이 얼마나 귀하기에 그로 인해 병
이 들었소. 우리 큰 며느리가 임신한 지 벌써 일곱 달인데,
자식을 낳으면 홀로 자축함을 차마 견디리오. (후략)⁹

29년을 함께 살았던 부부는 이렇게 이별을 맞는다. 아내는
참 좋은 사람이었다. 30년 동안 한 가지 병이 독이 되었다는 일
은 「아내의 생졸기」에 자세히 나온다. "혼인하기 전인 1746년
아내의 나이 18살에 친정에서 전염병을 앓았는데, 잠시 모든
식구들이 피해 있을 때 젖먹이는 노비가 음식을 삼가지 않아서
적체된 기운이 생겼다. 여기에 또 혈병(血病)을 겸한 것인데, 내
가 대단히 소홀해서 치료할 생각도 못했다."¹⁰ 이것이 고질병이
되어 계속 괴롭혔고, 거기다 몇 번의 유산과 아이의 죽음도 정
신과 육체에 큰 상처를 남겼을 것이다. 거처에서 높은 관리가
되어 함께 사는 것과 산수에서 안빈낙도 하는 일 중에 그 어느
것도 아내와 함께하지 못했다. 생각해보면 세상사를 떠나지도

·『이재난고』·

세상사에 충실하지도 못한 삶이었다. 아내를 지위나 물질적으로 행복하게 해주지도, 아내와 좋은 곳에서 많은 시간을 함께 지내주지도 못했다. 남편은 세상에 대한 구차한 미련을 버리지 못하고 늘 배회하였고, 아내는 그 사이에 세상을 홀쩍 떠나버렸다.

또 빼놓을 수 없는 것은 자식에 관한 일이다. 자식을 얻어서 행복했고 자식을 잃어서 슬펐다. 출가한 자식이나 출가하지 못한 자식이나 다 걱정거리였다. 결국 자식을 키우느라 아내가 이렇게 된 것만 같다. 며느리가 곧 출산인데 함께 축하할 수 없다는 현실이 체증처럼 묵직하게 다가왔다. 아내와는 더 이상 기쁜 일을 하지 못하게 되었다. 기쁜 일은 그래서 영영 슬픈 일이 되어버렸다.

百歲終偕盡　백세로 끝까지 함께하려 했지만
存亡孰短長　삶과 죽음 무엇이 길고 짧은가?

惟應同穴約　오직 함께 묻히자는 약속 따라서

岥襻永無忘　하피(霞帔)와 고름띠(襻帶) 영원히 잊지 못하
리.[11]

—「죽은 아내가 남긴 물건에 짧게 짓다(亡室遺具小題)」

이 시는 1776년에 썼다. 백 년을 함께 해로하자는 약속은 그
렇게 이루어지지 않았다. 황윤석은 머리를 풍성하게 해주던 가
체, 감투, 가락지 한 쌍, 언문으로 써진 편지 등 아내가 생전에
쓰던 물건을 살뜰하게 챙겨 관에 함께 넣어주었다. 이 시의 세
주(細註)에 상세히 나온다. 여기에 더해 전례에 따라 하피와 고
름띠를 함께 넣었다.[12] 그렇게 정성껏 물건을 챙겨서 아내를 저
세상으로 보내주었다. 그동안 아무것도 해주지 못한 아쉬움 때
문이었을까?

자꾸 꿈속에 나오다

誰敎千里遠來隨	그 누가 천리 먼 길 따라오게 했을까?
疎髩豐儀宛少時	성근 머릿결 풍만한 모습 완연히 젊은 시절이네.
地下三年今夜面	죽은 지 3년 만에 오늘 밤 얼굴 본 건
秖應嘉我赴丹墀	응당 내가 대궐에 감을 기뻐하는 것이리라.
西泮殘更月已低	서반(西泮)의 남은 밤, 달은 하마 나직했고
栢山新草夢仍迷	백산(栢山)에는 새 풀 자라 꿈에서도 길 못찾네.
他時一酹何官酒	다른 날 한 잔 붓는 술이 어찌 관주(官酒)겠는가?
白首羈懷且獨題	흰 머리로 객의 시름으로 또 홀로 시를 짓네.

― 「17일 새벽에 대궐에 가서 사은숙배 하려는데 갑작스레 죽은

눈썹을 펴지 못하고 떠난 당신에게

아내 숙인(淑人)이 옆에 있는 꿈을 꾸고 잠에서 깬 후 느낌을 기
록하다(十七曉, 將詣闕肅謝, 忽夢亡室淑人在側, 覺後志感)」

황윤석은 38세에 장릉참봉으로 출사한 이후에 여러 관직을
전전했다. 1778년 초에 사복시주부에 제수되고 2월 17일에 숙
배(肅拜)를 하게 되었다. 그날에 아내의 꿈을 꾸고 잠에서 깼다.
젊은 시절 그 모습 그대로 그렇게 아내는 꿈속으로 찾아왔다.
세상을 떠난 지 3년 만에 처음으로 꿈속으로 찾아온 것은 아마
도 남편이 숙배하러 가는 것을 축하하는 뜻에서였을 것이다.
반수는 자신이 있는 곳을 백산은 아내의 무덤이 있는 곳을 가
리키는 것으로 보인다. 자신이 있는 곳은 달도 어둡고 아내가
있는 곳은 풀들이 새로 웃자라 있을 텐데, 아내는 용케도 잘 찾
아왔다.

그 이후로 그는 꿈에서 아내를 자주 만났다. 그해 5월에 꿈
속에서 보았고,[13] 9월 10에 아내의 기일에도 역시 아내 꿈을 꾸
었다.[14] 1779년 8월에 목천현감에 제수되었는데 10월 22일 새
벽에 아내 꿈을 꾸었다.[15] 아내가 그렇게 꿈에 자주 보일 정도
로 황윤석은 늘상 아내만 생각했을 뿐이다.

知君懸帨卽今辰　　그대는 생일이 오늘인지 알겠는지,
二柏山西草又春　　이백산(二柏山) 서쪽에 풀은 다시 봄에
　　　　　　　　　　낫네.

惟有斗郎來守我	오직 두랑(斗郞)[16]만 와서 날 지켜주지만
不堪相對悵前塵	마주해서 지난 일 서글퍼함 감당 못하네.
糟糠二十九年間	조강지처와 29년 동안 둘이 함께 살았으니
離別呻啾只苦顏	이별에 신음하며 다만 마음 괴로웠네.
淸俸到頭還小室	녹봉은 끝내는 소실에게 돌아가니
悠悠天意亦無端	아득한 하늘 뜻은 짐작을 못하겠네

— 「2월 4일은 바로 죽은 아내의 생일이다. 병중이지만 감흥이 일어 이에 절구 2수를 쓴다(二月四日, 卽亡室生辰也. 病枕興感, 爰有二絶)」

목천 현감이 되어 아내의 생일을 처음 맞았다. 아들이 옆에 와서 자신을 지켜주고 있지만 아내를 잃은 아픔만은 이길 수가 없었다. 아내는 고생만 하다가 세상을 떠났다. 관직에 임명되어 살림이 펴도 그것은 아내의 몫이 되지 못하고, 소실의 차지가 되었다. 황윤석은 49세에 소실을 두었다. 후에 소실이 절명(絶命)의 위기까지 갔을 때도 지극정성으로 간호해서 회생시켰다. 황윤석은 따뜻한 사람이었다. 조강지처 아내는 고생만 하다가 세상을 떠났다. 시부모 봉양도 아이들 출산도 다 아내의 몫이었다. 남편과 아들의 유별난 성취도 지켜보지 못했다. 사회적 신분과 경제적 상황이 나아질수록 아내에 대한 미안함은 커져만 갔다. 의무는 모두 짊어지고 권리는 누리지도 못한 아내가 참으로 안쓰러웠다.

눈썹을 펴지 못하고 떠난 당신에게

부부는 아픔의 공동체

아픔은 공유할 수 없다. 세상살이는 그래서 쓸쓸하고 서글프다. 내 몸이 육체적으로 아플 때 외로운 마음은 배가 된다. 남들이 몰라주는 통증은 내뱉는 신음으로 해소할 수밖에 없다. 남들이 누군가의 신음을 통해 통증을 이해하려고 하지만 그건 어디까지나 한계가 있다. 그래서 통증은 이해시키려고 해도 부질없고 이해할 수도 없는 일이다. 결국 사람은 통증을 감내하면서 살 수밖에 없다. 정신적인 아픔도 이와 다르지 않다. 우리가 누군가를 만나는 이유는 기쁨을 함께하고자 하는 이유도 있지만 슬픔을 함께하려는 이유가 더 크다. 기쁨은 주위의 사람이 없어도 기쁠 수 있지만 슬픔은 그렇지 않다.

기쁨만 함께하고 슬픔과 아픔을 함께하지 않겠다는 것은 절반만 그 사람과 함께하고, 그 나머지 절반은 그 사람과 함께하지 않겠다는 뜻이다. 그것은 온전한 사랑이 아니다. 부부란 아품의 공동체라 할 수 있다. 그러니까 부부란 세상이 모두 등돌리는 것 같은 외로움과 아무도 위로하지 않는 슬픔을 끝내 함께 짊어지는 사람들이어야 한다.

11장

딸과 같던 당신

오원

우리 아버지, 며느리 바보

오원(吳瑗, 1700~1740)의 생부는 오진주(吳晉周, 1680~1724)이고 생모는 오원이 태어난 지 7일 만에 불행히도 세상을 떠났다. 이후 생부의 형 오태주(吳泰周, 1668~1716)에게 자식이 없자, 양자로 입양되었다. 오원은 문명(文名)이 높았다. 『병세재언록』에 "붓을 잡으면 바로 글이 이루어져 점 하나 더할 것이 없었는데 평이하고 원숙하였다. 어린 시절부터 그러하였다 한다."[1]라 나온다. 문우(文友)인 남유용과 이천보, 황경원과는 각별한 사이였다.

오원은 고지식하고 검소했던 인물이다. 오원의 아들 오재순(吳載純, 1727~1792)은 아버지를 이렇게 기억한다. 가을이나 겨울에는 추운 날씨에도 한 장의 이불만을 사용했고, 지위가 높아졌어도 예전에 쓰던 물건을 바꾸지 않았다. 오죽하면 3살에 요절한 오재순의 형은 아버지가 화려한 옷을 좋아하지 않으니, 화려하고 새로운 옷을 보면 얼씬도 하지 않았다.[2] 3살짜리도 짚이는 게 있는 모양이었다. 그렇다고 남들에게까지 인색한 사람은 아니었다. 벗이었던 남유용은 그를 "흉년에 굶주린 족친(族親)은 불러다가 밥을 먹였고, 객사한 친구는 장사를 치러주었다.[3] 자신에게는 인색했고 남들에게는 관대했다."라고 기억했다.

少小齊肩樹   어릴 적에 어깨쯤 되던 나무가

今成蔽日林   지금은 해 가리는 숲을 이뤘네.

雲泉雙涕映   폭포는 두 줄기 눈물처럼 빛나고

蘿薜一丘深   덩굴은 큰 언덕마냥 깊기만 하네.

不盡含風瀨   바람 머금은 여울은 쉼 없이 흐르고

孤歸隔葉禽   숲 저편의 새는 외로이 돌아가네.

蕭然皆暮響   쓸쓸한 건 모두 해 질 녘 소리인데

聽者自悲心   듣는 이 마음 절로 서글퍼지네.

— 「동정에서 삼가 가군의 옛날을 느낀 작품의 운을 따라 짓다
(東亭伏次家君感舊之作)」

오원은 17세의 나이에 아버지 오태주를 잃었다. 그로부터 7년 뒤인 24세에 이 시를 지었다. 어릴 때 작았던 나무가 훌쩍 커버렸다. 그새 세월이 속절없이 많이 흘러버렸다. 폭포, 덩굴, 여울, 새들은 그 옛날 아버지와 함께 보았던 풍경이지만, 정작 아버지는 돌아가셔서 내 곁에 없다. 아버지를 그리워하는 시지만

눈썹을 펴지 못하고 떠난 당신에게

어디에도 아버지를 언급하고 있
지는 않다.

오태주는 현종의 부마로 부
인은 명안공주(明安公主, 1667~
1687)이다.[4] 오태주의 며느리에
대한 사랑은 각별했다. 시아버지
와 며느리 사이는 고부 관계처럼
심각한 갈등이 있는 경우는 드물
지만 그렇다고 가깝기도 쉽지 않
다. 시아버지는 며느리를 진정
으로 예뻐했고 며느리는 시아버
지를 진심으로 공경했다. 오원의
기록에는 그런 아내에 대한 이야
기가 많이 나온다. 오원의 아내
는 어떤 사람이었을까?

· 오재순 초상, 삼성미술관 리움 ·

인자하고 도타운 그대

그대는 아버님을 섬김에, 한 터럭이라도 비밀이 없었다. 하루는 친정에 갔다 오는데 아버님께서 오는 것이 어찌 이리 늦냐고 물으시자 당신은 대답하였다.

"늦게 일어나서 낯을 씻고 머리를 빗을 수가 없어서 그랬습니다."

아버님은 들으시고는 말씀하셨다.

"이것은 정직하게 말하고 숨긴 것이 없는 것이니, 지금 세상의 부녀자들이 꾸며대는 말에 댈 것이 아니다."

그러면서 찬탄하기를 마지 않으셨다. 아마도 시집온 지 달포 남짓밖에 안 되었을 때이다.[5]

「죽은 아내 안동 권씨에 대한 기록(亡室孺人安東權氏行錄)」은 아내를 잃은 직후에 쓴 것으로, 25조목에 이른다. 대개 시아버지와 며느리에 대한 일화를 주로 기록하였다. 시아버지는 일가의 여자에 대해 인정하는 일이 적었지만 며느리에 대해서만은 칭찬을 마다하지 않았다.[6] 며느리 역시 시아버지에 대해 진심을 다했다. 위의 예는 두 사람의 그런 모습이 잘 드러나 있다. 시아버지가 친정에 늦게 돌아온 일에 대해 묻자, 며느리는 다른 핑계를 댈 수 있음에도 늦게 일어나서 늦었다고 솔직히 고백해버린다. 시아버지도 이런 솔직한 며느리가 밉지 않았다. 시집온 지 불과 달포 남짓 되었을 때의 일이었다. 솔직함을 어떻게 해석하느냐에 따라 두 사람의 관계가 다르게 설정될 수 있었다. 며느리는 솔직함으로 대응했고 시아버지는 솔직함을 높이 샀다.

> 아버님은 항상 병을 앓으셨는데 그대가 밤낮으로 마음을 졸이며 말과 행동에 조금도 해이함이 없이 반드시 아버님이 드셔야 밥을 먹고 반드시 아버님이 주무셔야 잤다. 혹 병세가 깊어지면 늘 한밤중에도 자지 못하고 수발을 들었다. 그대는 아버님을 섬길 적에 사랑하고 효성스러운 마음이 진실로 지극해서 아버님께서 매우 깊이 아껴주셨다. 매번 당신이 모실 때마다 번번이 환하게 기뻐하시는 기색을 보이셨고 친척을 대하여 비록 작은 일이라도 늘 그를 들어서 자랑하셨다. 일찍이 말씀하셨다.
> "어느 해인가 병을 앓는데, 다행히도 이 아이를 얻어서 내

· 오태주 글씨 ·

마음이 기쁘고 즐거우니 내 병이 거의 나았다."

그리고 병이 심해지시자 말씀하셨다. "내가 이 훌륭한 며느리를 두었으니 내 죽어도 걱정이 없겠구나."[7]

시아버지는 늘 병을 달고 달았다. 며느리는 지극 정성으로 병간호를 했다. 시아버지가 밥을 한 술 떠야 밥을 먹었고, 시아버지가 주무셔야 잠에 들었다. 어쩔 때는 잠도 자지 않고 시아버지 곁을 지켰다. 그러다 병에 차도가 있자 시아버지는 며느리 덕분이라고 칭찬을 했고, 병세가 위중해지자 좋은 며느리를 두어 죽어도 여한이 없다고 했다. 며느리는 마치 자신의 친정 부모를 섬기는 것처럼 했다. 비단 시아버지에게만 이렇게 모신 것이 아니었고, 시어머니한테도 마찬가지였다.

시어머니는 이렇게 말했다. "이 며느리가 나를 섬기는데 실로 낳은 딸과 다를 것이 없으니 내가 정말로 그 지극한 행동에 감동한다."[8] 며느리는 친정어머니처럼 시어머니를 모셨다.

그대는 성격이 참으로 인자하고 도타워서, 일찍이 스스로 이르기를 "평생에 노한다는 한 글자가 없다." 했다. 내가 말하기를 "노한다는 것은 칠정의 하나로 있는 것이니, 어찌 없을 수 있겠는가?" 했다. 그러나 내가 그대와 더불어 살아보니 정말로 일찍이 화가 나거나 노한 기색이나 빠르고 갑작스런 말은 한 번도 보지 못하였으니, 이것은 그 천성이 그래서일까. 만약 꺼리고 거스르며 성내고 원망하는 뜻이라면 더욱 말과 얼굴색에 드러내질 않았으니 비록 격발시켜도 또한 싹트지 않은 것이 아닐까.[9]

오원의 아내는 도대체 어떤 성품의 사람이었을까? 아내는 한 번도 성내는 법이 없었다. 어린 나이였지만 한마디로 좋은 성품을 타고난 사람이었다. 절대로 남의 잘못을 말하지 않았고 장단점을 비교하지도 않았다.[10] 화려함이나 영달 따위에도 관심이 없었다.[11] 오죽하면 시아버지가 며느리를 칭찬하며 말하기를, "내 며느리는 행동 하나하나가 마땅한 것에 꼭 들어맞는다."[12]라고 하였다.

당신은 이미 병이 어찌할 수 없다는 것을 스스로 알고 있었는지, 나를 향하여 오직 부모님이 그립다는 말만 했을 뿐, 끝내 다른 일에 관해서는 한 마디도 하지 않았다. 간호하던 집안 사람이 말하기를, 당신이 병으로 몇 달을 잠을 못자며 뒤척이고, 병세가 극심해서 옆에 있던 사람이 거의 차마 보

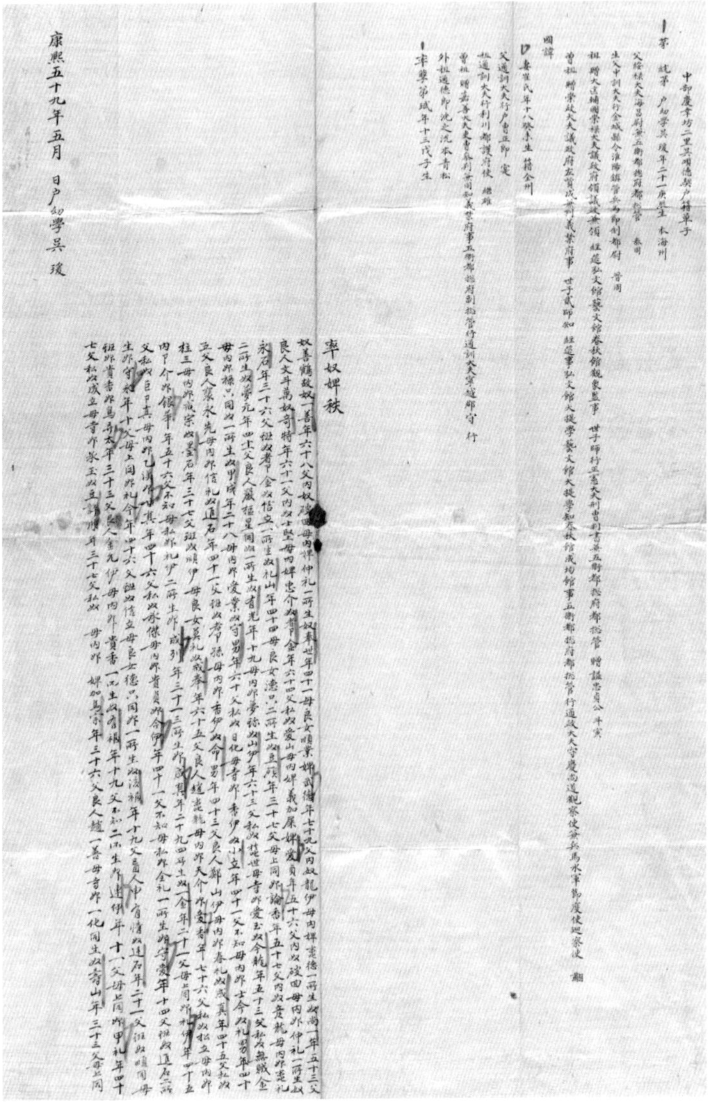
中部慶幸坊二里吳明德契戶籍單子

康熙五十九年五月 日戶幼學吳瑗

率奴婢秩

· 오원 호주 단자, 국립중앙박물관 ·

지 못할 지경이었다. 그런데도 슬픈 기색이나 슬프고 아프다는 말은 절대 없었고 단지 부모님을 뵙지 못하는 것이 한이라고만 했으니 그 품성과 도량이 넓고 통달한 것이 실로 부인들과 같은 류가 아니라고들 했다.

당신은 병세가 이미 위독해졌지만 정신은 오히려 흐려지지 않아, 임종하던 밤에도 내가 병세를 물을 때마다 당신은 번번이 "밤이 이미 깊었는데 어째서 주무시러 가지 않으십니까?" 하였다. 내가 들어가니 당신은 들어와 보지 말 것을 권하였는데 아마도 혐의를 피하고 마지막을 바르게 하려는 것이었을까. 모시고 있던 여종들을 돌아보고 일러 말하였다. "새로 오실 마님을 잘 섬기고, 내가 없다 하여 혹 소홀하지 말아라."[13]

아내가 결정적으로 건강을 잃은 것은 시아버지의 상을 치르면서부터다. 장례의 초기에는 병을 얻어서도 조금 나았다가, 슬픔으로 몸을 상한 것이 실로 심하였으니, 그 뒤에 병이 나서 마침내 다시는 일어나지 못하였다. 친척들은 모두 상심하며 말하기를 "오직 이 며느리만이 능히 시아버지 상을 당하여 잘 치러냈을 것이니, 아깝구나, 그 끝내 몸을 상하여 죽음까지 이른 것이!"라 하였다.[14]

위의 예문에는 그녀의 마지막 모습이 잘 그려져 있다. 차마 볼 수 없을 상태가 되어서도 안색이나 말에 슬프거나 근심 어린 모습을 찾아볼 수 없었다. 마지막 모습도 남편에게 보여주지 않은 채 여종들에게 남편을 부탁하고 세상을 휘이휘이 떠났다. 그렇게 보고 싶어 했던 친정어머니가 자신의 모습을 보고 상심할까 봐 얼굴을 뵙는 것도 포기해버렸다.[15]

아내는 그렇게 세상을 떠났다. 친정어머니와의 만남은 그녀가 세상을 떠나고서야 이루어졌다. 장모는 자신의 딸을 이렇게 회고한다. 딸 다섯 명 중에 가장 어질어서 부모님의 사랑도 가장 깊었다. 어릴 때부터 잠시도 부모 곁을 떠나지 않고 형제 간에는 다툰 적이 없었으며, 부모의 뜻에 조금도 어김이 없었다. 자신과 잠시 함께 있던 그 기간 동안도 시부모를 잊지 못하였고, 시가의 일은 조금도 입에 담지 않았다. 자신이 근심거리가 있을 때마다 딸은 가슴이 뚫리도록 시원하게 해법을 제시했다.[16] 훗날 오원은 장모가 죽자 「장모 송씨에 대한 제문(祭外姑淑人宋氏文 丁巳)」을 썼다. 이때가 1737년이니 아내가 죽은 지 세월이 제법 흘렀는데도 처가와의 인연이 계속 이어졌던 것으로 보인다.

죽은 아내의 행록에서 아내에 대해 현(賢)이란 글자를 7번이나 썼듯 아내는 현명한 사람이었다. 남편만이 그렇게 평한 것이 아니라 주변 사람들도 마찬가지였다. 사람을 평가하는 말 중에 현명하다는 말처럼 최고의 칭찬도 없다. 그런 그녀가 남편 곁을 영원히 떠났다. 누구를 잃더라도 슬프지 않을 수 없겠지만, 현명한 사람을 잃는다는 것은 정말로 슬픈 일이 아닐 수 없다.

아픔은 익숙해지지 않았다

不幸汝生爲我兒　불행히도 네가 내 아이로 태어나서

通天我罪汝橫罹　엄청난 내 죄로다 네가 재앙당했구나.

三年萬點思兒淚　3년의 시간 동안 널 생각하니 눈물만 흘러

每憶爺娘顧我時　매번 부모라고 나를 돌아보던 때가 생각나네.

― 「어린 아들을 잃고(悼穉子)」

오원은 좋은 가문에서 태어났지만, 소중한 가족을 잃어야 하는 운명도 함께 받았다. 고작 태어난 지 7일 만에 생모를 잃고 할머니 품에서 자랐다. 부모의 사랑은 그 무엇하고도 바꿀 수 없다. 게다가 어머니의 사랑은 한 사람이 태어나 세상 사람들에게 평생 받게 될 사랑을 모은다 해도 부족하다.

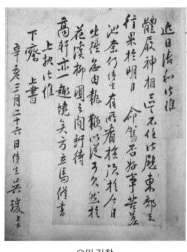

· 오원 간찰 ·

아이에게 엄마는 '라이너스의 담요'다. 만화 〈피너츠〉에 등장하는 찰리 브라운의 친구 라이너스는 항상 안정감을 가져다주는 담요를 지니고 다닌다. 오원은 너무도 일찍 엄마를 잃어서 아픈지도 몰랐으니 생각해보면 그것이 더더욱 아픈 일이었다. 그 뒤 다른 집에 양자(養子)로 들어갔으니 여러모로 혼란스러웠을 것이다. 태어나자마자 이별을 맛보고, 조금 자라 또 다른 이별을 겪어야 했다.

17세에는 부친을, 20세에는 첫째 부인을, 22세에는 아우 오완(吳琬, 1703~1721)을, 25세에는 생부를 잃었다. 28세에는 둘째 부인 전주 최씨(全州崔氏) 사이에서 얻은 첫아들을 잃었다. 3살 나이에 화려한 새 옷을 피했다던 그 아이다.

이 시는 아이를 잃은 절절한 아픔을 담고 있다. 아이가 죽은 것이 꼭 자신의 탓인 것만 같다. 아이와 함께했던 시간들을 하나하나 떠올리니 눈물이 떨어진다. 그중에 가장 기억나는 것은 아빠하고 부르던 아이의 모습이었다. 세상의 많은 호칭은 여러 사람에게 불린다. 그러나 세상에서 단지 몇 사람에게 불리는 호칭도 있으니 그건 아빠라는 이름이다. 그 아이가 아니면 나에게 아빠라 불러주는 사람은 존재하지 않는다. 그건 내가 다시는 아빠 소리를 누군가에게 다시는 듣지 못한다는 뜻이기도 하다. 그 후에 얻은 아들 오재순(吳載純, 1727~1792)은 문형(文衡)을 지냈으며 손자 오희상(吳熙常, 1763~1833)은 학문이 깊었다.

당신은 나를 버렸으니

秋夜何寥寥　가을 밤은 어쩜 이리 쓸쓸도 한가?

我懷方戚戚　내 마음 슬프고도 또 슬프다오.

素月帷間照　하얀 달은 휘장 사이 내려 비추고,

寒露葉上滴　찬 이슬은 잎사귀 가에 맺혀 있다오.

憂人坐不眠　수심 깊어 앉은 채로 잠 못 드는데,

草虫鳴在壁　풀벌레는 벽 틈에서 칙칙 운다오.

之子不可思　떠난 당신 그리워도 볼 수 없기에

獨夢寒齋夕　외로운 밤 찬 서재서 당신 꿈꾸오.

人生如逝川　인생은 흘러가는 강물 같으니

一去那復回　한번 가면 어찌 다시 돌아오겠나.

綺窓寂寂掩　비단 창은 쓸쓸히 드리워 있는데

明月時時來　밝은 달빛은 때때로 비친다네.

눈썹을 펴지 못하고 떠난 당신에게

思君不忍詳　그대 떠올리길 차마 자세히 못하겠으니

我懷久含哀　내 마음은 오래도록 슬픔 머금네.

生者日易忘　산 사람은 나날이 쉽게 잊어가고

死者且寒灰　죽은 사람은 장차 차가운 재가 되겠지.

— 「내가 아내를 잃은 후로 매번 소주(蘇州)의 도망시를 읽을 때마다 ……문득 단시(短詩) 2수의 운을 밟아 정을 토로하였다(余哭內以來 每讀蘇州悼亡之作 見其辭怨而意深 未嘗不傷感 秋宵獨坐 撫往興懷 輒步短詩二首韻 以抒情焉)」

이 시는 제목에서 알 수 있듯 심약(沈約)의 도망시를 읽고 감회가 있어 쓴 것이다. 첫 번째 아내를 잃고 이듬해 두 번째 아내와 다시 혼인하였다. 이때는 이미 재혼한 상태였지만 죽은 아내를 쉽게 잊을 수는 없었던 모양이다. 가을에 심회를 돋는 달, 이슬, 벌레 소리만이 가득하다. 아내는 꿈속에서만 만나는 것이 가능한데 아내 생각에 잠을 이룰 수 없으니 그마저도 쉽지 않았다. 유명을 달리한 부부의 운명은 너무도 달라졌다. 산 사람은 서서히 잊어버리고 죽은 사람은 한 줌의 흙이 되어간다.

아, 그대 이 세상에 온 지 겨우 20년에서조차 한 해를 채우지 못하였으니 이 얼마나 짧단 말이오. 그대 떠나면서 세 살배기 아이 하나 남겨놓았는데 또한 사내자식이 아니니 이 얼마나 박복하단 말이오. 그대 친정 부모를 떠나 격조한

· 오태주 유훈, 국립중앙박물관 ·

세월이 오래되었는데 수일이나 걸리는 먼 곳에 있어 병중에는 서로 의지하지 못하고 임종 때는 얼굴 보며 영결하지 못하여 끝내 한을 품고 관에 들어가게 되었으니 아, 심하구려, 이 참담함이! 아, 슬프구려.

부부의 의리가 또한 귀중하다 할 것이니 이는 두 몸이 합하여 한 몸이 되고 나서 백 년을 해로하여 길이 무궁한 복을 받으려고 하는 것이오. 그런데 그대가 내 아내가 된 지는 실로 네 해가 되지 못하였구려. 지금 그대의 죽음은 바로 인생의 지극한 슬픔과 천하의 지극한 곤궁을 품고 있소. 그 가련한 정상(情狀)이 행인들도 슬픔에 빠지게 하는데 하물며 나는 어떤 마음이겠소. 아, 슬프구려.[17]

1월에 아내를 잃고 한 달 남짓 지나 2월 27일에 아내에 대한 장편의 제문을 지었다. 아내가 세상을 떠나니 온통 안타까

눈썹을 펴지 못하고 떠난 당신에게

운 기억만 떠오른다. 20살도 살지 못하고 3살 딸아이를 남겨놓은 것과 죽기 전에 친정 부모를 만나지 못한 일은 두고두고 살아남은 사람의 마음을 무겁게 짓눌렀다.

아내에 대한 제문은 자신의 아버지와 그 아버지를 지극정성으로 모셨던 아내의 이야기로 채워져 있다. 오태주는 아들이나 며느리에게 각별한 존재였다. 오원은 그의 아버지를 "자애로운 어머니요 엄한 스승(實慈母而嚴師焉)"이라고 표현했다. 엄격했지만 자상한 그런 아버지이고 시아버지였다. 또 오원은 아내에 대해서 "비록 내가 아버님께는 하나 있는 아들이지만, 그대가 시집오면서부터 형제가 있는 것이나 다름이 없었다(自子之歸, 盖不異於有兄弟者焉)"라고 했다. 사랑은 불타오르는 열정만 있는 것이 아니다. 설레임이 익숙함으로 바뀌고 그 익숙함이 다시는 다른 설렘으로 바꿔지지 않을 때, 그 사랑은 열정적인 사랑보다 더한 무게를 가지게 된다. 두 사람은 한 사람을 성심으로 모시면서 강한 동지애를 느꼈고, 한 사람을 잃고는 상실감에 함께 아파했다.

당신이 우리 집안에 들어오기 시작할 때부터, 우리 부모님은 크게 기뻐하셨는데 아버님이 기뻐하신 것이 특히 깊었다. 당신은 내 부모님을 잘 섬겼으며, 사랑하고 공경함이 지극했으니, 내 부모님도 너무나 사랑하셔서 아버님은 매우 칭찬하시며 말씀하시길 "나를 잘 섬겨주니 진실로 어질구나, 내 며느리!" 하셨다. 비록 평상시 밥 먹을 때 일어난 일이라도 또한 반드시 들어서 남들에게 자랑하시고, 친척들을 대하실 때마다 그 어짊을 칭찬하시기를 그치지 않았으니, 그 사랑하시는 것이 거의 나보다도 더 사랑하셨다. 진지 드실 때 반드시 모시고 식사하시기를 명하시고, 앉아 계신 즉 반드시 모시고 앉았으라 명하셨다. 어느 해인가는 숙환이 있으셨는데 위로하여 즐겁게 하시기를 매우 많이 하시니, 그대도 또한 아버님의 뜻을 받들어서 손님 접대의 이유가 아니면 차마 잠시도 그 곁에서 잠시 떨어지지 않았으니, 무릇 내가 해낼 수 없는 것들은 그대가 모두 능히 하였다.[18]

행록에서도 시아버지를 모시는 아내의 모습을 그렸지만, 제문에서는 좀 더 자세하게 그려내고 있다. 시아버지는 며느리를 맞는 그때부터 기뻐했다. 양자로 어렵게 맞은 아들이 며느리를 맞았으니 아들에 대한 사랑은 자연스럽게 며느리에 대한 사랑으로 옮겨갔다. 시아버지는 며느리에 대해 남들만 보면 칭찬하고 어느 때든 곁에 두었다. 오죽하면 오원은 "자신보다 며느리를 더 사랑하셨다(其愛之殆逾於愛余者焉)"고 말했을까. 그랬던 아내가 죽자 오원은 그 원인을 자신의 불효에서 찾았다. 아버지께서 매우 아끼시던 사람에게 화를 먼저 옮겨서 불효의 죄를 드러내신 것이라 했다.[19] 사랑의 대상을 잃었을 때 결국 그 화살은 자책으로 귀결될 수밖에 없다. 살아남은 사람은 삶의 의지를 빼앗기고, 이 모든 아픔에서 자유롭게 된 죽은 이를 부러워하기도 한다.

불효를 하고도 오래도록 죽지 못할 바에는, 온전히 죽어 효를 하는 것이 낫다. 곧, 그대가 오래 살지 못하고 아들이 없으며 부모를 두고서 죽은 것은 모두 그대를 위하여 슬퍼하기에 족하지 않고, 가히 슬퍼할 만한 것은 오직 내가 산 것이다. 하물며 지금 그대를 따라 3년 안에 순절하면 조상의 발치에 묻힐 것이니 우리 할머니와 돌아가신 어머님 및 두 분 어머니까지 좌우를 삼가 모시고 평안하고 화락하게 될 것이니 반드시 살아 있을 때와 차이 없을 것이다. 불효하여 면목 없는 이 사람을 보니 구차히 살며 눈으로 보고 숨을 쉬나, 저 하늘까지 닿은 슬픔을 풀 길 없으며 가없는 은혜는 갚을 길 없네. 외로운 여생은 죽어 오래된 것만 같지 못하다. 언제야 같은 곳에서 말할 수 있을까.
말과 생각이 여기에 이르니, 내장은 끊어지는 듯하다. 아프다 아프다. 내가 지금 비록 내가 사는 것으로 당신의 죽음을 부러워하니. 그 언제 만날 수 있을까? 내가 느끼는 슬픔은 단지 내 삶이 불행함을 슬퍼하는 데서 오는 것이니, 무슨 겨를에 당신을 슬퍼하리오. 아아 슬프다![20]

오원은 아내를 잃고 삶의 의지마저 꺾였다. 차라리 그는 아내를 따라 죽어, 아내는 물론 이거니와 먼저 세상을 떠난 가족들을 저승에서 만날 것을 바랐다. 결국 죽은 이를 만날 방법은 자신이 죽는 방법밖에 없다는 결론에 이른 것이다. 가족을 잃은 아픔은 온전히 살아남은 사람의 몫으로 남는다. 산 사람이 죽은 사람 보다 못한 까닭은 상실감으로 남은 삶을 채울 수밖에 없기 때문이다. 사랑하는 사람을 잃은 사람은 추억 속에만 갇혀서 산다. 다시는 현실이 될 수 없는 추억은 그리워할 추억이 없는 것보다 더 고통스럽다.

아내를 따라 죽고 싶다는 남편의 토로는 조선시대에 쉽게 찾아 볼 수 없는 말이다. 아내가 남편을 따라 죽는 순절(殉節)은 많았지만, 남편이 아내를 따라 죽는 일은 그 예를 쉽게 찾을 수 없다. 결행에 옮기지는 않았지만 그저 빈말로 한 말은 아니었다.

(전략) 야속한 인정은 떠나간 사람을 점점 잊게 만들어 눈물은 마르고 마음은 굳어져가오. 가버린 사람을 잊어버리게 되는 슬픔이 그 사람을 잊지 못하는 슬픔보다 더 큰 것은 아닐지. 그대의 얼굴과 목소리는 희미해지고 꿈에서조차 자주 나타나지 않는구려. 저세상에서 그대 억울한 마음에 구천을 떠돌고 있지나 않을는지. (후략)[21]

1720년 한식 하루 전날 지은 제문이다. 아내를 잃은 지 2년의 세월이 흘렀고 그새 새 아내를 얻었다. 처음에 죽을 것만 같은 마음이 살 수 있을 것 같은 마음으로 바뀔 때, 그 낙폭만큼이나 죽은 이에 대한 미안함은 커진다. 살아남은 이에게 익숙함이야말로 죄스러움이다.

吾不負君君負余　내 그대 안 버렸는데 그대 나를 버렸으니

良箴信誓一成虛　좋은 충고 신실한 맹서가 다 부질없게 되었구려.

歸侍重泉君則樂　저세상에서 어버이 모실 테니 그대는 즐겁겠지만

爲吾何不少躕躇　날 위해 왜 조금 더 있다 가지 않았단 말이오.

— 「세상 떠난 아내를 애도하다(悼亡室)」

아내를 잃은 지 10년이 훌쩍 지났다. 살아생전에 나누었던 충고나 다짐은 다 헛일이 되어버렸다. 유난히 살가웠던 며느리와 시아버지였으니 저승에서 시부모를 모시느라 즐겁겠지만, 자신은 여기에 홀로 남아 있어 아픔만 가득했다. 이 시에서 너무나 일찍 세상을 등진 아내에 대한 원망도 조금 내비쳤다. 오원도 41살 이른 나이에 세상을 떠났다. 그의 바람처럼 아버지와 아내를 다시 만나 행복한 시간을 보냈을까?

이제는 며느리가 시댁과의 갈등 상황에 놓인 경우가 마치 정

상적인 상황처럼 바뀌었다. 왠지 며느리가 시댁과 잘 지낸다고 하면 시댁이 거액의 유산이 있는 넉넉한 집안이 아닐까 의심해 본다. 그렇지만 내 남편을 낳아준 그의 부모들과 잘 지낼 수 있는 것과 진심으로 공경하는 것이 모두에게 가능하지는 않지만 아무에게도 그런 일이 일어나지 않는 것도 슬픈 일이라 할 수 있다. 여기 시아버지를 극진히 모시다 죽은 한 여인이 있었다. 그가 지켰던 가치가 지금에 꼭 유효하지는 않겠지만 가족을 사랑했던 그 마음은 한 번쯤 기억할 필요가 있지는 않을까.

눈썹을 펴지 못하고 떠난 당신에게

12장

바다 건너 유배지를 찾아온 아내

김진규

살아서나 죽어서나 당신을 기억하네

김진규(金鎭圭, 1658~1716)의 본관은 광산이고 자는 달보(達
甫), 호는 죽천(竹泉)이다. 1689년 기사환국으로 남인이 집권하
자 거제도에 유배되었다가 1694년 갑술환국으로 서인이 재집
권하자 지평으로 기용되었다. 1706년 다시 덕산(德山)으로 유
배되었다가, 1708년 방귀전리(放歸田里)¹ 되었다. 문장에 뛰어
났고 전서, 예서와 산수화, 인물화에 모두 능하였다.

그는 1673년 16세에 이민장(李敏章)의 딸 전주 이씨(全州李
氏)와 혼인하였다. 1689년(32세)에 김진규가 거제도 유배지에
있을 때에 아내는 남편을 위해 옷을 지어 보냈고, 남편은 아내
가 그리워 여러 편의 시를 남겼다. 그뿐 아니라 김진규의 아내
는 유배지에 있던 남편을 위해 두 번이나 바닷길에 몸을 실었
다. 1694년(37세)에 해배되었는데, 1701년(44세)에 부인의 상
을 당하였다. 김진규는 아내의 상을 이유로 여러 번 사직할 것

· 김진규 묘소 ·

을 청했다. 그에게 아내의 죽음은 관리로서 정상적인 업무를
맡기가 힘들 만큼 큰 충격이었다.

『승정원일기』 11월 2일 기록을 보면, 당시 우승지였던 김진
규가 자신의 자리를 다른 사람으로 교체해줄 것을 청하는 상소
를 올린다. 자신의 병과 아내의 장례를 이유로 삼았지만 사실
아내의 죽음으로 인한 심리적인 충격이 몸의 이상까지 가져온
것이다. 이 상소문에 대해서 12월 15일에 사직하지 말고 장례
를 치르고 오라는 내용의 비답(批答)을 내리자, 김진규는 그날
로 재차 상소문을 다시 올려 체직(遞職)을 요청했다. 12월 27일
에 호조참판에 임명된 것으로 보아 그의 요청은 수락되지 않았
던 것으로 보인다.

김진규는 유배지에서 아내에 대해 대략 17편의 시를 남겼
고, 아내가 죽은 뒤에는 여러 편의 제문을 썼다. 그는 살아서나

눈썹을 펴지 못하고 떠난 당신에게

죽어서나 아내를 기억하였다. 살아 있던 아내에게 이렇게 많은 시를 쓴 일도 드문 경우다. 가족이란 죽음으로 기억되는 존재이고 그것은 예나 지금이나 다를 바 없다. 가족이니까 전부 알 것 같지만 가족이니까 우리는 서로를 잘 모른다. 또 가족은 무엇도 할 수 있고, 언제든 할 수 있기 때문에 결국 아무것도 못하고 이별을 맞게 된다. 상실은 참된 사랑을 깨닫게 하고, 되돌릴 수 없는 시간들을 재구(再構)하게 한다. 그는 아내를 어떻게 사랑했고 어떻게 기억했을까?

보내온 옷에 눈물 자국 선명하니

秋氣生深閨　가을 기운 깊은 문에 일어날 때에
寒衣寄遠人　멀리 있는 사람에게 겨울 옷 부쳤네.
依依出君手　당신의 손에서 아련하게 나왔으니
戀戀着吾身　나의 몸에 연연하게 들어맞았네.
映月應砧冷　달빛에 다듬이는 찼을 것이고
挑燈想黛顰　심지 돋우며 눈썹 찡그렸을 일 생각나네.
偏憐淚痕染　눈물 자국 물들인 것 유독 안타까웠으니
衫袖卽湘筠　적삼 소매 곧 상죽(湘竹)처럼 되었네.

— 「아내가 옷을 부쳐주다(室人寄衣)」

유배지에 있는 자신과 집에 있는 아내는 가없는 시간을 서
로 견딜 수밖에 없었다. 가을이 되자 아내는 새 옷을 보내왔다.
옷을 입어보니 몸에 맞춘 듯 딱 들어맞는다. 아내만이 마치 유

눈썹을 펴지 못하고 떠난 당신에게

배지에 있는 자신의 속내를 다 이해해주는 것만 같았다. 염치 없이 입으려 하니 아내가 옷을 짓는 풍경이 떠오른다. 차가운 날씨에 다듬잇돌을 두드리고, 밤이 더 늦으면 심지를 돋우면서 바느질을 했을 터이다. 게다가 보내온 옷에는 아내의 눈물 자국이 뚜렷했다. 원문에 나오는 상죽은 아황과 여영이 흘린 눈물이 대나무에 묻어 얼룩이 되었던 소상반죽(瀟湘斑竹)을 말한다. 옷에 선명히 남아 있는 아내의 눈물 자국은 남편의 마음을 멍들게 하기에 충분했다.

想像裁衣苦	옷 마르재는 고통 생각해보니,
慇懃托意深	은근하게 깊은 뜻 담겨져 있네.
憂寒增着絮	추위를 걱정해서 솜을 덧댔고,
憶遠幾停針	먼 데 생각하며 몇 번이나 바늘 멈추었으리.
身冷無完帔	몸 싸늘해도 온전한 치마가 없고,
兒號擁弊衾	아이 울어도 떨어진 이불로 안아주었네.
都將篋中帛	모두 상자 속 비단을 가지고,
聊寄枕邊心	애오라지 베개 옆 마음을 부쳐주었네.

— 「또 나는 재산을 불리는 일을 알지 못하니 아내와 아이가 항상 옷은 떨어지고 이불은 해졌다. 5, 6구는 평소에 눈으로 보았던 바의 실제 일을 기록한 것이다(又 余不識生産事 妻兒常衣 破衾弊 五六記平日所睹實事)」

원래 두 편의 시인데 여기서는 첫 수만 살펴보겠다. 제목에도 밝혔듯이 자신은 집안의 살림이 어떻게 돌아가는지 관심이 없어서 아내는 겨울에도 온전한 치마가 없었고 아이가 추위에 울어도 떨어진 이불로 감싸주어야 했다. 아내가 자신을 원망할 만도 한데, 남편의 추위를 걱정해 덧댄 솜을 붙여주면서 몇 번이나 남편 생각을 했을 것이다. 「반곡구가(盤谷九歌)」에서 "먼 곳에서 옷 부쳐주며 홀로 고생하니, 어느 때나 밥상 들어 주림과 목마름 함께 하겠는가(絶域寄衣獨辛苦, 何時擧案同飢渴)"라 하였다. 옷이라도 지어서 보내주려는 아내와 그것을 받고 더욱 복잡한 생각에 빠진 남편은 그렇게 서로 아파했다. 보내는 사람이나 받는 사람이나 모두 아픈 그런 옷이었다.

오지 않는 편지, 무너지는 마음

梅花半落杏花開	매화꽃 반쯤 지고 살구꽃 피어나니
海外春光客裡催	바다 밖 봄빛일랑 나그네 맘 재촉하네.
遙憶故園墻北角	멀리 고향집 담 북쪽 모퉁이 떠올려보니
數株芳樹手曾栽	내 손수 심었던 몇 그루 나무 있었네.

―「꽃을 보니 생각이 나서(見花有思)」

이 시는 『대동시선(大東詩選)』에도 실려 있다. 살구꽃은 봄에 피는 대표적인 꽃인데, 거제도 먼 곳까지 살구꽃이 폈다. 유배지에서 할 일이라곤 지난 공간과 시간을 떠올리는 일 뿐이다. 봄이 오자 유배객의 얼어붙은 마음도 싱숭생숭하다. 멀리 고향집 풍경을 떠올려보니, 그곳에는 자신이 손수 심은 몇 그루의 나무가 있었다. 유배지에서 고향을 그리워하는 마음을 담았다.

花開不見月	꽃 폈을 때엔 달 못 보다가
花落月方圓	꽃이 지자 달이 막 보름달 됐네.
可惜花與月	애석하도다! 꽃과 달은
何不並嬋娟	어찌 아름다움 함께하지 못하나?
人生亦幾何	인생은 또한 얼마나 되길래,
樂事苦難全	즐거운 일 몹시도 온전히 하기 어렵네.
對月拾落花	달을 보며 떨어진 꽃을 줍노니
惆悵久不眠	서글퍼서 오랫동안 잠을 못자네.

—「꽃이 진 뒤에 달이 밝아 감회가 있어 짓다(花落後月明 感而有作)」

이 시에 아내에 대한 그리움을 담았다. 자신을 '달'에, 아내를 '꽃'에 빗대 표현했다. 달과 꽃을 통해 부부의 운명적인 어긋남을 그렸다. 꽃의 만발과 조락은 자신의 부재에 따라 달라진다. 자신이 아내 곁에 있을 때 아내는 활짝 핀 꽃이었고, 자신이 아내 곁을 떠나 있을 때 아내는 시들어 떨어진 꽃이 되고 만다. 아내가 활짝 핀 꽃으로 자신 곁에 있어주던 순간에는 그것이 귀한 줄도 모르다가, 떠나 있게 되자 그제야 귀한 줄을 깨닫게 되었다. 떨어진 꽃을 줍는 것은 아내에 대한 기억의 편린을 모으는 일이며, 그러한 일들은 필연적으로 불면(不眠)을 야기했다.

鄕國孤雲外   외로운 구름 너머 고향에서는

音書閱月稀	편지가 몇 달 동안 드물었었네.
一心長自苦	하나의 맘 길이 절로 괴로운데,
十口竟何依	열 식구는 마침내 어디에 의지할까나.
乾鵲虛占喜	까치 울어도 기쁜 조짐 헛됐고,
春鴻未伴歸	봄 기러기 짝지어 못 돌아가네.
茫茫愁萬段	끝없이 온갖 시름 자아내면서
獨立對斜暉	홀로 서서 석양빛 마주하누나.

―「집에서 온 편지가 오래 끊겨서 시름을 달래다(家信久斷遣悶)」

유배지에서 할 수 있는 것은 기다리는 것뿐이다. 기다림은 자신을 늘 객체로 만들며, 자신의 행동을 수동태로 만들기 마련이다. 몇 달 동안 뚝 끊긴 편지는 갖은 상상에 자신을 몰아넣는데, 대개 유쾌한 상상보다는 불길한 상상이 더 많이 들게 한다. 까치가 울어도 기쁜 소식은 들리지 않고 기러기가 짝지어 돌아가도 자신은 돌아갈 수 없었다. 집으로의 귀환 같은 기쁜 일은 자신에게 일어나지 않았다. 저물녘이 되면 하루를 또 살아냈다는 안도와 내일을 어떻게 살아야 할지 모를 막막함이 함께 밀려왔다. 유배객에게 편지란 외부와 이어진 단 하나의 창구이며 숨구멍이었다. 편지마저 끊어지자 여태껏 간신히 부여잡고 있었던 마음도 무너져내렸다. 이 시는 유배객의 답답한 심경을 잘 그려내고 있다.

日日望奴歸　매일매일 종놈 오길 기다리는데

奴歸何太遲　종놈 돌아오길 어찌 그리 굼뜨던지

無端村犬吠　까닭 없이 마을 개 짖어대어도

幾使客心疑　몇 번이나 나그네 의심케 하네.

─「종놈을 집에 보내놓고 몹시 기다리나 오지 않는다(送奴于
家苦待不來)」

　편지를 기다리다 참을 수 없는 지경이 되면 소식을 듣기 위
해 집으로 하인을 보냈다. 눈이 빠져라 하인을 기다리지만 어
쩐 일인지 감감무소식이다. 개라도 짖는 소리가 들릴라 치면
혹시나 하인이 편지를 가져오지나 않았는지 화들짝 놀라곤 했
다. 몇 번이나 기대가 무너진 끝에야 원하던 편지를 받아볼 수
있었을까?

　눈썹을 펴지 못하고 떠난 당신에게

유배지로 찾아온 아내

嗟汝奴莫怨來遠途	아! 너희들 노복은 먼 길 온 것 원망치 마라.
同居不失夫婦樂	함께 살아 부부의 즐거움 잃지 않고,
眼前亦有兒女俱	눈앞에는 또한 처자식 함께 있으니,
何似吾生最窮獨	어찌 나의 생은 가장 곤궁하고 외로워서
離妻別子一身孤	처자식과 이별하여 외로운 처지와 같겠나.
嗟爾僮休歎滯島中	아! 너희 어린 노비들은 섬 안에서 막혀 있음 탄식치 마라.
眠食常在爺孃側	자고 먹고 하는 것이 늘 부모 옆에 있고
言笑更與弟妹同	담소를 아우와 여동생과 함께하니
絶勝汝主長悲苦	네 주인이 항상 비참하고 고통스러운 것보다는 훨씬 나으니,

戀母思兄百憂叢　어머니 그리워하고 형을 생각하매 온갖
　　　　　　　　시름 모여드네.

— 「남쪽으로 올 때에 노복과 여종 하나씩 데리고 왔으니 그 아들딸도 따라왔다. 그들이 떠도는 생활 중에도 능히 화목하게 모인 것을 부럽게 여겨서 장단구 2장을 짓는다(南來携一奴 一婢 其子女亦從 羨其流寓之中 骨肉能團聚 作長短句二章)」

유배 올 때 집에서 데리고 있던 한 가족 노비 넷을 데리고 왔다. 주인은 노비들이 열악한 유배지에 따라와 공연스레 고생을 하는 것이 미안하기는 하지만, 그래도 그들은 한 가족이 온전히 함께 모여 있다. 그들의 화목한 모습을 통해 자신의 서글픈 처지는 오히려 더 도드라졌다. 가족은 좋은 일이든 나쁜 일이든 같은 공간에서 함께 견디어내야 한다. 가족은 어떤 일이 있든지 함께 살을 부대끼며 살아야 하는 법이다.

片舸層溟水　넓디넓은 바닷물에 조각배 띄워
長程六月時　먼 길을 왔으니 6월달이었네.
窮荒誰我訪　외진 변방에 누가 날 찾으리오만
遠謫獨君隨　먼 유배지에 당신만 나를 따랐네.
兒女情能割　부인의 정 능히 자를 수 있다지만
驅馳病不辭　병 때문에 달려왔으니 사양치 않았네.
依然秉燭夜　예전처럼 촛불 켠 한밤중에는

拭淚喜兼悲　기쁘고도 슬퍼서 눈물을 닦네.

結髮情無極　혼인한 정은 그지없었고

齊眉禮不愆　부부끼리 하던 예는 허물없었네.

鹿車違共挽　작은 수레 함께 끄는 일 어긋나서

鯨海愧從遷　큰 바다에 따라옴 부끄럽구나.

辛苦容逾瘦　고생에 얼굴 더욱 야위어가고

悲憂涕幾懸　슬픔과 근심에 눈물이 몇 번이나 맺혔는지

終身負仰望　죽을 때까지 우러러 봄을 저버렸으니

相對只相憐　마주 보매 다만 서로 딱하게 여길 뿐이네.

一別杳期斷　한번 이별 후엔 아득한 기약 끊어졌다가

重逢眞夢如　다시 만나니 진실로 꿈과 같도다.

秖言仍永訣　다만 영원한 이별을 말을 했으니

豈意此同居　어찌 함께 살 줄 생각이나 했으랴.

淚臉憐猶濕　눈물 젖은 뺨은 가엾게도 여전히 축축하고

愁眉愛漸舒　시름겨운 눈썹은 사랑스럽게도 점점 펴지네.

還因會家室　다시 한번 아내를 만나게 되니

倍憶倚門閭　문에 서 기다리실 어머니 생각 배나 더하네.

— 「아내가 오다(內來)」

1690년 음력 6월에 드디어 김진규의 부인이 거제도까지 남편을 만나러 왔다가, 이듬해 봄날에 다시 서울로 돌아갔다. 다른 이유로 아내가 찾아 온다면 만류했겠지만, 자신을 간병하기 위한 이유만은 외면키 어려웠다. 얼굴을 마주하니 기가 턱 막혀서 말도 나오지 않고 서로의 모습이 안쓰럽기만 하다. 꿈같은 아내와의 재회는 그저 반갑고 기쁘지만 않고 복잡한 감정이 밀려왔다. 아내를 보자 자연스레 집에 계신 어머니 생각이 떠올랐고, 아내도 얼마간의 시간이 지나면 돌아가야 했다.

아내의 기일에 쓰다

(전략) 아버님의 상례를 마친 다음 세상의 재앙이 크게 일어나 내가 섬에 내던져졌고, 할머니와 숙부와 막내 동생의 상을 연달아 당해 나는 슬픔으로 마음이 거의 타들어갔소. 돌림병이 밖에서 침범해 들어와 스스로 그 병에 살아남지 못할 것이라 생각하였으나, 그대는 일개 약한 아녀자로서 거듭 찾아와 서로 귀양살이 하는 집을 따라서 나를 위로하고 보호해주었소. 내가 섬에서 죽지 않은 것은 당신이 믿고 구해주었기 때문이오. 나는 길에서 넘어지고 참언과 아첨에 마음을 상하며 몸이 병들어 여윈 것이 여러 번이었소. 임금님의 은혜를 입게 되어 조정에 돌아와 비록 안팎으로 벼슬을 하였으나 먹고사는 일에는 서툴러서 추운 옷을 입고 굶는 것을 모두 그대에게 맡기며 물 긷고 절구질하는 고생을 면치 못하게 하였소. 그리고 거듭 이어서 아이들을 잃

고 곡을 하니 당신은 다른 사람이 알지 못하게 깊이 상처받았소. 작년 여름에 그대는 자종(子腫, 임신 말기에 몸이 붓는 병)이 있어 여러 번 걱정했으나 나는 멋대로 의사의 치료를 미리 준비하지 못하고 아이를 해산할 때에 또 대궐에 들어갔다가 급히 돌아와 보니 당신은 이미 죽어 있었소.

당신은 살아서는 고생하다가 병이 들었을 때 약을 얻지 못해 참담하게 죽으니 이는 모두 나 때문이오. 그리고 또 시집올 때 입었던 옷도 없어 기한이 지난 다음에 염을 하게 되었으니 내가 매우 가난해서 그랬던 것은 말할 것도 없소. 당신의 고생스러움은 죽은 후에도 역시 그러했소. 그대는 떠돌아다니고 넘어지는 사이에도 나를 보호해주었는데 나는 당신을 이러한 지경에 이르게 하였으니 넓고 높은 천지간에 이 한이 어찌 다함이 있겠소? (후략) **2**

아내가 죽은 지 1년이 지나서 소상(小祥) 때 올린 제문이다. 이 글에서 두 사람의 29년 세월을 정리하고 있다. 섬으로 유배가서 돌림병에 걸려 위태롭게 되었을 때에도 아내는 한달음에 바다를 건너 자신을 찾아와 간병을 마다하지 않았다. 또 남편이 유배지에 있을 때나 변변찮은 관직을 전전할 때도 오직 가사와 생계는 아내의 몫이었다.

가장이 어떤 식으로든 그 책임을 방기(放棄)할 때, 가족들은 커다란 고통에 시달릴 수밖에 없다. 연이어 아이들이 죽고, 그

눈썹을 펴지 못하고 떠난 당신에게

것이 상당한 충격을 주었는지 아내는 자종(子腫) 때문에 고생을 하다가 남편이 대궐에 간 사이 해산 중에 세상을 떠나고 말았다. 아내는 남편이 필요할 때 늘 곁에 있어주었지만, 남편은 아내가 필요할 때 자리를 지켜주지 못했다. 채워주지 못한 시간과 물질만큼이나 남은 세월 자책의 시간은 길어질 수밖에 없다. 게다가 형편 탓에 아내의 상은 박장(薄葬)으로 할 수밖에 없었으니, 살아서나 죽어서나 고생시킨 것이 마음 아팠다.

제문 뒤편에 생략된 내용에는 다음과 같은 이야기가 나온다. 아내의 상(喪)은 소상이 지나면 궤연을 거두고 음식을 올리는 것도 그만두는 것이 예이지만, 궤연을 거두지 않고 3년 동안 계속 설치해두었다. 이미 다 소용없는 일이지만, 남편은 그렇게 해서라도 아내에 대한 미안함을 표현하려 했다.

부부의 이별은 이혼과 사별이 있다. 이혼은 둘 사이에 감정이 바닥까지 내려간 상태에서 자의에 이루어지는 일이기에 상대에 대한 그리움이 있을 턱이 없지만, 사별은 상대의 예기치 않은 죽음으로 인해 타의에 의해 이루어지는 일이기에 그리움이 오래 지속될 수밖에 없다.

고레에다 히로카즈의 영화 〈걸어도 걸어도〉에 나오는 료타가 남편과 사별한 여자를 데려오자, 엄마는 마뜩잖아 하면서 자신의 딸에게 이렇게 말한다. "그런데 말이다. 고르다 고른 게 하필이면 중고라니, 게다가 사별은 죽은 남편과 비교당해서 힘들어. 차라리 이혼이 낫지, 싫어서 헤어진 거니까."

이렇듯 사별은 상대의 죽음에 대비할 새도 없이 일어나기 때문에 오랫동안 큰 후유증을 남길 수밖에 없다. 생전에 배우자에게 잘해주었다고 해도 못해준 기억만 떠오르기 마련인데, 못해준 일만 가득하다면 모든 것이 미안할 수밖에 없었다.

(전략) 예전에 들으니 헌길이 아내를 곡하며 글을 쓰기를, "아내가 죽은 다음에 아내를 알겠다."라고 하였다는데 그 말이 사실이구려.

나는 당신이 어진 것을 알고 있어 혼인할 때부터 지금 죽고 난 후 추념하는 것이 매우 간절하오. 집안 살림은 어그러졌으니 누가 이루겠소? 딸과 아들은 점점 자라는데 누가 행실을 경계하겠소? 추우면 누가 나에게 옷을 해주겠소? 내가 아프면 또 누가 간호해주겠소? 게다가 나는 세상에 머리 숙이지도 못하고 근거 없는 말로 헐뜯는 일에 피곤하여 물러나 숨고 싶으나 안으로 집안을 다스릴 사람이 없고 앞에는 어린아이들만 있으니 그러기도 어렵소. 이미 버리기도 어려워 미루며 결정하지 못하니 일을 당해 문득 생각하면 더욱 슬퍼지고 슬픈 생각은 점점 깊어지오.

꿈에서 자꾸 보이는 당신 때문에 전날 밤에는 깨어나 침석에서 눈물을 흘렸소. 3년 만에 이것을 끝내니 저승이 더욱 멀어지겠구려. 제전을 장차 거두려고 하니 영좌는 길이 달

눈썹을 펴지 못하고 떠난 당신에게

히겠구려. 끝없는 나의 마음이 어찌 조금이나마 풀어지겠소? 글을 지어 슬픔을 풀며 이 향기 나는 술을 올리오. 아이들은 여기에 있고 친척들도 모두 같이 있소. 당신도 알 터이니 어찌 나를 돌아보지 않겠소?[3]

그간 아내가 세상을 떠나면서 집안에서 아내의 공백을 선명하게 깨닫게 된다. 집안으로는 살림과 자식 교육이, 자신에게는 의복과 병간호로, 빈자리가 너무나 컸다. 채울 수 없는 빈자리는 그대로 간절한 그리움으로 바뀌어서 밤이면 아내 꿈을 꾸곤 했다. 대상(大祥)을 통해 공식적인 상례는 끝났지만 그보다 더 긴 그리움의 상기(喪期)가 그를 기다리고 있었다.

그 후로도 오랫동안
지워지지 않는 당신

당신이 죽어 멀리 가 누워 있은 지 오래되었구려. 그대의 행적이 장차 민멸되면 평소의 사랑과 의리를 저버리는 것이 될까 봐 두렵소. 뒤에 죽는 사람의 책임은 불후를 도모하는 데 있소. 그래서 유종원과 소동파가 부인의 무덤에 명을 지워 읽는 자로 하여금 부인의 어짊을 감탄하게 하였소. 내 문장은 비록 그들에 비하면 졸렬하지만 마음은 똑같소. 평생을 돌아보며 지를 만들어 나의 마음을 그려내어 그대의 무덤에 넣소. 내세에 나의 슬픈 마음을 알아주고 무덤을 보호하며 훼손하지 말기를 바라오. 이에 이 일을 고하며 술잔을 올리오.[4]

지석(誌石)을 묻으며 쓴 제문이다. 지석은 죽은 사람의 인적 사항이나 무덤의 소재를 기록하여 도판이나 판석을 봉분의 유실에 대비해서 땅에 묻어놓는 것이다. 여기서 김진규는 아내의 행적이 사라지는 것과 무덤이 망실되는 것을 위해 지석을 묻는다고 했다. 하지만 그 진짜 이유는 지워지지 않을 아내에 대한 사랑과 그리움을 담아 묻은 것은 아니었을까?

작년 이즈음에 나는 적소에 있었소. 그러나 지금은 용서를 받아 돌아와 오늘 다시 이르게 되어 옛날 집을 찾아와 머뭇거리다 기대고 있소. 다행히 몸소 술잔을 올리며 조금이나마 나의 마음을 풀어보오. 떠돌아다니는 사이에 애도하는 마음은 배가 더했소. 생각하니 그대와 이별한 지 벌써 8년이 되었소. 당신의 모습은 점점 멀어져가는데, 시절의 경치는 예전과 똑같아 새벽 서리는 뜰에 가득하고 국화는 시들었으며 뽕나무 잎은 떨어지는구려.
아! 나는 점점 쇠해가는데 누구와 더불어 늙어갈 수 있겠소? 남은 생 즐거움도 없고 오래전의 약속은 이미 깨졌소. 한없는 이 한은 저승에도 통할 것이고 당신은 반드시 알 것이니 나의 잔을 받기를 바라오.[5]

이 글은 1708년 아내가 세상을 떠난 지 8년 후에 쓴 제문이다. 예전에 자신이 유배지에 있을 때 아내는 유배지까지 찾아와서 자신을 돌보았건만, 이번에는 혼자서 온전히 유배 생활을 견디어야 했다. 그리고 유배에서 풀려나 아내와 살던 옛집에

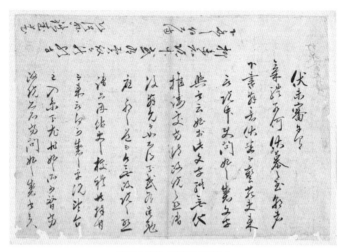

· 김진규 간찰, 국립중앙박물관 ·

돌아왔건만 아내는 더 이상 거기에 있지 않았다.

　그곳에 혼자 있는 것은 견딜 수 없는 노릇이었다. 가족을 잃으면 함께 살던 집에서 이사를 가려 한다. 차마 잊을 수 없는 기억들이 있는 공간에서 사라진 가족을 떠올리는 일은 그야말로 가혹한 형벌과 다름없기 때문이다.

風雨空山裡	바람 불고 비 내리는 빈 산 속에
停驂倍憶君	말 멈추고 갑절이나 당신 생각하네.
曾同流絶海	일찍이 먼바다에 유배 같이 갔더니
今獨別孤墳	이제는 홀로 따로 외로운 무덤에 있었네.
放逐渾如舊	쫓겨남은 모두 예와 다름없는데

存亡奈已分　살고 죽음 이미 갈렸으니 어찌하랴.

臨行數聲歎　떠나려 할 때 몇 번 소리 내어 한탄하니,

泉下想應聞　무덤 속에서 생각건대 응당 듣고 있으리.

― 「죽은 아내의 묘를 지나면서(過亡室墓)」

무덤은 삶과 죽음으로 명확히 갈린 표지다. 무덤에서 아내의 부재는 더 도드라지고, 남편의 삶은 남겨진 아픔으로 무겁기만 하다. 먼 섬까지 자신을 따라왔던 아내는 어쩌면 부부의 이별을 뛰어넘는 사랑을 보여주었지만, 죽음으로 인한 영원한 이별을 막지는 못했다. 아내는 자신이 탄식하던 소리를 들을까. 자신의 곁에 없는 아내가 그립고도 야속했다.

渺渺限重泉　아득하게 저승에 막혀 있으니,

悠悠涉七年　아마득히 7년이 지나갔도다.

寒燈照孤影　찬 등불이 외로운 그림자를 비추었고,

落葉撼愁眠　지는 잎사귀는 근심스러운 잠 뒤흔드네.

此日偏含恨　이날은 유달리 한을 품게 되지만,

他生儻續緣　내생에는 혹시라도 인연을 이을 것인가.

一盃躬未奠　한 잔의 술 몸소 올리지 못하고,

千里淚空懸　천 리 밖에서 눈물이 부질없이 맺혔네.

― 「아내가 죽던 날에 감회를 적다(室人亡日識感)」

이 시는 모두 3수로 구성되어 있는데 그중 첫째 수로, 아내가 세상을 떠난 지 7년이 지난 뒤에 썼다. 이 시에는 한(寒), 고(孤), 낙(落), 수(愁), 한(恨), 누(淚) 등 자신의 침통한 감정을 여과 없이 드러낸 시어가 상당히 많이 등장한다. 그는 직접 무덤에 가서 성묘할 형편은 되지 못해서 먼 곳에 시를 짓는 것으로 애도를 대신했다.

둘째 수에서는 아내와 유배지에서의 기억을 떠올린다. "섬에서 길게 유배하던 날을 다시 생각하니 낡은 집에서 찬 등불 켜놓고 약한 아내 대할 때 있었네(翻思海島長流日 破屋寒燈對弱妻)"라 했으니, 유배는 이들 부부에게는 차마 잊을 수 없는 추억이었다.

당신이 이미 시집와서는 시부모를 고경하게 받들고 시누이들을 삼가 대하며 나를 화순하면서도 엄격하게 섬겨 나는 매우 당신이 마땅하다고 여겼었다. 당신은 사사로운 자리에 있을 때에도 친압하는 뜻을 드러내지 않았고 평소에 거할 때는 간소하고 묵묵해 부녀자들이 함께 앉아 이야기를 나누고 장신구나 화장품 따위에 대해 말하며 교졸과 아름다움에 대해 말할 때에도 담담하게 대하며 함께하지 않았다. 지극한 추위의 갖옷이나 여름의 갈옷 같은 것들을 사람들이 있냐고 물으면 유무를 말하지 않았다. 나는 우연히 이를 듣고 물어보니 그대는 말하였다.

눈썹을 펴지 못하고 떠난 당신에게

"복식의 아름다움은 제가 힘써 따를 바가 아닙니다. 갓옷과 갈옷은 비록 갖추기 어렵지만 사람을 대해 가난함을 말하면 얻고 싶고 갖고 싶어 한다는 혐의를 살 수 있습니다. 그래서 말하지 않을 뿐입니다." (중략)

부인의 재주의 영민함과 성품의 고요함이 이와 같았다. 기사년(1689)의 화가 일어나자 나는 거제에 안치되었는데, 얼마 되지 않아 조부모님이 돌아가셨다. 당신은 내가 홀로 살면서 슬픔이 지나치리라는 것을 생각해 유배지에 따라왔다. 다음 해 딸을 시집보내기 위해 서울에 돌아갔다가 그 다음에 또 유배지에 왔다. 당신은 평소 마르고 수척해 길에서 품는 무서운 독기에 병이 났다. 나는 임금님의 은택을 입어 내외의 벼슬을 역임하였으나 살아가는 방도를 잘 알지 못해 집안은 점점 어려워졌다. 당신은 비록 가난함을 편히 여겼으나 힘들게 일하며 물 긷고 절구질 하는 데 어려움이 많았다. (중략)

나와 당신이 함께 공경하며 산 것이 29년인데 사랑과 의리가 진실로 깊었으니 애도하는 것이 더욱 깊다. 내가 유배지에 있을 때에 우환과 질병이 서로 스며들어, 당신이 위로하며 부축해주어 너그럽게 잘 견뎌내도록 해주었다. 조정에 돌아와 종적 또한 외롭고 위태로워 매번 울울히 자득하지 못했는데 당신의 아름다운 모습과 즐거운 음성을 들으면 번번이 기뻐져 그 궁함을 잊곤 했다. 집안은 매우 가난했으

· 김진규 지석, 대전시립박물관 ·

나 당신이 스스로 다스려 나를 지탱해주었다. 자신은 간혹 겨울철에도 배자 같은 것이 없었고 저녁 끼니를 걸러도 나로 하여금 궁함을 알지 못하게 했다. (후략)[6]

김진규는 망실제문 10여 편을 썼고, 묘지명도 직접 썼다. 그는 아내를 어떻게 기억하고 있을까? 아내는 장신구나 화장품, 옷 등에 욕심을 내지 않았다. 이런 물건들을 좋아하는 것을 속물이라 단정 지을 수는 없지만, 이런 물건들에 욕심 내지 않는 것은 쉽게 따라 할 수 없는 일이다. 주변에 있는 여인들이 여름과 겨울 아이템인 갈옷과 갓옷을 갖고 있는지를 아내에게 물어보아도, 있는지 없는지 가타부타 이야기하지 않았다. 가지고 있지 않지만 그렇게 말하면 갖고 싶어 한다는 혐의를 받을까 싫어서였다. 아내는 그렇게 현명한 사람이었다.

앞선 글에서 아내가 유배지에 따라 왔다고 했는데, 묘지명을 보면 이게 한 번이 아니고 두 번이나 되었던 것을 알 수 있다. 아내는 깡마른 체구에 감당키 힘든 먼 길을 오간 탓에 병을

눈썹을 펴지 못하고 떠난 당신에게

얻었다. 게다가 자신이 유배지에 있던 까닭에 가장의 책임을 다하지 못했고, 관직에 있을 때에도 살림은 크게 나아지지 않았다. 이러한 결손과 결핍은 그대로 아내의 몫이 되었을 것을 예상하기 어렵지 않다. 아내는 29년을 함께 살다가 결국 세상을 뜨고 말았다. 그런 미안함 탓일까, 김진규는 부인이 죽은 후 10년 동안 재혼하지 않다가 1710년이 되어서야 재혼했다.

13장

당신의 빈자리

정범조

당신이 이리 된 것은
온전히 내 탓이네

정범조(丁範祖, 1723~1801)는 18세기 후반 남인 문단을 대표하는 시인이다. 석북 신광수와 나란히 일컬어질 정도로 남인 시맥에서는 중요한 인물이다. 관직 생활 초에 영조의 딸인 화완옹주의 양자 정후겸(鄭厚謙)의 횡포에 반감을 갖다 위태롭게 되었다. 그 이후로 관직에 임명되어도 출사하지 않는 처신을 반복했다. 이러한 조심스러운 처신 탓인지는 몰라도 1771년 이조좌랑으로 임명되었을 때 명이 지체되었다는 이유로 갑산(甲山)에 유배되었던 것을 제외하고는 커다란 정치적 부침을 겪지는 않았다.

아아, 슬프다! 부부 간의 관계와 정리의 돈독함에 대해선 나나 당신이나 다 알고 있는 일이라 굳이 말하지 않아도 될 테고, 그것 말고 내가 따로 하고 싶은 말이 있소. 슬퍼서 말을 잘 못하겠지만 말하지 않을 수가 없구려.

남들이 모두 사람이 죽고 사는 것과 그 수명은 하늘에 달려 있다고들 하고 나도 진실로 하늘에 있는 줄을 알고 있소. 그러나 당신의 죽음은 내가 만든 것이지 하늘이 그렇게 만든 것이 아니라오. 우리 집이 평소 매우 가난했지만 경신년(1740)과 신유년(1741) 사이에 이르러 심해졌는데, 당신이 나에게 시집온 것이 마침 이때였소. 경신년과 신유년도 참으로 심했지만 을해년(1755)과 병자년(1756) 사이에 이르러서는 더욱 심해졌는데, 당신이 부엌살림을 주관한 것이 바로 이때였소. 대개 밥을 하루 종일 들지 못하기도 했으니, 굶주림이 필시 당신을 병들게 했다는 것을 알겠고, 날이 추워져도 옷을 제대로 갖춰 입지 못했으니, 추위가 필시 당신을 병들게 했다는 것을 알겠소. 10년이라는 오랜 시간동안 이와 같았으니, 병이 반드시 당신을 죽게 했음을 알겠소. 병이 들자마자 과연 원기(元氣)가 먼저 빠져나갔으니 굶주림 때문이고, 기침을 하고 배가 부른 것은 추위 때문이었소. 20여 일 동안 앓다가 마침내 이 병으로 죽고 말았소. 당신은 병들지 않았을 텐데 가난 때문에 병들었고, 당신은 죽지 않았을 텐데 가난 때문에 죽은 것이오. 결국 당신이 죽은 건 사람에게 달린 문제지 하늘에 달린 일이 아니었소. 아아! 누가 당신의 죽음을 천명(天命)이라고 하겠소? 내가 실로 그렇게 만든 것이오. 아아, 애통하다!

내가 당신을 위해 슬퍼하는 것은 진실로 가난에 있지만 내가 당신을 소중히 여기는 것도 실로 가난에 있소. 바야흐로 쌀독에는 아침 끼니를 마련할 양식을 넣어두지 못하고 옷장 속의 옷으로는 몸을 가릴 수가 없으면 세상에 그 남편을 비난하지 않는 부인이 드문데, 당신은 나에게 언제 한번 성내는 말을 한 적이 있었소? 때로 당신에게 무료한 생각이 있는 것을 은밀히 살펴 자연스럽게 풀어주면 어찌 석연히 풀지 않은 적이 있었소? 그러므로 일찍이 말하기를, '다른 사람은 부유하고 나는 가난한 것은 운명이니, 내가 부러워한 적이 없습니다.' 하였소.[1]

정범조의 아내 동래 정씨(1724~1765)는 17세에 시집을 와서 슬하에 1남 1녀를 두고 42세의 나이로 세상을 떠났다. 이 글은 아내가 죽은 해(1765)에 쓴 첫 번째 제문으로 아내에 대한 절절한 감정을 담았다. 사람의 죽고 사는 것은 하늘에 달려 있다지만 아내의 죽음은 온전히 자신의 탓인 것만 같다. 자신이 고생을 시켜서 아내를 일찍 죽게 만들었다는 탄식은 그저 수사(修辭)만은 아니었다. 원래부터 가난했던 집에 아내가 시집을 왔으니, 고생은 어느 정도 예견된 일이었다. 그렇지만 아내가 왔을 때 상황은 훨씬 더 안 좋아졌고,[2] 아내가 살림을 온전히 맡을 때에는 상황이 그보다도 더 나빠졌다.[3]

제문에 적혀 있지만, 아내가 살림을 맡을 당시에 아들까지

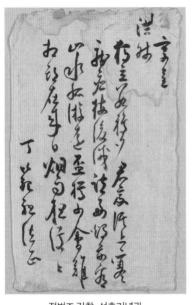

· 정범조 간찰, 성호기념관 ·

출산한 상황이었다. 아내는 추위와 굶주림에 고스란히 노출됐다. 남편의 경제적 무능력은 남편 자신의 성취를 통해서만 회복할 수 있기 때문에, 더더욱 모든 생활의 무게를 아내에게 짊어지게 했다. 꿈은 더디게 현실이 되고, 어떤 꿈은 현실이 되지 않기도 한다. 그 10년 사이에 아내는 정신적으로 육체적으로 지쳐갔다. 남편은 이렇게 토로한다. 아내가 병들어 죽은 것은 온전히 가난 때문이었고, 더 본질적으로 가난한 환경에 놓이게 한 자신의 탓이었다. 그러니 아내의 남은 수명은 하늘이 가져간 것이 아니라, 자신이 앗아간 것이라고 자책했다.

그래도 아내는 군말 한번 한 적이 없다. 가난 앞에 웃을 수 있는 여자도, 가난 앞에 행복할 수 있는 집안도 없다. 그러니 가난함을 그대로 감수하라는 것만큼 무책임한 말도 없는 것이다. 가난의 감수를 강요할 수 없지만, 가난을 감수한 아내는 드물게 있었다. 아내는 그렇게 가난을 순명한 사람이었으니 세상에 없는 그런 사람이었다.

눈썹을 펴지 못하고 떠난 당신에게

당신을 슬퍼함은
나 자신을 슬퍼하는 일이오

그러나 내가 당신을 슬퍼하는 것은 나 자신을 슬퍼하기 때문이라오. 내가 진실로 부모님의 봉양을 걱정하였지만 그래도 때로 마음을 놓을 수 있었던 것은 당신이 있었기 때문인데 이제 누구를 믿어 마음을 놓는단 말이오? 내가 진실로 어머니의 병환을 걱정하였지만 그래도 때로 떠나가 벼슬살이할 수 있었던 것은 당신이 있었기 때문인데 이제 누구를 믿고 떠난단 말이오? 제사 때면 나는 진실로 바깥일을 처리하고 당신은 안에서 제물을 마련했는데 이제 누가 안에서 주선한단 말이오? 내가 아비로서 응륙(應六)이의 교육을 맡고는 있지만 기르는 것은 당신 몫이었는데 이제 누가 어미 노릇을 한단 말이오? 네 가지의 걱정이 항상 있을 테니 슬픔도 항상 뒤따를 것이오. 이래서 당신을 슬퍼하기에도 겨를이 없는데 나 자신을 위해 슬퍼하는 것이오. 아아,

애통하다! 아아, 애통하다! 계미년(1763) 겨울에 내가 요행히 갑과(甲科)에 입격하여 관직을 제수 받고는 넌지시 당신에게 '내 성품이 소홀해서 본래 사계(私計)를 교묘히 하지 못하지만 요행히 곤궁함이 벼슬하지 않던 때보다는 조금 나아진다면, 당신과 함께하고 싶소.' 하였는데, 당신이 마침내 기다려주지 않을 줄을 누군들 생각했겠소? 비록 불행하여 나와 백수(白首)를 누리지는 못하더라도 유독 응륙이가 장성하여 장가들어 아내를 얻을 때까지도 기다리지 못했단 말이오? 비록 불행하여 장가들어 아내 얻는 것을 보지는 못하더라도 유독 내가 조금 곤궁한 형편을 벗어나는 것조차 기다리지 못했단 말이오? 바로 그것이 내가 곤궁함을 벗어날수록 더욱 마음을 가눌 수 없는 점이오.[4]

아내의 죽음을 슬퍼하는 것은 본질적으로 아내의 부재 속에 놓여 있는 자신을 슬퍼하는 일이라고 토로했다. 아내가 지금까지 당연스레 맡아주었던 많은 일들은 사실 자신의 일이기도 했다. 이제 아내가 세상을 떠나버려서 온전히 자신의 일이 되어버리고 말았다. 정범조는 아내가 그간 맡아온 일들로 크게 부모님의 봉양, 어머니의 간병, 제사의 제물 마련, 아이의 교육 등 네 가지를 꼽고 있다. 생각했던 것보다도 아내의 빈자리는 무척이나 컸다. 그동안 이렇게나 많은 일을 다 군말없이 맡아서 해주었다고 생각하니 미안하고 고마웠고, 그 일들을 자신이 다

눈썹을 펴지 못하고 떠난 당신에게

맡아야 하니 아득하고 서러웠다. 그래도 아내가 조금 더 살면서 자신을 기다려주지 못했던 일만은 서운하고 섭섭했다. 아내는 아들이 혼인을 할 때나, 관직을 맡아 살림이 필 때를 기다려주지 못하고 세상을 훌쩍 떠나버렸다. 곤궁한 생활에서 벗어나면 날수록 아내에 대한 아쉬움만이 답쌓여갔다.

두 번 다시 장가가지 않으리

가령 내가 한 고을의 수령에 제수되어 가마에 부모님을 모시고 가더라도 당신이 있어 따라갈 수 없는 것이 한스러우니, 내가 어떻게 마음을 가눌 수 있겠소? 옷과 음식이 가령 조금 넉넉해지더라도 무명 치마 입고 거친 밥조차 항상 부족했던 당신을 생각하면 내가 어떻게 마음을 가눌 수 있겠소? 비복(婢僕)을 가령 조금 여유 있게 두더라도 물질이나 절구질에 빨래도 항상 스스로 하던 당신을 생각하면 내가 어떻게 마음을 가눌 수 있겠소? 집이 가령 조금 완비되더라도 여름엔 습하고 겨울엔 추운 것을 항상 견디지 못했던 당신을 생각하면 내가 어떻게 마음을 가눌 수 있겠소? 내가 일찍이 장인과 장모의 상을 당했으나 가난하여 장례에 소홀한 것을 통곡하였는데 가령 내가 녹봉을 쪼개 장인과 장모의 제사에 부조를 한다 해도 내가 어떻게 마음을 가

눈썹을 펴지 못하고 떠난 당신에게

눌 수 있겠소? 당신이 일찍이 친정 식구들의 방문을 받았으나 가난하여 제대로 대접을 하지 못한 것을 한스러워하였는데 가령 이제 내가 처남들의 방문을 맞아 음식을 잘 대접하더라도 내가 어떻게 마음을 가눌 수 있겠소? 날이 갈수록 죽은 자를 잊게 되는 것이 본래 인지상정인데 나는 날이 갈수록 더욱 많이 한스러우니, 이것이 내가 갈수록 더욱 잊지 못하는 이유라오.[5]

정범조는 아내가 없어 한스러워 마음을 가눌 수 없는 일들을 나열한다. 이처럼 제문에서 어떤 사람의 죽음으로써 파생되는 여러 가지 일들을 나열하는 방식은 흔하게 나온다. 이러한 나열은 단순한 일들의 나열이 아니라, 아내의 부재를 더 극명하게 보여주려는 의도를 담고 있다.

그가 차마 마음을 가눌 수 없던 일은 무엇이었을까? 내직에 나갈 때 출근길 배웅해주는 일, 외직에 나갈 때 함께 따라가지 못하는 일, 의식이 풍족해지더라도 부족하게 살았던 아내를 떠올리는 일, 비복이 있더라도 아내가 가사노동을 직접 했던 일, 변변치 않은 집에서 여름에는 습기에 겨울에는 추위에 고생하던 일, 장인과 장모 장례에 소홀했던 일, 친정 식구들의 방문에 소홀한 대접 등이다. 이 모든 문제들은 대개 자신의 가난과 곤궁에서 기인했다.

사람들 중엔 본래 아내가 죽고서 다시 장가를 가는 경우가 있는데 이는 오히려 새로 맞아들이는 데에 정신이 쏠려 있기에 수월할 수 있어서라오. 나는 올해 마흔 셋으로 치아도 안 좋고 머리도 세었으니, 어찌 젊은 부인을 맞아들일 수 있겠소? 그래서 내가 오로지 잊지 못하면서 살아 있는 동안 당신을 그리워하지 않는 날이 없을 거요. 아아! 생각하는 것도 본래 내가 생각하는 것이고, 생각하지 않는 것도 본래 내가 생각하지 않는 것이니, 생각하고 생각하지 않는 것이 진실로 죽은 사람과는 상관없는 것이므로 비록 생각하지 않더라도 괜찮을 것이오. 그러나 어지럽게 내 마음에 느끼는 것이 있어 끝내 생각하지 않을 수 없구려. 아아, 애통하다! 아아, 애통하다!"[6]

제문의 말미에서 그는 다시 새장가를 들지 않겠다는 다짐을 했다. 아내에 대한 미안함 때문이었을까? 그는 실제로 재취하지 않고 첩만을 한 명 두었다. 그에게 아내는 끝내 지워지지 않는 아픈 손가락이었다. 그가 아내의 생각에서 지독하게 벗어날 수 없었던 것은 아내에 대한 자책감에 다름 아니었다.

세월이 지날수록 그대 생각 더하네

아아, 애통하다! 내 당신을 보낸 지 벌써 열두 달이 지났소. 슬픔이 오래되면 조금 수그러들 만도 한데 내 슬픔은 갈수록 더 심해지니 어쩔꼬?

처음 당신이 죽었을 때 나는 허둥지둥 염빈만을 걱정하였기에 걱정이 염하는 데에 있었지 당신의 죽음에 대해서는 슬퍼할 겨를이 없었소. 염하고 나서는 내가 허둥지둥 장례 치르는 것만을 걱정하였기에 걱정이 장례에 있었지 죽은 당신을 슬퍼할 겨를이 없었소. 주검을 보았을 때도 당신이 살아 있는 듯하였고 관을 보았을 때도 죽은 당신이 있는 듯하였는데, 장례를 치르고서야 당신이 없는 줄 깨달았소. 염빈하는 일이 끝나자 당신이 없는 슬픔이 절절하였고, 장례를 마친 뒤에는 장례를 치르기 전보다 슬픔이 심하였소. 그러나 슬픔은 곡하여 쏟아내기 마련인데 나의 곡은 얼마 하

지 못하였소. (중략)

내가 매양 타향살이할 때 고향에서 온 서신을 보면 당신의
편지인가 생각하고, 매양 돌아올 때는 마을 어귀나 집 대문
을 바라보면서 당신을 만날 듯 생각하며, 집으로 들어와서
는 방과 문병(門屛), 난간과 섬돌을 보면서 모두 당신이 있
는 것처럼 생각하고, 아침저녁으로 부모님께서 진지를 올
릴 때는 당신이 그 옆에서 주선하는 것처럼 생각하며, 아이
들이 아파 신음할 때는 어미를 부르는 것을 들은 것처럼 생
각하고, 장포(場圃)의 곡식과 채소를 거두어 때맞춰 먹던
것을 생각하며, 추위와 더위를 당해서는 나의 의복이 철에
맞지 않은 것을 생각하였소. (후략)[7]

아내가 세상을 떠난 지 벌써 1년이 지났다. 아내가 세상을
막 떠났을 때는 염빈과 장례 걱정 탓에 아내의 죽음이 실감 나
지 않았다. 아내의 주검도 아내를 담을 관도 있었지만 생생하
게 죽음의 무게는 느낄 수 없었다. 그러나 막상 장례를 치르고
돌아와 보니 아내의 부재는 생생한 현실로 다가왔다. 슬픔은
크레셴도였다. 염빈(殮殯)이 끝나니 더 아팠고, 장례를 마치니
그보다 더 아팠다. 마음껏 곡을 하면 그래도 속에 있는 슬픔이
토악질처럼 쏟아져 나와 시원해질 것도 같았는데, 그렇게 하지
도 못하고 응어리로 남았다. 8개월 동안 타향살이를 해서 곡할
기회를 놓쳤고, 집에 돌아와서는 부모님이 계셔서 마음껏 곡을

하지 못했다.

아내는 자꾸 기시감으로 다가왔다. 타지에서 서신을 대할 때 아내의 편지일 것만 같고, 집으로 돌아올 때 문 언저리에서 기다리는 것만 같았으며, 집으로 들어와서도 집 구석구석에서 아내가 서 있는 것만 같았다. 부모님 진지를 챙겨드릴 때도 아이들이 아파 신음을 할 때도 아내가 떠올랐다. 아내가 없게 되자 제철 채소와 곡식은 챙겨 먹지 못하게 되었고, 철에 따라 새로운 옷도 얻어 입지 못했다. 아내의 빈자리는 그렇게 현실로 자리 잡았다. 무엇도 채울 수 없는 큰 허전함이었다.

고생만 했던 그대여, 잘 가시게

⸙

(전략) 나는 글 읽는 것만을 좋아하고 가정 일에는 소홀하였다. 어른을 섬기고 자식을 기를 재화를 마련하지 못하여 알 수 없는 병을 오랫동안 앓아 고질이 된 대부인(大夫人)께 드릴 특별한 음식은 말할 것도 없고 아침저녁거리도 항상 없었는데 부인이 바느질 삯품을 팔아 공양을 하였다. 겨울 추위에도 솜옷을 입지 못하여 부엌에서 음식을 만드느라 피부가 쩍쩍 갈라지면서도 감히 고통을 말할 수 없었다. 대부인은 성품이 엄하여 조금이라도 마음에 들지 않으면 바로 허물을 꾸짖었는데 고개를 숙이고 감히 변명하지 않았다.

나의 홀로 된 고모가 의지할 데가 없어 우리 집에 와서 같이 살았는데 받들어 모셔서 마음에 들도록 했다. 나의 어린 동생을 매우 은혜롭게 보살핀 결과 장성하여서도 수숙(嫂

叔)간이 되는 줄을 몰랐고, 이를 미루어 그의 부인에게까지 베풀어 동서 간이 되는 줄을 몰랐다. 그의 어린 아들을 사랑하여 무릎에서 떼놓지 않았는데 그 어미와 나란히 앉아서 아이를 부르면 아이는 어미에게 가지 않고 부인에게로 갔다. 이에 친척이나 이웃 사람들이 하나같이 '현부'라고 칭찬하였다.

다른 사람의 부유함을 보면 시기하거나 부러워하는 마음 없이 일찍이 말하기를, "다른 사람은 부유하고 나는 가난한 것은 운명이다." 하였다. 온종일 먹지 못해 등이 굽어 일어나지 못할 때에도 나에게 성내거나 비난하는 말을 한 적이 없었다. 내가 과거에 급제하여 신은(新恩)으로 어사화를 꽂고 일산(日傘)을 쓰고서 귀향해 부모님을 뵐 때에 가난한 집 부인네로서 남편이 등과(登科)한 것을 보고도 조금도 기뻐하는 빛이 없었다. 부인의 안색을 은밀히 살펴보았는데도 변하지 않았으니, 그 타고난 성품이 이처럼 편안하고 고요하였다. (후략)

추증된 아내에 대한 묘지다. 남편의 관직이 올라가면 아내도 따라 추증된다. 아내가 먼저 세상을 떠나고 자신의 관직이 올라갔을 때 심회를 담아, 제문이나 묘지를 쓰는 경우가 있다. 승진에 따른 각종 경제적 여유로움을 더 이상 함께 누릴 수 없는 것에 대한 아쉬움 때문일 것이다.

정범조도 이때의 감회를 담아 묘지를 썼다. 그는 비교적 관운이 늦게 트였다. 41세에 문과에 급제하여 사직원 직장으로 벼슬을 시작하였다. 그의 아내는 그로부터 2년 후에 세상을 떴으니 남편의 성공을 함께 누리지는 못했다. 이 묘지는 1781년 8월에 아내의 무덤을 이장하며 쓴 것이다. 당시 그는 5월 동부승지를 거쳐 12월에는 대사간이 되었고, 곧 풍천부사가 되었다.

남편은 그 옛날 일을 떠올린다. 가정 일을 아내에게 맡겨두고 과거공부에만 몰두했다. 시어머니의 고질병에 대한 오랜 병수발은 오로지 아내의 몫이었다. 그나마 경제적인 여유라도 있었으면 조금 상황이 나았겠지만 그렇지도 않아 삯바느질을 해서 아내는 약이며 음식을 대야만 했다. 게다가 시어버니가 엄한 사람이라 맞추기 어려운 성격이어서 며느리를 자주 꾸짖었다. 게다가 시고모까지 모셔야 했으니 그 어려움을 짐작하고도 남음이 있다. 아내는 어려운 수숙과 동서와도 허물없이 잘 지냈다. 동서와 함께 앉아 조카들을 부르면 제 어미보다 아내에게 조르르 달려왔다. 아내는 그런 사람이었다.

다른 사람이 부유하다고 시기하거나 부러워하며 바가지를 긁지도 않았다. 아내는 이렇게 말했다. "다른 사람은 부유하고 나는 가난한 것은 운명입니다." 행과 불행은 사실 객관적인 상황이 불러온다기보다 마음이 만들어낸 허상인 경우가 많다. 그래서 불행은 자신이 가지고 있는 것에 대한 감사보다 없는 것을 욕망하는 데에서 싹튼다. 그녀는 자신이 갖고 있지 않은 것에 욕심내지 않고 순명했다. 이런 평소의 마음 씀씀이는 남편의 등과(登科) 소식에서도 확인할 수 있다. 그토록 기다렸을 남편의 과거 합격 소식에 그녀는 조금도 기뻐하지 않으며 담담해했다.

정범조는 아내가 세상을 떠난 지 16년 만에 이장을 하고 묘지를 직접 썼다. 이제 할 수 있는 것은 아내에 대한 고마움과 그리움뿐이다. 어떤 일은 세월이 갈수록 첩첩이 감정을 더해간다. 지금 이렇게 살고 있는 것은 모두 아내의 덕분인 것만 같다. 그가 구구절절 한 말을 요약하면 다음과 같다.

"고생만 했던 아내여, 잘 가시게."

아내의 묘를 개장하며

玄堂重啓九原深	무덤 다시 열었더니 저승은 깊어서는
依舊音容不可尋	변함없는 모습을 다시는 찾을 수 없네.
那及夢魂能彷髴	꿈속에 넋을 만나면 그 사람 같더니
堪悲衣襚盡銷沉	문드러진 수의는 슬프기가 한량없네.
東楹奠食非中饋	동쪽 채에 올린 잿밥은 점심이 아니고
半壁流塵有斷琴	구석엔 먼지 쌓인 끊어진 거문고 있네.
猶自依依似相守	그래도 헤어지기 아쉬워 서로 지키니
曉來薤唱又何岑	동트고서 곡하면 또 얼마나 슬프려나.

— 아내를 옮겨 묻고 감회를 적다(改葬室人述感)

이 시는 아내의 무덤을 개장하는 날의 감회를 적었다. 아내
와 재회하는 날이다. 이승에서의 재회는 아내의 죽음을 확실하
게 확인하는 시간들로 다가온다. 꿈속에서는 그래도 생전의 모

눈썹을 펴지 못하고 떠난 당신에게

습으로 찾아왔지만, 현실에서 아내는 썩어가는 수의 안에 있을 뿐이다.

(전략) 아아, 애통하다! 나는 당신보다 1년 먼저 태어났는데 당신보다 뒤처져 17년 동안이나 죽지 않고 있으니, 그동안 인생의 변화가 심하였소. 당신이 죽은 지 4년 만에 딸아이가 죽고 7년 뒤에는 어머니가 돌아가시고 5년 뒤에는 며느리가 죽었으니 내가 죽지 않은 것은 당신이 죽어 모르는 것만 못하오. 이제 당신의 관을 꺼내 영구를 방에 놓아둔 지 5일인데 당신의 음성과 안색을 다시 볼 수가 없고 또 장차 땅에 들어갈 것이므로 산 사람의 슬픔만 더할 뿐이라오. 그러나 내가 당신과 이별한 지 17년으로 앞으로 내가 세상에 오래 살아봤자 20년에 불과한 것이니 인간세상에서의 이별은 40여 년에 불과하지만 지하에서 만나 같이 있을 날은 무궁할 것인데 내가 또 어찌 슬퍼하겠소? 나지막한 언덕은 당신의 언덕이면서 나의 언덕이고, 깊숙한 혈은 당신의 혈이면서 나의 혈이라오. 죽어서도 아는 것은 내가 당신과 더불어 알 것이고, 죽어서도 모르는 것은 내가 당신과 더불어 모를 것이니, 아아! 애통하오.[8]

아내의 무덤을 개장하면서 쓴 글이다. 한 살 터울의 부부였지만 자신은 17년이나 더 살았다. 그간 참으로 많은 일이 있었다. 아내가 죽은 뒤 4년 뒤에 딸아이가 죽고, 7년 뒤에는 어머니가 돌아가시고 5년 뒤에는 며느리가 죽었다. 이런 아픔을 겪었으니 차라리 죽는 것만도 못한 시간들이었다. 길어야 20년을 더 살 테니 그 후에 저승에서 만나 영원히 함께 살자고 했다. 언참(言讖)이 되었는지 그는 정말 20년 뒤에 세상을 떠났다. 그들은 다시 만나서 또 다른 사랑을 이어갔을까.

눈썹을 퍼지 못하고 떠난 당신에게

1장. 꿈속에서 살아온 내 아내 ──────────────

1. 「亡室贈貞敬夫人吳氏遷葬破墓告由文」: …昔歲庚午, 余觀南邑, 君時腹娠, 六七其朔. 臨別把袂, 所托何言, 他日合窆, 愼無忘胏, 余實驚惑, 曰無妄說. 我歸當遄, 安用悲觖…

2. 「鳥嶺店舍 夢起感吟」: 孤魂不怕千尋嶺, 又逐郞行此地來.

3. 충주(忠州) 서쪽 신니곡면(申尼谷面)에 속했던 마을이다.

4. 「崇善店 夢室人自言生還 覺後不勝涕淚 聊書此」: 野店蕭蕭落月空, 曉寒燈焰不成紅. 死人亦有生還日, 安得人間似夢中.

5. 이 시부터 뒤에 나오는 시들은 조순희의 번역을 참고하여 가감했다.

6. 「女四書序」: 嗚呼! 女四書一册, 贈貞敬夫人同福吳氏手蹟也. 夫人十五歸于余, 二十九, 終於京師之桃洞第. 時余趨覲先大夫比安任所. 未及言旋, 聞夫人病死. 掩涕登途, 還舊第, 雪積于庭, 塵翳于室. 惟數婢守一棺而已. 夫人無子女, 何從以求其影響? 嗷嗷然躑躅彷徨, 忽見諺書一卷顚倒几案之間. 卽夫人所書書女四書而未及了者也. 字畫婉如見其人. 於是收以藏之於夫人所嘗用小鳥几, 移置吾寢處之傍. 蓋慮其遺佚也. 竊觀近世閨閤之競以爲能事者, 惟神說是崇. 日加月增, 千百其種. 僧家以是淨寫, 凡有借覽, 輒收其直以爲利. 婦女無見識, 或賣釵釧, 或求債銅, 爭相貰來, 以消永日. 不知有酒食之議組紃之責者往往皆是. 夫人獨能不屑爲習俗所移, 女紅之暇, 間以誦讀, 則惟女書之可以爲範於閨壺者耳. 從以貴神精鳩紙墨, 偸隙以書, 如副課程. 其有味於聖賢之格言如此, 不賢而能之乎? 此非敎女及寡妻, 實習性然也. 其可不傳示吾子孫, 使推此以知夫人之賢有儀也. 後數十年, 余赴松京留後. 偸兒入京第, 捲吾日用具以走, 小鳥几亦入其中. 噫! 手筆之猶得以彷象夫人者, 今不可復見矣. 每念之, 不勝愴然. 序其事, 思至則書. 번역은 다음의 책을 참고했다. 박지원 지음, 안대회, 이현일 옮김, 『한국 산문선 7』, 민음사, 2017.

7. 「祭亡室贈貞夫人吳氏墓文」: …念君始歸, 我時貧寠. 坡南之屋, 背郭如斗. 三日入廚, 井臼寥落. 和氷曉頮, 纖指皴瘃. 貧賤糟糠, 艱難備閱, 癏寐祈祝, 所天賢達. 辛苦蜜熟, 哀爾蜂飢, 煌煌榮誥, 冥漠何知? 不才欺天, 聖恩偏誤, 旆麾軒轟, 履玆畿輔, 廩米流脂, 峙柴如阜, 他人入室, 琴瑟是鼓, 寂寞泉途, 能不冤泣?每理疇昔, 我懷潛盡. … 번역은 다음의 책을 참고했다. 강성숙, 『18세기 여성생활사 자료집 5』, 보고사, 2010.

8. 「祭亡室文」: …雖然, 余老矣, 人生必至之事, 要不甚遠. 他日相逢, 其會也無窮期. 而

今日之嗷嗷然傛焉怡如失者, 安知不爲相視一笑之資耶? 吾以此慰心, 君亦以吾心爲心, 安以歸之… 번역은 다음의 책을 참고했다. 강성숙, 『18세기 여성생활사 자료집 5』, 보고사, 2010.

2장. 함께 살지 못한 집

1. 이 아이의 죽음에 「附祭殤女文」을 썼다.

2. 아이를 잃은 아픔이 아내의 병을 더 악화시켰던 것 같다. 아내가 아이의 염을 직접 하겠다고 나서기도 했다.

3. 「枕上集序」, 「喪葬記序」, 「喪葬記」, 「亡室言行記敍」, 「言行記」, 「眉眼記序」, 「望奠祭亡室文」, 「發靷前告亡室文」, 「秋夕祭亡室墓文」, 「上親庭書」, 「西行告亡室文」, 「在西郡正朝替奠告亡室文」, 「書告祭文後」, 「新山種樹記」, 「淚原」, 「亡室大祥前一日告文」, 「生辰告亡室墓文」, 「端午告亡室墓文」, 「亡室初忌日薦佛疏」, 「亡室墓誌」, 「大芚寺觀音供飯記」, 「借隱屛跋」, 「亡室實記序」

4. 「望奠祭亡室文」: …百憂晨枕, 聽雷無燈. 平生懺悔, 忽如悟僧. 死固可悲, 生亦何歡! 悠悠一夢, 子先遐觀. 前年此日, 憶在南園. 氷盤餅莍, 歡笑當軒. 兒能紉綜, 子爲斟樽. 我醉吟詩, 竟晝且昏. 牢落至今, 在家如客. 如子不昧, 爲我深慽. 餘花繞堂, 鳴蜩在林. 天雲地水, 庶幾來臨. 尙饗. 김영진의 번역을 참고하여 가감했다.

5. 「眉眼記序」: 微之詩曰: "惟將終夜長開眼, 報答平生未展眉." 此眉眼記之所出作也. 旣不得揩手展眉, 長開之眼, 何補於未展之眉? 眉未展而至死, 將願續百身, 又奚至眼之長開乎? 謂此相報, 吾知其不足. 眉未展, 愁止於一時, 眼長開, 愁至於終身. 謂此相報, 吾又知其有餘也. 雖然, 以愁報愁, 又何論其有餘不足也! 古人云, "至哀無文"誠哉言也! 余於今年, 哭女又哭君, 哀至矣. 非喪葬記告祭文, 未嘗有文, 况於詩乎! 旣而爲遣哀, 勉爲詩文, 文而有序記書銘誌跋雜文, 詩而有近體古體詩歌行, 集爲一編. 嗟呼! 豈文乎哉, 詩乎哉! 哀則有之, 皆得之於眼開之時, 合而名之曰眉眼記. 泰登書. 김영진의 번역을 참고하여 가감했다.

6. "古人誰爲此者? 其意甚盛. 但此亦有道, 戴珮而忘負戴, 不可以久於戴珮, 負戴而慕戴珮, 負戴且不可爲矣." 余聞其言, 不覺異之曰: "子何以知此?" 君笑曰: "豈有知乎? 但吾觀世人, 處貴而惡賤, 卒而願

7. …顧余心氣孤弱, 忽忽不自恃, 念餘年不過數三十年, 而一死之後, 千百年無窮已也. 於斯而知所歸焉, 則又不啻南園之於坡山. 生不得於坡山之廬者, 死可以永相得於坡山之山, 而樂且未艾. 此余所以種樹於新山, 而約種於廬者, 按其品, 一移之於山, 償余之志, 寓余之悲, 又使余之子孫後人, 知余之心, 毋敢毁傷. 或曰: "子且不謀生, 而爲死後計, 死而無知, 何計之爲?" 余曰: "謂死無知, 是余所不忍也." 癸丑四月初三日, 泰登書于墳菴. 김영진의 번역을 참고하여 가감했다.

8. 「淚原」: …余有憂慽, 自殯而墓而主, 或一哭而一淚, 千百哭而不一淚. 在位而哭, 豈其不哀而不淚? 不在位不哭, 而忽然淚簌簌下. 神人之際, 理固冥昧, 而未有不感而應

눈썹을 펴지 못하고 떠난 당신에게

者, 感而不應者. 以此之感, 知彼之應, 則顧不啻若起居飮食之相通. 離而千里, 久而朞月, 娛心而琴篴滿座, 應事而書疏堆案, 杯樽而爲忘形, 博奕而爲寓志, 凡此皆無事乎淚, 而有觸則感. 感未嘗與淚謀, 而淚隨感生. 其所以應之者, 不但止於焄蒿悽愴, 而無適不在. 又何論其在位不在位, 哭不哭也? 余故當祭而哭而淚則曰: "其祭矣." 否則曰: "所謂如不祭矣." 有時乎感而淚則曰: "在左右矣." 否則曰: "泉路遠矣." 是作淚原. 김영진의 번역을 참고하여 가감했다.

9. 「告亡室墓文」: 哀予至慟, 祿不及養. 得之不得, 俱滋于頞. 尙有何念, 或及糟糠. 然而人情, 未忍遽忘. 俸錢營祭, 古人之詩. 自子始亡, 余所深悲. 白首一縣, 其小如斗. 凡人所薄, 在余則厚. 雖富且榮, 何樂之有! 末流僕御, 外及賓友. 從我行者, 一皆非舊. 女兒有子, 年及丱角. 其母說與, 我家故蹟. 吾兒傍聽, 笑語相樂. 悲猶可歡, 生或勝死. 行將久曠, 懷不自已. 略玆陳告, 若鑑在邇. 김영진의 번역을 참고하여 가감했다.

3장. 길기만 한 하루의 시간들을 어이할까

1. 『幷世才彦錄』: 沈翼雲, 字鵬汝, 文科進. 家承靑平都尉繼子派, 以先係改易事, 負名教罪. 又以兄翔雲, 累坐廢. 兄弟, 能文善詩善札翰. 翼雲詩, 淋漓紆餘, 不似今之拗乖語. 其五古曰: "飯牛置空桶, 羣犬來舐之. 語犬且莫舐, 此是牛之餘. 聽之若無聞, 搖尾舐不休. 見此起長歎, 犬牛誠一流."
2. 심익운의 문집으로는 『백일집(百一集)』만이 알려져 있다. 『百一辛集』의 존재는 내가 최초로 소개했다.
3. 天下之窮民四曰, 鰥寡孤獨, 然孤者, 未必無慈, 獨者, 未必無妻. 又飮食衣被, 女子攸事, 理生之艱, 寡不及鰥. 此鰥之所以首四民者歟. 余居鰥六載. 抱玆苦辛, 昔有聞於前言, 今乃見夫吾身. 始愴恨而悼逝, 終蹇連而憫存. 嘗謂曾氏之不娶, 匪逆惡於新人, 蒙叟之長歌, 聊托名於曠士. 彼聖與達, 尙猶如此, 況其下者乎.

   撫念髫稚, 憧憧在心, 何歲月之遲遲, 若種樹而待陰. 任母道於父敎, 亦先慈而後嚴. 雖復騰踏琴書, 涴汚牕几, 招之不來, 麾之不去. 初不忍乎詆呵, 尙奚論於楚榎. 日夜望其長成, 夫焉知其他也.

   若乃春朝始陽, 百鳥和鳴, 覽物興懷, 感與事幷. 去鴈復還, 雝雝於雲表, 舊燕尋巢, 喃喃乎樑橑. 彼皆然矣 可以人而不如鳥乎? 爾乃朱明代節, 赤帝司權, 盛暑鬱蒸, 長日如年. 心煩增憂, 體疲益倦. 獨臥空軒, 以書覆面, 苟北牕之夢, 可以謁羲皇. 則吾欲問儷皮之禮, 何爲而刱此禍萌. 雖其悼傷之情, 愈往愈深, 无時无處, 自古及今. 然秋冬之交, 尤難爲懷. 天地寥廓, 風雪凄喈. 敗絮靡補, 布衾易冷. 如有隱憂, 不寐耿耿, 是眞所謂鰥也.

   故夫百年之內, 四序之間, 觸境寓目, 多戚少懽, 此鰥之苦也, 兄弟旣具, 和湛其樂, 一人向隅, 居家如客, 此鰥之悲也. 雖有所遇而非其眞, 狼子野心, 終不可馴, 此鰥之情也. 故有知鰥之苦, 而不知鰥之悲者, 知鰥之悲, 而不知鰥之情者, 鰥而至於知其情, 則是能鰥矣.

1. 鮑照「擬行路難」十八首 중에서 其九, "剉蘗染黃絲, 黃絲歷亂不可治. 我昔與君始相值, 爾時自謂可君意. 結帶與君言, 死生好惡不相置. 今日見我顏色衰, 意中索寞與先異. 還君金釵瑇瑁簪, 不忍見之益愁思."

2. 『玉臺新詠』「古絶句」四首 중에서 其一 "藁砧今何在 山上復有山 何當大刀頭 破鏡飛上天."

3. 蘇軾. 「席上代人贈別」三首 중에서 其三, "蓮子擘開須見臆, 楸枰著盡更無期. 破衫却有重縫日, 一飯何曾忘却匙."

4. 『世說新語』「排調」"謝公始有東山之志, 後嚴命屢臻, 勢不獲已, 始就桓公司馬. 于時人有餉桓公藥草, 中有遠志. 公取以問謝, '此藥又名小草, 何一物而有二稱?' 謝未即答. 時郝隆在坐, 應聲答曰: '此甚易解. 處則爲遠志, 出則爲小草.' 謝甚有愧色. 桓公目謝而笑曰: '郝參軍此過乃不惡, 亦極有會.'"

5. 『春秋左氏傳』「宣公 12」"叔展曰 有麥麴乎 曰 無 有山鞠窮乎 曰 無 河魚腹疾奈何 曰 目於眢井而拯之 若爲茅絰 哭井則己 明日 蕭潰 申叔視其井 則茅絰存焉 號而出之."

6. 漢書「李陵」傳 立政等至 單于置酒賜漢使者 李陵衛律皆侍坐 立政等見陵 未得私語 卽目視陵 而數數自循其刀環 握其足 陰諭之 言可還歸漢也.

7. 竇滔의 아내 蘇氏가 流沙로 쫓겨난 남편을 그리워하며 비단 옷감 위에 迴文詩를 지어 보낸 고사에서 유래한 것이다. 『晉書』「烈女」竇滔妻蘇氏 始平人也 名蕙 字若蘭 善屬文 滔 符堅時爲秦州刺史 被徙流沙 蘇氏思之 織錦爲迴文旋圖詩以贈滔 宛轉循環以讀之 詞甚悽惋 凡八百四十字 文多不錄.

8. 『世說新語』「捷悟」魏武嘗過曹娥碑下 楊脩從 碑背上見題作黃絹・幼婦・外孫・齏臼八字 魏武謂脩曰 解不 答曰 解 魏武曰 卿未可言 待我思之 行三十里 魏武乃曰 吾已得 令脩別記所知 脩曰 黃絹 色絲也 於字爲絶 幼婦 少女也 於字爲妙 外孫 女子也 於字爲好 齏臼 受辛也 於字爲辭 所謂絶妙好辭也 魏武亦記之 與脩同 乃歎曰 我才不及卿 乃覺三十里 이 시에 대한 해설은 이국진의 논문을 참고했다.

9. 李學逵, 「擬祭亡孺人文」, 『洛下生全集』(중), 476-482면. 嗚呼! 忍言哉? 孺人之於予, 有大恩而不克報, 有至恨而無以慰. 予所以或中夜起坐, 想極如癡, 五內燥熱, 不能自已者也. 予之南也, 有弊廬十數楹, 不葺且數年, 有薄田在嶺西, 斥賣已過半矣. 先妣夙嬰羸疾, 奄奄在席. 孺人蓬首垢面, 日賃針線, 夜以繼晝, 凡甘之需, 藥餌之須, 無少闕焉, 十五年如一日也. 每家書至, 先妣道孺人誠孝不置, 孺人則無一言及苦況也. 此大恩不克報也. 孺人平日雖甚苦難, 無怨恨愁嘆聲, 非大病垂死, 則不言楚痛也. 予之南也, 初亦不言契闊之苦, 離索之難也. 越十年後, 有書數百行, 有曰: "髮之白者, 已不可鑷, 肌之腠者, 且可瘢摺, 如是而復見夫子, 反不益羞澁乎?", 非死侯至近, 情溢心迫, 則必無有此語也. 此至恨無以慰也. 嗚呼! 忍言哉? 記予在家, 夏秋之交, 薪米恒不繼也. 孺人嘗煮苦瓠糝棗豉, 力勸予盡之, 予反勸孺人一嘗, 相視以爲笑. 及後家益落, 兒子且病臥, 苦瓠臭豉, 亦無勸一嘗者, 竟積餒得疾以死. 當予之告別,

孺人無一言, 但俛首摩挲予衣裾, 視其眦, 若有凝淚. 及後病亟, 聲嘶氣咽, 亦不能一言及予也. 정우봉의 번역을 참고해서 가감했다.

10. 李學逵, 「答丁參議若鏞書」, 『총간』290집, 481면. "嗟乎! 居南二十年間, 酷罰偏苦, 無復人理, 離家甫四年, 而始聞穉子夭逝, 私自哽咽而已. 至十五年, 而室人繼殞, 就居停, 設虛位, 一慟成服而已. 終于十九年, 而老親捐背, 天乎人乎? 誰爲此荼毒螫辛乎? 嗟乎! 凡世之橫目而豎行者, 孰非人子乎? 有貽罹其親如某者乎? 重勞其親如某者乎? 遺疾病飢寒于其親如某者乎? 然且斂不能視玲, 靷不能執綍, 奠不能一獻, 窆不能一訣, 視息自存, 奄踰朞月, 寧有頑忍如某者乎? 矧又功緦之戚, 十七八九, 姻婭之親, 百無二三, 以至胥隸舊識, 先世僕役, 每從兄書至, 報某已長逝, 某也遷徙者, 歲無虛月. 假使今日蒙宥, 明日還鄕, 詎復有握手驚倒, 揮涕敍情者乎? 所以於今世無情況, 一也." 정우봉의 번역을 참고해서 가감했다.

11. 李學逵, 「與某人」, 『총간』290집, 374면. "此中有四般苦況, 不比他苦, 不可不令吾兄知之. 此中日夜所望者, 惟是一見家書, 而臨見家書時, 便如待勘重囚, 將見上司判詞, 胸中先自跳動, 如聞霹靂有聲, 殆難按下, 傍人亦謂我面色紅白不定. 纔見書, 了知老親如夙昔, 妻子粗過活, 卽便望明日又見如此家書, 定如病渴人, 纔飮過一盂凉水, 又思飮一盂凉水, 愈飮愈渴, 了無歇時. 此一苦也." 정우봉의 번역을 참고해서 가감했다.

12. 李學逵, 「與某」, 『洛下生全集』(상), 244-247면. 轉憶前日僕在家, 値二兒痘發, 方其化去, 觀夫呼爹覓孃, 宛轉懷抱中, 此時但覺心頭急跳, 手脚忙掉, 蹔願高飛遠走, 以離目前作惡也. 客多坐因樹屋中, 觀家書, 三兒因久痢化去, 不覺淚簌簌被面, 不恨三兒速化, 惟恨化去之日, 不復一見面貌也. 此如病瘧者, 當其寒時, 思量天下之物, 都似火山炎炎, 至其熱時, 又惟恐天下之物, 盡不如寒冰波沱. 嗟乎! 生死不可常, 而人情亦隨而無常. 世界如陽焰泡沫, 聚散懽慽, 能幾時乎? 정우봉의 번역을 참고해서 가감했다.

13. 이국진의 번역을 참고하여 가감했다.

5장. 당신과 함께한 60년 세월 꿈같았네

1. 이하 심경호의 번역을 따른다.
2. 「시골집에서 병석에 누워(田廬臥病)」
3. 「答兩兒 (壬戌十二月)」: 吾農云逝, 慘怛慘怛. 渠生可憐! 吾衰益甚, 而所値如此, 誠無以寬得一分也. 自汝輩以下, 凡失四男一女, 其一旬有餘日而折, 吾猶不記其面貌, 其三皆三歲而折, 皆方弄之爲掌珠而失之. 然皆死於吾與汝慈之手, 旣死謂之命也, 而刺割肝肺, 不如是也. 吾坐此涯角, 別之旣久而失之, 其別有層次. 且吾能粗識死生哀樂之理, 猶尙如此, 況汝慈出之懷抱之中, 而納于土出之中, 其生時一言一爲之可奇可愛者, 又琤於耳而森於目, 又況婦人之任情而不任理哉? 吾在此, 汝輩俱已壯大, 可憎, 所以爲生命之寄者, 唯此物耳, 況大病之後, 積瘁之餘, 承之以此事, 其不一兩日隨而盡者, 大是怪事. 設以身處其地, 忽然忘吾之爲乃父, 而但其母之爲悲也. 汝輩須盡心孝養, 以全其生. 玆後汝輩, 須誠心誘掖, 令二新婦朝夕入廚具旨甘, 察溫察冷, 時刻不離姑側, 婉容愉色, 萬方致悅, 姑或冷落, 不便欣受, 益宜誠心致力, 期於得其歡愛. 融融洩洩, 無一毫間然於中, 則久久自然孚格, 使閨門之內, 釀得一團和氣, 自然天地之和應之, 雞犬 · 蔬果之屬, 亦各熙熙然油油然, 物無夭閼, 事無絓掣, 吾亦得而蒙天之恩, 自然解還矣.

4. 여기에 대해서는 나의 이전 책에 잘 설명되어 있다. 『그렇게 아버지가 된다』, 휴머니스트, 2017.

5. 이때의 정황은 다음의 시에 잘 나타나 있다. 「처자가 배를 타고 소내로 돌아가는 것을 전송하며(送妻子舟還苕川)」

6. 「오잡조(五雜組)」(1802), 「양두섬섬(兩頭纖纖)」(1802), 「다시 여몽령(又)」(1806)

7. 「하피첩에 제함(題霞帔帖)」: 余在康津謫中, 病妻寄敝裙五幅, 蓋其嫁時之纁袡, 紅已浣而黃亦淡, 政中書本. 遂剪裁爲小帖, 隨手作戒語, 以遺二子. 庶幾異日覽書興懷, 挹二親之芳澤, 不能不油然感發也. 名之曰霞帔帖, 是乃紅裙之轉讔也. 嘉慶庚午首秋, 書于茶山東菴.

8. 정민, 『삶을 바꾼 만남』, 문학동네, 2011, 407면 참고. 하피첩의 사연은 정민, 「다산의 부정이 담긴 梅鳥圖 두 폭」, 『한국학 그림과 만나다』, 태학사, 2011에서 자세히 다루었다.

6장. 그대 없는 빈집에서 눈물만

1. 채팽윤에 대한 선행 연구는 다음과 같다. 여운필, 「희암(希菴) 채팽윤(蔡彭胤)의 시세계」, 『한국한시작가연구』Vol.13, 한국한시학회, 2009; 박경수, 「希菴 蔡彭胤의 輓詩 硏究」, 경북대학교 석사논문, 2010.

2. 「宜人韓氏墓誌銘」: 宜人皆不喜曰: "夫子以小技鳴, 吾實懼焉."

3. 「宜人韓氏墓誌銘」: 彭胤嘗閑居與人碁. 宜人切箴之曰: "夫子之於文章, 未之究也. 盍以其費之於博奕者移之, 夫子不朽, 我與不朽."

4. 「宜人韓氏墓誌銘」: 嚮使我專意文墨, 不以憂衣食亂心, 毫髮皆宜人力也. 方新莅邑, 不暇給一日具以答其二十年之勞, 且曰有待也, 宜人曾不待也. 於是損官膳無過三器, 所以志吾慟也.

5. 「四月十日祭亡室宜人韓氏文」: 嗚呼! 盡君之心, 以安吾身. 欲一娛君, 吾指玆辰, 君不少須, 我懷曷伸. 君在寥廓, 邈然不知, 我留氛濁, 惟兒是依. 細理前言, 宛其如昨. 謂山盖高, 不如吾之悲不極. 謂水盖深, 不如吾之淚不涸. 日遠日忘, 古人我欺. 久而愈新, 何以堪之. 翩翩雙燕, 使我心摧. 幽明一理, 能無我哀. 精誠可徹, 庶竭斯杯. 嗚呼哀哉. 尙饗. 김남이, 『18세기 여성생활사 자료집 7』, 보고사, 2010. 번역은 이 책을 참고하여 수정했다.

6. 「秋夕祭亡室文」: 嗚呼! 方君之病, 不知必死. 莫叩願欲, 將焉從事. 君神行空, 朝夕於
吾. 語言靡接, 心腹曷敷. 狠婢交狺, 薄産無主. 我躬疇恤, 我兒疇撫. 龜筮茫昧, 巫陽
誕荒. 幽明爾殊, 蕚結逾長. 花開葉換, 鶯燕互飛. 海雨喧簷, 山月窺扉. 昧朝難興, 薄
暮難還. 悲來如期, 萬緖千端. …김남이, 『18세기 여성생활사 자료집 7』, 보고사,
2010. 번역은 이 책을 참고하여 수정했다.

7. 「練日祭文」: 嗚呼! 去庭闈三舍之半, 而爲湖山百里之長, 行有軒盖, 居有使令, 自夫人
而觀之, 宜若可樂也. 疏籬凍銼, 所與共十年之糟糠者, 重城媛閣, 不能同時月之方丈,
吾悲飲恨, 哽不下咽. 是不忍一日復留, 而猶不免周歲之濡滯, 嗚呼, 獨何心哉? 兒日
以長, 倚父搖母, 吻昕之間, 左右父懷, 昏晝之際, 展轉父膝, 瞿瞿䀘䀘, 若無所依. 當
此之時, 生人之心, 不如死者之漠然, 丈夫之臉, 輒爲兒女之沱. 若而餘緣未了於夫婦
至情, 已鍾於母子, 則人雖不見, 理實相感, 倘來之靈, 其能不兔結彷徨於此耶? 嗚呼!
遺衣在笥, 宛帶去年之薰, 舊鏡安臺, 悅見平生之面. 心中所存, 不可以叩幽, 夢裏所
言, 不可以證明. 鴈思蛩哀, 秋悲滿目, 萬慮交割, 若受鋒刃, 徂序不留, 練期奄至, 酒
醪空湛, 時羞徒陳. 靈其有無? 来乎否乎? 文屢告而益新, 淚逾哭而不竭, 嗚呼哀哉.
庶鑑此情. 정양완의 번역을 참고하여 가감했다.

8. 연기(練期): 소상(小祥)을 지내는 시기. 즉 3년상이면 13개월, 기년상이면 11개월
만에 지내는 제사인 연제가 되었음을 말한다.

9. 「亡室小祥祭文」: …瑤草有牙, 琪樹有支, 何天於君, 掃跡無遺. 豈曰無遺. 有兒母君.
我相眉目, 典刑若存. 寢夢之間, 思至幽咽, 至情藹然, 穹壤可徹. 君亡不亡, 死生堪慰.
惟此五斗, 於我何貴, 遲回不去, 坐環今日. 遡竹哀籟, 縈簾凄月. 方病之貌, 怳然猶記,
臨絶之言, 不忍復理. 深思默惟, 萬悔千悼. 恩我實多, 負君不少. 逝將戒裝, 曰指京洛,
徑謁舅氏, 披露衷曲. …김남이, 『18세기 여성생활사 자료집 7』, 보고사, 2010. 번
역은 이 책을 참고하여 수정했다.

10. 「宜人韓氏墓誌銘」: …舅氏亟賞之, 視之猶丈夫子, 有疑事必咨. 雖異巷而居, 三日
必一觀. 舅氏御家嚴而有法, 子弟有過, 或數月不敢見. 奴僕有罪, 雖小不貸, 宜人必
婉容愉色, 從傍解之, 舅氏爲之霽威而從之. 旣病, 爲書於舅氏, 不任運觚, 彭胤止之
曰: "幸少間而爲之" 宜人曰: "何可已也, 此永訣也" 比革失聲而號曰: "七十老父, 吾
不復見矣, 嗚呼天乎" …김남이, 『18세기 여성생활사 자료집 7』, 보고사, 2010. 번
역은 이 책을 참고하여 수정했다.

11. 「亡室大祥祭文」: …風霜至而草花落者, 物之變也, 哀樂之用, 情之感也, 孰是有生
而情其獨無乎. 死者漠然而已矣, 子而漠然不知子之悲, 則吾之子悲也, 亦可以已矣.
然悲之纏於心也, 若草之有根, 泉之有源, 自生而自達, 尙何暇念子之知吾與不吾知
而逆制之哉. 嗚呼慟矣! 吾固不能爲荀奉倩, 又不敢望曾子, 從外而觀之, 宜若忘子
者也. 孰知其中之爲甚悲而有不得已者耶. …『빈 방에 달빛 들면』을 참고하여 가감
했다.

12. 「亡室韓氏墓立石告文後移韓山 與先生合窆」: 維歲次戊子二月戊寅朔十五日壬辰,
藍浦縣監蔡彭胤, 謹因立石之役, 埋誌於籠臺之下, 兼具薄奠, 告于亡室宜人淸州韓
氏之靈曰: 嗚呼! 疇昔之夢, 粲然而迎我者非君也耶? 夫何漠然而亡所覩, 使我嗷嗷

於孤墳. 君亡三載, 怳惚若存. 濟銅湖而西邁, 止凌陰之舊軒. 有杏依依, 君所植也, 有樓宛宛, 君所陟也. 園柯號而江鳥哀, 僮僕見我而不能言. 入都城而右轉, 窺南麓之朱門. 溪溜幽咽而草芽動, 松籟颼而悲風. 尋平生之影響, 閨閤無人今庭院空. 循左逕而遲遲, 及詠恩之吾廬, 頹垣破扉, 壞壁漫除. 排欞檻而擧目, 故物羅列而不移, 椳椳頹倒, 床簟離披. 煤穩施宇, 蛛網絡壁. 香塵未泯於行坐, 手墨猶留於封識. 擠北牖而流涕, 老桑離立於墻垂. 每年之春, 柔葉生枝, 君持懿筐, 我詠幽詩. 昔聯步而相追, 今携影而獨歸. 枝枝糾結而不解, 若方寸之酸悲. 邋迴出郭, 錯莫登山, 大江茫茫以西流, 人一去今何時還, 宿芽淒雨, 荒烟夕曛. 鴈雙雙以北去, 天杳杳以孤雲, 已矣哉. 百年飄瞥而不留, 嗟我悲君復幾時. 脩短自有定分, 我獨奈何乎天爲. 爰樹其表, 亦瘞其誌. 非曰死者之有知, 聊以慰我後死. 嗚呼哀哉. 김남이, 『18세기 여성생활사 자료집 7』, 보고사, 2010. 번역은 이 책을 참고하여 수정했다.

13. 「宜人韓氏墓誌銘」: 彭胤無子, 宜人無所不禱, 卒無子. 甲申取伯兄修撰公之第二子膚全而子之. 宜人出入于腹, 愍勤哟乳, 朝暮立之戶, 以驗其長. 兒亦少須臾不離, 不自知其非宜人出也. 人或斥之, 兒則嗔恚不食, 宜人愛之愈篤. 嘗於冬之夜, 圍短屏, 左右詩書刀尺, 夫婦相對卧, 全於其間, 宜人撫弄之曰, "如是百年足矣" 嗚呼! 此樂其可復得耶. 恒言曰, "全兒娶婦, 吾委吾産"病三日而謂彭胤曰, "吾病其恠, 必不起. 彼篋笥中所藏去者, 皆爲全兒妻. 勤守之, 以致吾遺意"彭胤驚起而慰之曰, "子之病特不汗. 汗則愈, 此言奚爲發哉!" 嗚呼! 其竟至於斯也. 得稍延五六年, 以見新婦之來, 且無恨矣. 而使九歲之兒, 暴然啼哭, 死能有知, 其亦瞑目矣乎. 김남이, 『18세기 여성생활사 자료집 7』, 보고사, 2010. 번역은 이 책을 참고하여 수정했다.

14. 당시 응동의 입양 경위에 대해서는 『그렇게 아버지가 된다』, 휴머니스트, 2017에 잘 나와 있다.

7장. 스승이자 친구였던 당신

1. 李匡師, 「亡室孺人文化柳氏記實」, 『斗南集』卷1: 匡師被縶, 在三月六日, 孺人見其狀, 已不欲生. 且謂"是家人入在中, 豈有生理? 旣不得生, 吾何所顧待, 苟活? 然我念先考愛育, 不忍刃毁遺體. 男子七日不食死, 女子八日不食死, 八日是吾在世限"遂不沾勺飮者六日, 忽謁言起, 謂下我捕廳, 將極罪, 孺人聞卽起, 以白綿布自財於屋傍檐梁下, 先緩後急, 相機勇斷者, 求之古烈婦, 果有此乎? 정양완의 번역을 참고하여 수정했다.

2. 李匡師, 「亡室孺人文化柳氏記實」, 『斗南集』卷1, 규장각본: "若孺人, 卽平日行身, 無一不正, 處事無不合義, 不欲以非義不正近於身, 當大節, 就義是必然耳. 余卽知已熟矣. 余始受罪, 後卽認聖上附生議, 數旬安閒在獄中, 外間無以知, 心知孺人必已死' 及出囹圄, 兩兒持衰迎, 見之不甚驚. 정양완의 번역을 참고하여 수정했다.

3. 李匡師, 「亡室孺人文化柳氏記實」, 『斗南集』卷1: 見吾過差, 雖微細, 未嘗不言, 余心實警服以親昵, 故口不曾許可. 孺人曰: "世間婦人對丈夫, 必贊耀褒美以容悅, 余性

不克阿諛, 一未嘗敷揚君子, 長見微過, 痛言不諱, 亡謂我不知心而惡之, 且虛受不足, 何莫一肯吾言也? 정양완의 번역을 참고하여 수정했다.

4. 李匡師, 「亡室孺人文化柳氏記實」, 『斗南集』卷1, 규장각본: 教兩子嚴而法, 甚功十勝於嚴父. 愛兩子婦無異己女. 教有度, 外不借慈愛, 見余過於恩愛, 每切諫. 晚有女, 絶愛之, 而不作驕癡. 及決以死, 送託伯姒, 囑曰: "俾善在, 勿以父母爲念, 齎授魚果以決, 終不復見. 정양완의 번역을 참고하여 수정했다.

5. 兒輩或言利, 必痛責曰: "小兒亶當知孝悌爲行已, 利之一字曷爲萌心, 發於口? 長此心, 將無不至!"

6. 兒輩或以微物求人, 譙讓甚切曰: "士大夫家子弟, 惡可出賜我二字. 世之貪惏不法者, 不逈漸此習"

7. 得蒙天恩, 日月之明, 曲察至寬之情. 被放還日夜期望, 危疾苦心竝不可支, 隔死如紙, 天佑神助歸家之後, 聞我已死, 藉是平昔厭惡之大婦, 人情必不勝惻怛. 不孝於老親極矣. 傷念膝下, 不忍斷棄, 念此三事, 强欲苟活, 頃刻之間, 肝腸盡熖. 斷以一死, 心始泰然, 三事終莫能敵此一心, 將奈何哉! 率諸子女, 好送餘年. 不勝哀痛, 書留數字. 정양완의 번역을 참고하여 수정했다.

8. 心知我必死不還, 第留書, 故作姍姍數語, 辭簡義正, 無一荒亂說, 其臨死從頌如此.

9. 「亡妻安東權氏墓誌銘」

10. 「祭柳氏墳前書」: 永別之後, 春辭夏盡, 霜風懍懍, 不審是辰, 玉體安穩, 舅姑福地, 近在相望, 晨昏奉陪, 能慰平昔, 不逮事之恨, 兒子肯孝, 遠者絶塞, 親屬書槓, 萬床盈握, 獨無吾孺人之一字, 吾所報函, 且成累幅, 亦無寄孺人之半語, 是何情事? 腸同欲寸斷, 涕淚如河傾, 生而斷魂, 不如死而同穴, 切祈速化, 而神不俟顧, 永日長夜, 此生良苦, 割棄同裯之恩愛, 永謝膝下之慈戀, 抛胥宇之華屋, 就無人之空山, 荒燕滿原, 怪禽時鳴, 悽風冷雨, 日夕交作, 孤臥深竈, 未睹日月! 精爽有覺, 若爲聊遣, 同床席, 食粱肉之樂, 今生可復得耶? 幽靜之姿, 正淑之儀, 今生可復覯耶? 吾有所嗜, 誰誠供之, 吾有所需, 誰復營之? 吾有所失, 規者何人, 吾有所疑, 質者何處? 三光可凋, 此恨寧有窮時. 兒子之歸, 寫此哀情, 令告靈筵, 再讀玄堂之前, 而焚之, 昭明之魂, 庶髣髴而臨聽, 惻此老鰥之情. 淚漬于墨, 辭不達. 정양완의 번역을 참고하여 수정했다.

11. 「孺人生日祭文」: 三月十一日己卯, 實我亡室孺人文化柳氏初暮. 夫李匡師鷄鳴出, 野哭竟日, 哀痛作文, 待使送家, 令以五月辰庚, 讀于筵. 嗚呼! 五月之三, 君所降辰. 每歲是日, 窓白不分, 子偁婦女, 齊來省晨, 余亦蚤仁, 相就語君. "今異常日, 合有具陳, 以娛令節, 且及兒孫" 君笑而答, "吾何貴尊, 以吾之生, 何足有煩?" 余又笑謂, "兩子成婚, 爲家主母, 不尊何云" 如是訕對. 朝旭已翻, 君親庭婢, 忽已入門. 頂戴木器, 覆以靛巾, 手擧器下, 口致主言, "此物雖些, 可賜兒溫" 一面開解, 熱氣騰噴, 湯餅和雉, 有肉有鱗. 新婦爲政, 分排敏勤, 相對極飽, 家皆極均. 余顧而戲, "今日生人, 何遽笑語, 何遽長身, 不乳而饌, 又何其神, 其所夙悟, 遠過高辛" 一座皆笑, 君亦啓齦. 意謂至老, 此樂可頻, 以是自慰, 聊忘賤貧. 豈謂前年. 未及食新, 未見是日, 遽自成仁, 前年此時, 余正北奔, 行到明川, 是日適臻, 曉起旅枕, 淚自獨捫. 八月將晦, 日維庚申, 余遭磨蝎, 落此濁塵. 百穀登場, 家果滿園, 君必爲余, 欲具羞珍, 余每揮手. "切勿紛紜. 我命奇舋, 蚤失雙親, 逢劬勞日, 哀痛甚存, 飮食自樂, 是何人倫" 君不敢强, 朝饗夕飧, 作一別味. 手自亨燔, 余置盤下, 一不近唇, 君每大恨, 勸食甚諄, 余終不應, 君毎蹙顰. 只今追惟, 爲恨可論. 恨不大嚼, 見君懂忻.…

12. 장단 무덤 앞의 시냇물이 옥심계이다(長湍墓前溪 爲玉心溪)

13. 「亡室柳氏禫祭祝文」: …參駕雲馭, 排闥叫閽, 謁帝號籲, 以帝至仁, 必乘矜顧. 附囑太乙, 令營魄復聚, 不震不思, 善攝善護, 去尋遺幹, 卽得還度. 棺自脫衼, 絞自解布, 雖已葬下, 以帝神助, 不勞畚鍤, 棺自出墓. 滅鐙復炷, 羃夢初痌, 紅顏反故, 如春陽照. 瑳然其笑, 躔然其步. 聞余在北, 趣裝燕赴. 隔世相逢, 其喜可論. 共說前塵, 淚輒交語. 君有冥蹟, 我誇恩數. 俱再生人, 萬古奇遭. 以我再生, 雙拜宸御, 以君再生, 並禮太素. 是或不諧, 又有望庶, 深閨靜女, 死或逃遽, 未及殞殲, 載魂投擲, 貌異心是, 餘緣復固. …憂樂無與, 同朝玉皇, 齊聲哀籲, 佛住天堂, 仙居縣圃, 皆所不願. 願人形復賦, 各生兩家, 得成嫁娶, 好續前緣, 錫之福祚. 滿眼兒孫, 永世燕譽, 前世事蹟, 盡令省悟, 相說咨嗟, 相視樂孺, 前世子女, 乞餘福傳. 了此願後, 善因相務, 報上帝深恩, 仙佛同作, 上帝神聖, 必見許恕, 今願止此, 更無覬覦. 紀此意作文, 歸使是附, 靈必垂晤, 見我肺腑, 哀此轍鮒, 默有指措, 嗚呼哀哉尙響. 정양완의 번역을 참고하여 수정했다.

8장. 세 명의 아내를 잃다

1. 이 아내에 대한 시로는 「效古歌述懷」, 「憶室人」 등이 있다.

2. 두 아들의 관예(冠禮)에 각각 「冠仲子榮顯文」, 「冠季子榮慶文」을 남겼다.

3. 「나무빗에 느낌이 있어서(感木梳說)」: …余在昔乙酉, 委禽於歸窩兪公之門. 回想如昨日事, 而余今老白首, 室人之亡已二紀. 婢使之從來者, 亦無餘. 只有一木梳, 留在紙貼中, 卽當日東萊所設也. 噫! 其久矣哉. 余自中年以來, 閱家難萬死, 絶海窮塞之竄謫, 深峽荒野之流離, 凡所傳家者, 並與書籍, 而靡不散失. 惟此一物, 與余五十年無恙, 尙爲余用, 理短髮愈便, 余於甲戌冬, 在安山, 燈下梳, 以此語座客稱其久, 且曰: "壽則壽矣, 從余閱百艱, 豈不窮哉" 客曰: "不然, 若使此物, 在世俗富貴家, 必爲象齒玳瑁瑠珎侈制之所貶, 歸於樸奴, 又莫之愛惜, 折則納于竈矣. 不遇我公, 豈保有今日哉. 物亦因人貴賤, 公今晚節, 決退林下, 老且讀書, 而此梳爲公手中物, 豈曰窮哉. 術家所謂器用成毁, 亦有數者, 儘非虛語也." 余聞客說, 信筆書此云.

4. 「亡室貞夫人昌原兪氏行狀」: …人待余甚敬, 終始如一日. 事關余身, 則靡不盡誠, 言出余口, 則靡不惕念. 余少也. 性褊急, 雖或加之以不情之責, 迫切之辭, 一不强辨, 惟引過遜謝, 終未見有慍憾色. 余嘗患苦痢, 不甚重, 而夫人猶終夜救視, 累日不懈. 余勸以就睡, 則曰: "雖欲自便, 其於無睡何?" 達曉危坐者, 凡四日. …余有賤畜, 置諸一室之內, 夫人嘗善視之, 使之左右服事. 有不能者, 則諄諄敎戒, 和氣藹然. 他婦人或譏之以太無心, 則輒笑曰: "妬是惡習, 我所深恥者也" 余嘗作宰隋城, 夫人不以一

눈썹을 펴지 못하고 떠난 당신에게

事片言干余, 亦不以斗米尺布累余. 邑婢例有針線紡績之役, 而亦慮其爲弊, 一倂停
廢. 邑婢至今頌其德. 夫人歸余十五年, 始有孕, 朔滿墮胎, 自是得奇疾. 證似心患, 雖
在十分迷眩之中, 余有提警之言, 則輒爲之斂心神而整容儀焉. 及遭壬寅禍變, 日夜寃
號, 無復有生意. 余又久罹危證, 遠投絶海, 夫人落在保寧寓村, 悲哀窮苦, 殆千萬狀.
余於乙巳蒙宥, 歸對夫人, 非復舊日顏貌矣. … 이경하, 『18세기 여성생활사 자료집
2』, 보고사, 2010. 이 책을 바탕으로 수정했다.

5. 조태채, 『이우당간첩』: 汝婦明是胎候, 極幸極幸. 自今月間, 服當歸散, 而能飮啖, 氣
亦蘇, 不至於昨年受胎時辛苦矣. 이기훈의 번역을 바탕으로 가감했다.

6. 조태채, 『이우당간첩』: 而汝妻所患, 精神則子了狂□不止. 合眠則見鬼, 或坐或立,
數症異常, 必欲移避壯洞, 汝岳母親到率去. 昨今則不善食, 且不肯服藥. 昨日終又勸
飮數食頃, 始, 服. 問之則, 似隔間不利, 且有惡心而然. 欲用峻劑, 而恐妨胎. 且不肯
服苦口之劑, 加味當歸飮, 張有岺與許垳, 於諸人議, 用之矣. 第二貼煎置, 而不肯服,
吾方, 某条權之, 而又欲還來本家, 將於夕間, 率來有計. 此症孕婦多有之云, 而吾則
初見其異常, 悶慮不可言. 이기훈의 번역을 바탕으로 필자가 가감했다. 이기훈, 「조
태채의 초서 간찰『이우당간첩』의 내용과 분석」, 『한국학논집』No.75, 계명대학교
한국학연구원, 2019.

7. 「祭亡室昌原兪氏文」: …可慰者二, 無子而有, 厥誠純至, 昔者所嘗, 病婦將起…

8. 「亡室貞夫人慶州李氏行狀」: …余於委禽之數日, 試使夫人, 整置余所脫上衣, 夫人有
羞色不肯. 余以新郎老醜等語, 自笑之, 夫人乃斂容起敬, 雙手整置. 夫人病篤, 將移
他所, 神氣已十分懍綴, 而猶檢余衣服而深藏之. 伯氏嘗勸余以別置小室, 不使與新夫
人同居. 余傳此說, 夫人私語其母氏曰: "緣我而出送無罪人, 不祥甚矣, 不必如此"臨
死以未見舅姑廟, 爲大恨, 於悒涕下. 喪出也, 來弔者, 無不稱其德而惜其夭, 隣居婦
女, 悲之如親戚. 此則余之所覩記者也. … 이경하, 『18세기 여성생활사 자료집 2』,
보고사, 2010. 이 책을 바탕으로 필자가 수정했다.

9. 「祭亡室慶州李氏文」: … 醮筵之設, 纔廿夕兮, 譬如春宵, 一夢促兮. 人或有言, 緣業
惡兮, 我心不然, 如有得兮. … 一時奇會, 百年敵兮. …

10. 「祭崔娘文」: 歲乙卯四月辛丑朔初八日戊申, 東湖居士具酒果之羞, 酹于亡妾崔娘之
靈曰, 嗚呼悲哉! 爾之事我, 亦云久矣. 性而聰慧, 心則樂易, 酒食之辨, 針線之工, 惟
思盡誠, 幾欲忘身. 以我之故, 飽經險阻, 蒼黃遠征, 千里孤嶼, 風濤炎瘴, 蛇虺蚊蠅,
我所腐心, 爾亦叩膺. 沉年之疾, 倂日之飢, 得有生還, 其勞可知. 峽裏菑田, 江上寒
樓, 流離不定, 同我窮愁. 病憂喪威, 閒日常少, 晩年生育, 四女三夭, 在爾至願, 始丈
夫兒. 汗血之駒, 豊角之犀, 人言貴賤, 吾愛吾子, 病裏譴譴, 猶說其喜. 褓子未幾, 克
母爲灾. 莫非我窮, 衰腸易哀. 十八年間, 便一夢場, 昔所商量, 盡歸虛凉. 儗屋相遇,
生計粗安, 瓮盎錯落, 井臼荒寒. 飢者靡依, 乳者無哺. 或託家姊, 或寄村嫗, 婚嫁之
責, 惟我在耳. 人於妻妾, 輕重固異, 我則哭爾, 不翅如失. 家務大小, 身事緊歇, 非無
主者, 靡爾誰贊. 吾爲爾悲, 人爲吾歎. 吾將葬爾, 俞夫人側, 百年之後, 永近窀穸. 所
可傷恨, 莫酬爾功. 一杯長訣, 庶格吾衷. 이경하, 『18세기 여성생활사 자료집 2』,
보고사, 2010. 이 책을 바탕으로 필자가 수정했다.

11. 그는 서녀가 죽자 「側出女母愛哀辭」를 썼다. 만년에 얻었다는 기록으로 보아 최랑 사이에서 낳은 아이는 아닌 것으로 보인다.
12. 그녀의 제문인 「祭李娘文」을 남겼다. 첩으로 추정된다.

9장. 우리는 함께 시를 지었네

1. '동료(同僚)'는 "···余當以此曉同僚(『眉巖日記抄』卷4 1574년 5월1일)"라 나오고, '지음(知音)'은 『眉巖日記抄』 「斲石文」, 1571년 7월5일)에 나온다.
2. 『미암일기』(1568년 9월 29일): 二十九日, 細君率女發潭陽也. 女子羸弱, 不能騎馬, 人或勸女子亦乘轎, 細君以非家翁之命, 辭不敢行. 至全州, 盧府尹禛爲出一轎, 令女子亦乘, 細君力辭, 以爲非家翁之意. 府尹三請而竟不聽, 盧公歎伏, 曝曬別監鄭彦信, 亦亟稱於洛中云. 고전번역원의 번역을 참고했다.
3. 『미암일기』(1576년 11월 11일): 十一日, 希春述先戒作詩一句云, 夫人謂余曰: "詩之法, 不宜直說若行文然. 只當起登山渡海, 而說仕宦於其終, 可也" 余卽矍然之之, 遂作詩云云. 고전번역원의 번역을 따른다.
4. 「次韻」: 당신이 술에 취해 시의 성을 쌓으니, 구름 밖 맑은 하늘을 놀래 바라보네. 서울 풍경이 비록 가장 좋기는 하다만, 집으로 돌아와 밥상 앞 영화만 같지 못하네.(喜君醉裏辦詩城, 崔崒驚拄雲外靑. 京洛風光雖最好, 不如歸去饌前榮) 이 시의 세주(細注)에는 '사(舍)'자를 거(去)자로 바꾼 것은 부인의 지적을 따른 것이다(改舍作去 從夫人指也)'라 나온다. (『미암일기초』卷5, 第十一册, p.322)
5. 위 시 2편은 유희춘(1513~1577)의 『미암일기초(眉巖日記抄)』에 있다. 첫 번째 시는 유희춘이 쓴 것이고, 두 번째 시는 송덕봉이 쓴 것이다.
6. 細君, 自今歲五月月候之後, 永絶, 醫女善福云, 年歲當然云.
7. 毛工梁嘉屎來, 造夫人耳掩.
8. 余卽一鉢一匙一筯, 爲夫人封而待之.
9. 十月二十八日, 早陰晩晴, 雜鳴, 夫人以觀光, 早起裝束, 罷漏前乘屋轎, 詣中樞之外廊, 乃大門之南, 有溫突有樓, 豫遺景濂, 煖炕以待之.
10. 與夫人共喫宮中好梨, 味快無滯, 可謂極品.
11. 이성임, 「16세기 양반관료의 外情: 柳希春의 『眉巖日記』를 중심으로」, 『고문서연구』제23집, 한국고문서학회, 2003, 39면. 송덕봉의 종성으로 유희춘을 찾아 나선 것이 유희춘과 첩을 갈라놓기 위한 것이었다고 주장하고 있으나 구체적인 근거는 제시되지 않았다.
12. 海南官使, 奉夫人書來, 戊子忿恚不遜云, 可憎可憎.
13. 三四月獨宿, 謂之高潔, 有德色, 則必不瀟然無心之人也. 恬靜潔白, 外絶華采, 內無私念, 則何必通簡誇功, 然後知之哉? 傍有知己之友, 下有眷屬奴僕之類, 十目所視, 公論自布, 不必勉强而通書也. 以此觀之, 疑有外施仁義之弊, 急於人知之病也. 荊妻耿耿私察, 疑慮無窮. 妾於君亦有不忘之功, 毋忽! 公則數月獨宿, 每書筆端, 字字

誇功. 但六十將近, 若如是獨處, 於君保氣, 大有利也, 此非吾難報之恩也. 雖然, 君居貴職, 都城萬人傾仰之時, 雖數月獨處, 此亦人之所難也. 荊妻昔於慈堂之喪, 四無顧念之人, 君在萬里, 號天慟卓而已. 至誠禮葬, 無愧於人. 傍人或云, 成墳祭禮, 雖親子無以過. 三年喪畢, 又登萬里之路, 間關涉險, 孰不知之? 吾向君如是至誠之事, 此之謂難忘之事也. 公爲數月獨宿之功, 如我數事相肩, 則孰輕孰重? 願公永絶雜念, 保氣延年, 此吾日夜顒望者也. 然意伏惟恕察! 宋氏曰. 안대회 번역을 참고했다.

14. 夫人簡云, 越女以笑三年留, 君之辭歸豈易也. (『미암일기』 1571년 9월 19일)

15. 당나라의 시인 한유(韓愈)가 유사명(劉師命)에게 지어 준 「유생시(劉生詩)」에 "월녀가 한 번 웃음에 삼 년 동안 체류했다가, 남으로 횡령을 넘어 염주에 들어왔다.(越女一笑三年留 南逾橫嶺入炎州)" 하였는데, 이 시는 유사명이 월(越)나라 지방에 가서 여인에게 혹하여 3년 동안 돌아오지 않은 것을 경계한 시라고 한다.

16. 越女一笑三留, 昌黎曾刺放心劉 平生願入程朱戶 肯向東門意思 ○ 錯轉頭 (『미암일기』 1571년 9월 19일)

17. "金謂辛巳金堤上金也." (『미암일기초』卷3, 1571년 7월 10일).

18. 「跰石文序(주:辛未年七月)」, 『미암일기(眉巖日記)』권5 부록: 眉巖, 謫居鍾山, 十有九年, 嘉靖乙丑 (교정주:明宗二十年), 季冬, 蒙上恩, 丙寅春, 量移于恩津, 余亦陪還同寓. 十生九死之餘, 唯所望者, 立碣石於先塋之側, 而石之品好者, 莫過於此縣之所産, 卽招石工, 給價以貿, 載船以送, 置海南之海上. 隆慶元年丁卯 (교정주:明宗二十二年) 冬, 眉巖, 以弘文校理, 掃墳還鄕, 始曳運于秋城, 而人力單弱, 未得跰立. 辛未 (교정주:宣祖四年二月) 春, 適除▨▨此道監司, 庶幾得副宿願, 中心怊怊, 監司, 長於除弊, 不顧私事, 而簡余曰,"必須私備而後成"余忘其拙, 而作此文, 冀家翁感悟而扶助, 又以貽夫後雲仍也.

19. 「跰石文」, 『미암일기(眉巖日記)』권5 부록: 天地萬物之類, 惟人最貴者, 立聖賢明敎化, 行三綱五倫之道也. 然自千千萬萬古而來, 能勇而行之者蓋寡, 是故人苟有追孝父母至誠之心, 而力不足以逐願者, 則仁人君子, 莫不惕然留念而欲救之. 妾雖不敏, 豈不知綱領乎? 孝親之心, 追古人而從之. 君今守二品之職, 追贈三代, 余亦從古禮而得叅, 先靈九族, 咸得其歡, 此必先世積善陰功之報也. 然吾獨耿耿不寐, 拊心傷懷者, 昔我先君, 常語子等曰: "吾百歲之後, 須盡誠立石於墓側之言"洋洋在耳. 迨未得副吾親之願, 每念及此, 哀淚滿眶. 此足以致仁人君子動心處也. 君抱仁人君子之心, 操ખ窘拯溺之力, 而簡余曰: "私備於同腹, 而吾當以佐其外云"此獨何心? 得非惡累淸德而然耶? 等羞妻父母而然耶? 偶然不察而然耶? 且家君, 自君東來之三日, 見琴瑟百年之句, 自以爲得賢壻, 而矢喜欲狂, 君必記憶. 況君我之知音, 自比蚷蛩而偕老, 不過費四五斛之米, 工可訖功, 而厭煩至此, 痛憤欲死. 經曰: "觀過知仁"聞者必不以此爲過也. 公遵前修之明敎, 雖至微之事, 盡善盡美, 求合於中道, 今何固滯不通, 如於陵仲子耶? 昔范文正公, 以麥舟, 救友人之窘, 大人之處事何如耶? 私備同腹之意, 有大不可者焉, 或有寡婦僅能支保者, 或有窮不能自存者, 非但不能收備, 必起怨悶之心. 禮云: "稱家之有無"何足誅哉? 若私家可辦之力, 則以余之誠心, 業已爲之久矣, 豈必苟請於君耶? 且君在鍾山萬里之外, 聞吾親之歿, 惟食素而

已, 三年之內, 一未祭奠, 可謂報前日款接東床之意耶? 今若掃厭煩, 而勉救骵石之
役, 則九泉之下, 先人哀感, 欲結草而爲報矣. 我亦非薄施而厚望於君也. 姑氏之喪,
盡心竭力, 葬以禮祭以禮, 余無愧於爲人婦之道. 君其肯不念此意耶? 君若使我, 不
遂此平生之願, 則我雖死矣, 必不瞑目於地下也. 此皆至誠感發, 字字詳察, 幸甚幸
甚.

20. 「次眉巖韻」: 莫誇和樂世無倫, 念我須看骵石文. 君子蕩然無執滯, 范君千載麥舟云.

10장. 부부는 아픔의 공동체

1. 「記亡室生卒」: 辛未春再往, 病益深, 乃迎醫診脉, 爲背城一戰計. 醫素著名者, 旣診
言病中兼有胎脉, 屬余用開結淸解飮曰: "每月十六日以後恒服八貼, 限差爲度可也"
余如其言, 因又挈歸我家, 九月果有娠, 壬申六月十三日壬寅, 生一漢, 而血病稍調, 諸
證微差, 我先子嘗曰: "一漢孝子也. 使其母病間, 孝哉" 然無奈乳乏, 其鞠稚最費心力,
病不得終快.

2. 三月損胎, 醫用藥誤甚, 不克調血.

3. 월주가에 대해서는 다음 논문이 참고가 된다. 이상봉, 「황윤석 한시에 나타난 가
족애의 양상: 「월주가」를 중심으로」, 『한문교육연구』 Vol.45, 한국한문교육학회,
2015.

4. 한국정신문화연구원, 『이재난고』 1책 7권, 629면.

5. 박순철, 노평규, 김영, 『이재유고』, 2013, 40~41면. 이 책의 번역을 바탕으로 필자
가 수정한다. "吾家甲殤生學語, 已慧悟, 旣六七歲, 已有婦德. 與其小弟斗兒, 日戱嬉
老親膝下, 斗兒學文字, 甲輒從旁暗認朗誦, 不差一字. 老親惜其非男也. 且曰: '使之
識父祖先世譜系事行, 足矣.' 乃幷敎之, 讀遍唐人小詩一冊, 將駸駸小學, 兼通寫字,
內外族黨, 咸異之. 余意甲天賦內明外厚, 豈直與淑女名媛頡頏千古? 異日成人, 將亦
壽而福也無疑. 余赴直莊陵, 甲乃患痘而夭, 纔八歲耳. 余初莫之聞, 走官隷, 供肉脯,
庶備親饌, 而老親方以甲葬焉, 乃用脯爲文而祭之, 爲甲非不識字故也. 每思之痛心.
以此觀之, 所謂'鮮福', 亦或然歟? 抑偏邦風氣所拘, 無所保育歟? 將余早窃虛名, 造
物忌之故歟?"

6. 한국정신문화연구원, 『이재난고』 1책 8권, 723면.

7. 한국정신문화연구원, 『이재난고』 1책 4권, 422면. (1764년 8월 17일, 36세)
"十七日丙申. 曉, 發行至延朝院. 朝飯, 逢鄭男. 得見父主下書, □□□□ 行病滯之
故也. 因審父母主氣候俱寧, 家內並安. 惟室人, 以初十日經産女子, 所産旋夭, 母亦
病, 未及健, 可念也. 是午歸庭."

8. 한국정신문화연구원, 『이재난고』 4책 22권, 409면. "蓋自是六年, 千里契闊, 無復
同室之娛. 其以每歲受暇七旬而歸覲, 則日限有定, 聚散又悤悤矣. 君非不以悵, 而亦
不形於色辭."

9. 「祭亡室啓殯文 丙申十一月」: …嗚呼哀哉, 自子歸我二十有九年矣, 宜使我情重而義

篤, 自子違我六十有四日矣, 胡使我形孤而影隻. 嗚呼! 豐碩敦厚, 子之質也, 孝慈寬柔, 子之性也, 生而爲父母舅姑之所愛, 歿而爲姑叔姒娣之所戀. 神天有相, 豈不壽福偕老, 而一病卅稔, 其毒如齘, 中身五旬, 其限且歎. 回思吾二人庭闈縂珮之願, 山海負戴之約, 已矣已矣. 此何理哉. 微我窮命, 子寧至斯. 嗚呼! 人生兩間, 血肉相嬗, 我與子居, 凡幾子女. 惟豹與甲先, 子慟之, 暨貴之殤, 子尤慟哉. 其餘有四, 或成或未. 指僂悲歡, 情之常爾, 何子於貴, 因之疾瘨. 若我大媳, 胎已七朔, 縱令璋琳, 其忍獨自慶諸. …이경하, 『18세기 여성생활사 자료집 2』, 보고사, 2010. 번역은 다음의 책을 참고하여 필자가 가감했다.

10. 先是十八歲丙寅, 在室患天行, 纔汗擧室出避, 乳婢不謹飮食, 始有積滯之祟. 至是又兼血病, 而余太疎汪, 不及致意療治. 번역은 다음의 책을 참고했다. 이경하, 『18세기 여성생활사 자료집 2』, 보고사, 2010.

11. 한국정신문화연구원, 『이재난고』 4책 22권, 411면.

12. 한국정신문화연구원, 『이재난고』 4책 22권, 411면. "命婦帔襷之制. 詳于『大明會典』, 我祖壬辰亂前, 亦所遵用, 而今無傳久矣. 山林大儒, 亦未能詳其裁制, 余與金士謙, 嘗有考證. 今於亡室襲具用之, 以令子孫通行云."

13. 한국정신문화연구원, 『이재난고』 5책 25권, 25면. (1778년 5월 18일 50세) 「夢亡室在驪江志感」, "一別三年夢四回, 幽明情義未全灰. 驪江爲有西流水, 終夜揚靈達漢來."

14. 한국정신문화연구원, 『이재난고』 5책 26권, 288면. (1778년 9월 10일 50세) 「志感幷序」, "偕隱曾將白首期, 哭君今已再回朞. 無端世事還魔戱, 長慟明晨想四兒."

15. 한국정신문화연구원, 『이재난고』 6책 31권, 126면. (1779년 10월 22일 51세) "是夜向曉夢, 亡室淑人, 以少日容服, 與余偕詣大夫人所, 遽然而覺. 愴然何極. 余今方自南上, 董治迎親之行, 而亡室神主, 亦將陪發, 豈幽明之間, 理有相感而然歟? 余旣獨處無寐, 偶得此夢, 待朝記之, 以示不忘."

16. 당시 18세였던 둘째 아들 두룡(斗龍)을 가리키는 것으로 보인다.

11장. 딸과 같던 당신

1. 吳月谷, 字伯玉, 海昌都尉泰周繼子, 陽谷判書斗寅孫, 金農巖昌協外孫, 官大提學. 爲人無畦畛. 操筆成文, 文不加點, 平易圓熟, 自少時然.

2. 오재순, 「先府君遺事後述」: 先妣嘗曰: "汝之用服, 視汝先君, 已不儉矣. 汝先君秋冬祗一裘, 汝則具兩裘, 不已奢乎" 不已聞而懼. 府君, 位已貴顯而燕服多用疏布, 左右什物, 皆仍舊藏而不易. …先妣曰: "汝有兄三歲而夭者, 汝先君切禁其服飾之靡麗 兒亦知其意, 衣稍華新, 不肯近體.

3. 남유용, 「吳伯玉墓誌銘 幷序」: 歲飢招集諸族貧者, 與之同爨. 入則語家人曰: "我有食, 無令客無食, 客無食, 無令我有食也" 有故人客死南中, 窮不能喪, 公以南庄穀傾

困以予之, 其急人之難多類此.

4. 정해득,「해창위 오태주의 생애와 서예」,『民族文化』Vol.48, 한국고전번역원, 2016; 김민규,「海昌尉 吳泰周(1668~1716)가 건립한 墓碑 연구」,『美術史學硏究』Vol.304, 한국미술사학회, 2019.

5.「亡室孺人安東權氏行錄」: 君事先君, 一毫未嘗有隱. 一日歸寧還, 先君問來何晩, 君對曰:"晏起未及盥櫛也"先君聞而曰:"此其白直無隱, 非今世婦女修飾者比也"稱歎不已. 盖嫁纔月餘矣. 김경미, 김기림, 김현미, 조혜란,『18세기 여성생활사 자료집 3』, 보고사, 2010. 이 책을 바탕으로 가감했다.

6.「亡室孺人安東權氏行錄」: 先君性簡穆, 於一家婦女, 少所許可, 而獨嘖嘖稱君曰:"德容俱備, 眞吾賢婦, 必有以祿吾家者"

7.「亡室孺人安東權氏行錄」: 先君恒有疾, 君晝夜憂焦, 不暫釋於言貌, 必先君食乃食, 必先君寢乃寢. 或至添重則每子夜不睡, 以承起居. 君事先君, 孝愛固極至, 而先君之愛之特甚焉. 每君侍坐, 輒欣然有喜容, 對親黨雖微細事, 輒擧以誇之. 嘗曰:"暮年病裏, 幸得此婦, 吾心欣悅, 殆愈吾疾矣"及病革曰:"吾有此佳婦, 吾歿無憂矣" 김경미, 김기림, 김현미, 조혜란,『18세기 여성생활사 자료집 3』, 보고사, 2010. 이 책을 바탕으로 가감했다.

8.「亡室孺人安東權氏行錄」: 故母氏嘗曰:"此婦事余, 實無異於所生, 吾實感其至行云"

9.「亡室孺人安東權氏行錄」: 君性甚仁厚. 嘗自謂"平生未嘗有一怒字"余曰:"怒居七情之一, 何可無也?"然余與君處, 實未嘗一見有慍怒之色疾遽之辭, 其天性然也. 若夫忌恔念懟之意, 尤不設丁言容, 雖激之亦不萌也. 김경미, 김기림, 김현미, 조혜란,『18세기 여성생활사 자료집 3』, 보고사, 2010. 이 책을 바탕으로 가감했다.

10.「亡室孺人安東權氏行錄」: 君與余言, 皆有條理可聽, 寧及閒說話, 絶未嘗論人過失及較計短長.

11.「亡室孺人安東權氏行錄」: 君口不言芬華榮達.

12.「亡室孺人安東權氏行錄」: 先君嘗稱之曰:"吾婦一動靜, 無不合宜"

13.「亡室孺人安東權氏行錄」: 君旣自知病不可爲, 而向余言惟思念父母外, 終無一語及他事. 家人護疾者, 言君病輾轉累月, 痛勢苦劇, 傍人殆不忍覩. 而絶無悲楚之色愁苦之語, 只以未及見父母爲恨, 其性度曠達, 實不類婦人云. 君病旣革, 精神猶不爽, 臨沒之夜, 每余候問, 君輒曰:"夜已深矣, 胡不就睡?"余入視則君勸勿入視, 盖欲遠嫌正終也. 顧謂侍婢曰:"善事新主母, 以我不在而或慢也." 김경미, 김기림, 김현미, 조혜란,『18세기 여성생활사 자료집 3』, 보고사, 2010. 이 책을 바탕으로 가감했다.

14.「亡室孺人安東權氏行錄」: 君丁先君憂, 哀戚極至, 飭身一以禮防. 喪初得疾旋差, 而傷損實深, 練後病作遂不起. 吾親黨皆傷之曰:"惟是婦爲能善居舅喪, 惜哉, 其終以毁死也!"

15.「亡室孺人安東權氏行錄」: 時君父母居憂湖中, 君謂余曰:"吾日望母氏之來, 而今病如此, 雖來視秪益焦傷, 不若不來視矣"臨沒慟哭呼母氏, 聲已而絶.

16.「亡室孺人安東權氏行錄」: 外姑宋氏泣謂余曰:"吾有五女, 獨此女爲最賢, 父母之愛之亦最甚, 今乃失之, 惜哉. 吾女性甚孝順, 自幼時不忍暫離親側, 處兄弟間, 亦不

눈썹을 펴지 못하고 떠난 당신에게

曾較爭, 則於親意盖不少忤也, 及嫁推此而事舅姑, 一日歸家, 輒不耐思慕, 一言動不敢忘舅姑, 口不及舅家毫末事, 其至性如此云"…중략…又曰: "吾女識度曠遠, 吾每遇事憂惱, 吾女則徐一言以解之, 使吾心胸開豁. 性雖和柔, 而實莊重, 其在家則吾家婢僕無不肅然畏憚, 今雖欲復見此得乎, 此吾所甚慟云"김경미, 김기림, 김현미, 조혜란 지음, 『18세기 여성생활사 자료집 3』, 보고사, 2010. 필자가 이 책을 바탕으로 가감했다.

17. 「祭亡室文 戊戌」: …嗚呼! 子之居斯世纔二十歲, 而尙不滿其一焉, 何其短哉. 子之死, 只有三歲穉兒, 而亦非男子子焉, 何其窮也. 子之睽違父母, 隔歲其久, 而遠在數日程之外, 疾不能相依, 歿不得面訣, 終飮恨而就木焉, 吁甚矣其慘也, 嗚呼哀哉. 夫婦之義, 亦云重矣, 盖自一體胖合之初, 固將偕老百年, 永膺胡福. 而子之爲吾婦, 其久實不能四載. 而今子之死, 乃備人生之至慽, 爲天下之至窮. 其情事掩抑, 足令行路含悲, 況如余者當作何心. 嗚呼哀哉. …김경미, 김기림, 김현미, 조혜란, 『18세기 여성생활사 자료집 3』, 보고사, 2010. 이 책을 바탕으로 가감했다.

18. 「祭亡室文 戊戌」: 自子之始入吾門, 吾父母大悅之, 而先君之喜特甚焉. 子能善事吾父母, 愛敬極至, 吾父母每愛之, 先君亟稱曰: "是善事吾, 是眞吾賢婦"雖尋常匙箸間事, 亦必擧以誇人, 對親黨輒稱其賢不已, 其愛之殆逾於愛余者焉. 食則必命之侍食, 坐則必命之侍坐. 暮年沉痼之中, 慰悅極多, 而子亦承先君志, 非賓客事故, 不忍蹔離其傍, 凡余所不能爲者, 子皆能之. 김경미, 김기림, 김현미, 조혜란, 『18세기 여성생활사 자료집 3』, 보고사, 2010. 이 책을 바탕으로 가감했다.

19. 「祭亡室文 戊戌」: 其不孝之罪, 死且有餘矣. 天雖罰而殛之, 只殛其身, 固不足以懲其罪, 故必先移禍于先君之所鍾愛者, 以彰其不孝之罪, 而使飽嘗多般痛苦, 然後方可以懲焉耳. 微我之故, 子胡至斯, 嗚呼哀哉. 김경미, 김기림, 김현미, 조혜란, 『18세기 여성생활사 자료집 3』, 보고사, 2010. 이 책을 바탕으로 가감했다.

20. 「祭亡室文 戊戌」: 與其不孝而久不死, 不若全而歸之之爲孝也. 則子之無年無男, 有父母而死者, 皆不足爲子悲, 而所可悲者, 獨吾之生耳. 況今子從殉於三年之內, 而歸葬于先人之足, 陪吾王母先考妣曁兩慈氏, 服勤左右, 怡愉融洽, 必將與人世無間焉. 則其視此不孝無狀, 苟存視息, 窮天之痛, 無日可洩, 罔極之恩, 無地可報. 煢煢餘生, 不如死之久者. 何可同日語也. 言念及此, 腸肚欲絶. 悲夫悲夫. 痛矣痛矣, 吾今雖欲以吾之生, 羨子之死, 其尙可得乎? 則余之所悲, 只自悲吾生之不幸耳, 又何暇悲子哉. 嗚呼哀哉. 김경미, 김기림, 김현미, 조혜란, 『18세기 여성생활사 자료집 3』, 보고사, 2010. 이 책을 바탕으로 가감했다.

21. 「祭亡室墓文 庚子」: 終奈人情, 去疎來親, 我淚之乾, 我腸之剛. 相忘之悲, 甚於不忘. 昧昧容聲, 夢亦不頻. 幽明掩抑, 終古窮泉. 김경미, 김기림, 김현미, 조혜란, 『18세기 여성생활사 자료집 3』, 보고사, 2010. 이 책을 바탕으로 가감했다.

1. 방귀전리(放歸田里): 조선 시대에 벼슬을 떼고 그의 시골로 내쫓는, 귀양보다 한 등급 가벼운 형벌.

2. 「亡室祥祭文」: …先考之喪制甫畢, 世禍大作, 余投海島, 而祖妣暨叔父季弟之喪相續, 余悲哀內鑠. 瘴癘外侵, 自分其病不能起, 而子以一弱婦人, 再涉鯨波, 相遠鵬舍, 其所以慰安余而扶護余者備至. 余之不死海島, 繄子是賴, 而子以余之故. 顚連於途道, 感傷於霧露, 其身之病瘁多矣. 逮夫蒙恩還朝, 雖仕宦內外, 而拙於生事, 寒衣饑食, 皆託於子, 使不免井臼之苦. 而重以荐哭夭殤, 其潛傷暗毁於人所不知者又深矣. 前歲之夏, 子有子腫之疾, 頗自憂虞, 而余漫不豫醫治, 臨蓐之時, 又値入侍, 倉皇歸見, 命已絶矣. 子之生而困苦, 病未救藥, 死之慘惻, 皆由於余. 而又無嫁時之衣, 過期而乃斂, 無論余貧之特甚. 子之困苦, 至身後猶然. 子則護余於流離顚沛之中, 而余使子至於如此, 悠悠天地, 此恨何極. …황수연, 『18세기 여성생활사 자료집 1』, 보고사, 2010. 이 책의 번역을 바탕으로 가감했다.

3. 「亡室再期祭文」: …聞昔獻吉, 哭妻有題, 曰妻之亡, 然後知妻. 我知子賢, 自在結髮, 今於旣沒, 追念采切. 家道斯缺, 孰須以成? 女子漸長, 孰戒維行? 饑執我飡, 寒執我襦? 我有疾病, 又孰護扶? 況我於世, 未能頹昂, 近困謠諑, 思欲退藏, 內無主饋, 前有兒稚, 旣難挈去. 捨之焉寄, 遲佪未決, 盖亦由兹, 有事輒思, 有思益悲, 悲思旣深. 夢見斯亞, 前夜之覺, 枕席有淚. 三年此訖, 九地逾隔. 饋奠將輟, 靈座永閟. 悠悠我懷, 安所少洩? 摛文抒哀, 侑兹芬苾. 子女在此, 親戚皆與. 子其有知, 寧不我顧? …황수연, 『18세기 여성생활사 자료집 1』, 보고사, 2010. 이 책의 번역을 바탕으로 가감했다.

4. 「亡室墓埋誌告祭文」: 子之喪逝, 寢多日月. 子之行事, 將就堙滅, 感念恩義, 恐有所負. 後死之責, 在圖不朽. 昔柳與蘇, 銘婦之藏, 能使讀者, 歎其婦良. 余雖文拙, 情則相類. 乃追平生, 著以爲誌, 寫我肝臆, 納子窀穸. 庶期來世, 知此心戚, 護其幽宅, 毋毁以傷. 兹告有事, 仍奠豆觴. 황수연, 『18세기 여성생활사 자료집 1』, 보고사, 2010. 이 책의 번역을 바탕으로 가감했다.

5. 「戊子祭亡室亡日文」: 去歲兹辰, 余在謫配. 今有而還, 是日復屆, 重尋舊室, 遺躅依俙. 幸躬其酹, 少紓我思. 流離之餘, 悼念斯倍. 念與子別, 倏已八載. 音容寖遠, 時物如昨, 晨霜滿庭, 菊瘁桑落. 嗟余漸衰, 偕誰以老? 餘生靡樂, 夙約已誤. 悠悠此恨, 可徹九地, 子必有知, 庶饗余觶. 황수연, 『18세기 여성생활사 자료집 1』, 보고사, 2010. 이 책의 번역을 바탕으로 가감했다.

6. 「亡室贈貞夫人完山李氏墓誌銘 幷序」: …君旣歸, 以敬奉舅姑, 以愼接姒娌, 事余和而莊, 余甚宜君. 而君於燕處, 亦不形狎昵之意, 平居簡默, 婦女之同坐者多談說服玩粧飾之巧拙美惡, 君淡然無所與. 以至寒裳暑葛之須, 人有問而亦不言其有無難易. 余偶問而質之, 君曰: "服飾巧美, 非吾力所及, 裘葛雖難具, 對人言貧, 嫌於欲得, 故不言耳"…其才之敏性之靜類此. 己巳禍作, 余安置巨濟, 已而王母見背. 君念余孤居過戚, 從于謫. 翌年爲嫁女還京, 其翌年又從于謫. 君素淸羸, 病於途道炎瘴. 余蒙恩釋,

歷官內外而不解生理, 家轉旁落. 君雖安貧, 其困瘁幷曰又多矣. …余與君相莊二十有九年, 其恩義固深至, 而尤有所悼念者. 余在謫, 憂患與疾病交侵, 而君慰譬扶護之, 使得以自寬而善攝. 其還朝蹤跡亦孤危, 每齎齎不自得, 而對君婉容怡聲, 輒欣然忘其窮. 家甚貧而君自經理支吾. 身或冬無襦晡闕食而不使余知其艱簍. …황수연, 『18세기 여성생활사 자료집 1』, 보고사, 2010. 이 책의 번역을 바탕으로 가감했다.

13장. 당신의 빈자리 ─────────────────────────────────

1. 「哭室人文」: …嗚呼哀哉! 夫婦之義, 情好之篤, 吾與君自知之矣, 抑夫婦而有是矣, 雖不言可矣, 獨吾有所欲言者. 而哀不能言矣, 雖然, 不可以不言之矣. 人皆謂壽殀生死在天, 吾固知在天. 若君之死, 則吾爲之也, 非天爲之也. 吾家素貧匱, 而至庚申辛酉之際爲甚, 而君之歸我在是焉. 庚申辛酉固甚, 而至乙亥丙子之際爲尤甚, 而君之主饋事在焉. 盖食有不能經日而進, 則吾知饑之必病君也, 衣有不能歷歲而御, 則吾知寒之必病君也. 如是者十年之積, 則吾知病之必死君也. 病發而果元氣先陷, 饑之爲也, 咳且脹, 寒之爲也. 積二十有餘日, 而竟以是病也. 夫君未必病而貧則病, 君未必死而貧則死. 可以無死者存乎人, 而可以死者不存乎天. 則嗚呼! 孰謂君之死天乎? 吾實爲之也. 嗚呼哀哉! 吾之哀君固在貧, 而吾之重君實在貧. 方篋無儲以備朝炊, 篋中藏無以庇體也, 世婦人鮮不訕其丈夫, 而君於我何甞有慍辭乎? 時微察君有無聊之意, 而從容解之, 則何甞不釋然而安乎? 故甞曰:"人富而我貧命也, 吾未甞有羨也"강성숙, 『18세기 여성생활사 자료집 5』, 보고사, 2010. 이 책의 번역을 바탕으로 가감했다.

2. 제문에는 1740~1741년으로 적시해놓았다.

3. 제문에는 1755~1756년으로 적시해놓았다.

4. 「哭室人文」: …雖然, 吾之哀君, 所以自哀也. 吾固憂二尊人之養, 而猶有時而寬者, 以有君焉, 今誰恃而寬哉? 吾固憂慈氏之疾, 而猶有時離于宦游者, 以有君焉, 今誰恃而離哉? 祭祀吾固治其外事, 而須君以內辦也, 今誰爲之內哉? 應六吾固任其父敎, 而須君以母育也, 今誰爲之母哉? 四者之憂恒至而哀恒隨. 方其哀也, 有不暇哀君而自哀者也. 嗚呼哀哉! 嗚呼哀哉! 癸未之冬, 吾倖竊甲科, 仍除官, 私謂君曰吾性脫疎, 固不宜工本計, 幸而窮匱稍寬於布衣時者, 請與子共之, 孰謂君之竟不待也. 縱不幸而不得與我白首, 獨不可待應六之長, 而見娶婦乎? 縱不幸不得見娶婦, 獨不可待吾之稍免於窮乎? 是吾將愈免窮而愈無以爲心也. 강성숙, 『18세기 여성생활사 자료집 5』, 보고사, 2010. 이 책의 번역을 바탕으로 가감했다.

5. 「哭室人文」: 假令吾除一邑, 板輿奉二尊人行, 而恨不得有君而從, 則吾何以爲心也? 衣食假令稍優, 而思君布裳糲飯常不繼, 則吾何以爲心也? 婢僕假令稍給, 而思君井曰澣濯常自操, 則吾何以爲心也? 室廬假令稍完, 而思君夏濕冬寒常不堪, 則吾何以爲心也? 君甞遭二親之喪, 而慟貧無以用情也, 假令吾分官俸, 助祭於外舅氏內外之墓者, 吾何以爲心也? 君甞値私黨之來, 而恨貧無以爲羞也, 假令吾飮食逢迎深源

兄弟之過者, 吾何以爲心也? 死生之際, 日遠而日忘固常情, 而吾之日愈遠而吾之恨愈多, 則此吾愈遠而愈不能忘也. 강성숙, 『18세기 여성생활사 자료집 5』, 보고사, 2010. 이 책의 번역을 바탕으로 가감했다.

6. 「哭室人文」: 人固有妻亡而再娶者, 是猶得所思奪於所接, 而易於忘也. 吾今年四十有三矣, 齒髮皆衰, 豈可使室有少婦人乎. 是吾所不忘者專, 而有身之前, 無非思君之日也. 嗚呼! 思固吾思, 不思固吾不思, 思不思, 固無當於死者, 雖不思可也. 然紛然而觸吾心者, 終不可以不思也. 嗚呼哀哉! 嗚呼哀哉! 강성숙, 『18세기 여성생활사 자료집 5』, 보고사, 2010. 이 책의 번역을 바탕으로 가감했다.

7. 「再哭室人文」: 嗚呼哀哉! 吾之哭君, 已十有二月矣. 哀久則可以少衰矣, 而吾之哀愈久而愈甚何也? 始君之絶也, 吾皇皇焉惟斂殯是憂, 故憂在斂而哀不暇在尸也. 旣斂矣, 而吾皇皇焉唯窆葬是憂, 故憂在葬而哀不暇在柩也. 抑方其尸也, 猶似君者存焉耳, 方其柩也, 猶似尸者存焉耳, 旣葬而始無君焉耳. 斂葬之憂已而無君之哀切, 是葬而後哀甚於未葬也. 然哀待哭而泄者也, 而吾之哭無幾矣. …吾每客而値鄕書至, 疑其有君之書也而思, 每歸而望閨及門, 而若將見君也而思, 旣入而睹房闥軒陛, 無非似君也者而思, 朝夕進食于我父母, 而若君周旋其傍焉而思, 男呻女病, 而聞其呼母也而思, 場穀圃蔬以時嘗也而思, 當寒暑吾衣服不時適也而思. …강성숙, 『18세기 여성생활사 자료집 5』, 보고사, 2010. 이 책의 번역을 바탕으로 가감했다.

8. 「祭室人改葬文」: …嗚呼哀哉! 吾先君一年而生, 後君十七年而不死, 其間人世之變酷矣. 君死之四年而兪女死, 後七年而慈氏捐背, 後五年而子婦死, 吾之不死, 不如君之死而無知也. 今發君之藏, 安柩於室凡五日, 君之聲音顔色, 不可得以復接, 而又將入于土, 徒增生者之悲而已. 雖然, 吾之與君別十七年, 自今以往, 吾久於世, 不過二十餘年是, 則人世之別不過四十餘年, 而地下之逢爲無窮, 吾又何悲? 皐然之皐, 君之皐兮而吾之皐, 窅然之穴, 君之穴兮而吾之穴. 死而有知, 吾與君之有知兮, 死而無知, 吾與君之無知兮, 嗚呼哀哉! 강성숙, 『18세기 여성생활사 자료집 5』, 보고사, 2010. 이 책의 번역을 바탕으로 가감했다.

눈썹을 펴지 못하고
떠난 당신에게

1판 1쇄 펴냄 2022년 3월 10일
1판 2쇄 펴냄 2022년 9월 15일

지은이 박동욱

주간 김현숙 | **편집** 김주희, 이나연
디자인 이현정, 전미혜
영업·제작 백국현 | **관리** 오유나

펴낸곳 궁리출판 | **펴낸이** 이갑수

등록 1999년 3월 29일 제300-2004-162호
주소 10881 경기도 파주시 회동길 325-12
전화 031-955-9818 | **팩스** 031-955-9848
홈페이지 www.kungree.com
전자우편 kungree@kungree.com
페이스북 /kungreepress | **트위터** @kungreepress
인스타그램 /kungree_press

ISBN 978-89-5820-760-3   03810